문학작품
시리즈
제2권

여름밤의 꿈

여름밤의꿈

초판 1쇄 인쇄 2020년 3월 27일
초판 1쇄 발행 2020년 3월 31일
옮 긴 이 김승일(金勝一)·전영매
발 행 인 김승일(金勝一)
출 판 사 경지출판사
출판등록 제 2015-000026호

잘못된 책은 바꿔드립니다.
가격은 표지 뒷면에 있습니다.

ISBN 979-11-90159-29-6
      979-11-90159-28-9(세트)

판매 및 공급처 경지출판사

주소: 서울시 도봉구 도봉로117길 5-14   **Tel:** 02-2268-9410   **Fax:** 0502-989-9415
블로그: https://blog.naver.com/jojojo4

※ 이 도서의 국립중앙도서관 출판시 도서목록(CIP)은 서지정보유통지원시스템 홈페이지(http://seoji.nl.go.kr)와
   국가자료공동목록시스템에서 이용하실 수 있습니다.

문학작품
시리즈
제2권

여름밤의 꿈

빙버(冰波) 지음 | 김승일·전영매 옮김

경지출판사
Korea Wisdom China

난 어떻게 변화를 탐구할 것인가?

난 어떻게 변화를 탐구할 것인가?

내가 쓴 동화는 서정파(抒情派)로 귀결되곤 했다.

"……그의 창작 풍격은 서정적이고 세심하며 언어구사가 아름답고 소박하며, 작품의 구조·분위기·정취를 중히 여긴다……"

이는 나의 작품에 대한 전형적인 좋은 평가이다.

그러나 이러한 평가는 나의 좋은 점만을 얘기한 것이다. 전체적으로 말하려면 그 뒤에 "그러나"가 붙어야 한다. 즉 "그러나, 그의 작품은 상술한 원인 때문에 독자층이 문학 소년소녀들에게 제한되어 질 수도 있다……"는 말이 덧붙여져야 한다는 말이다. 이는 나의 작품을 읽는데 편하지 않고 스토리가 덜 재미있다는 뜻이 아닐까?

그래서 나는 내용과 정취가 있으면서도 편하고 재미있는 스토리가 있는 동화를 써낼 수 있기를 바랐다.

중앙텔레비전방송국의 애니메이션 극본이 나에게 이런 기회를 주었다. 나는 26회분《바보 고양이(阿笨猫)》와 103회분《꼬마 신선과 꼬마 선녀(小神仙和小仙女)》의 극본을 쓰는데 혼신의 힘을 다 했다.

약 2년간 거의 극본만 썼다. 극본을 다 쓰고 나서 마음을 가라앉히고 다시 동화를 구상해보니 뜻밖에도 생동감 있고 황홀하던 동화의 정취가 스토리에 의해 대체되었으며 남은 것은 스토리의 틀 뿐이었다. 이런 느낌은 뭔가 나만의 스타일을 잃어버린 듯하여 나를 허전하게 했다.

그러한 나는 다시 회복되어야 했고, 동화란 도대체 어떻게 써야 하는 것인지에 대해 다시 생각해보는 계기가 되었다.

나에게는 "동화란 무엇인지?" 계통적이고 엄밀하게 설명할 능력이 없다. 다만 동화란 문학예술이라는 소박한 생각만을 갖고 있다. 문학예술은 친화력과 감화력이 있어야 한다. 그것을 읽을 때 마음이 설레야 하고, 또 오랫동안 음미할 수 있어야 하며, 음미할 때도 여전히 마음이 설레야 한다.

여기서 팡웨이핑(方衛平) 교수가 연설할 때 자주 하시던 말씀을 인용하여 쓰고자 한다. 팡 교수는 감동적인 작품을 읽을 때마다 잠시 멈추고는 나지막한 소리로 "……아, 이 대목에서 가슴이 미어진다."라고 말씀하시곤 했다. 이 때면 단상 아래 계신 모든 분들의 가슴도 "미어지고 만다." 나는 동화를 쓸 때 반드시 이 몇 가지 요소를 염두에 두어야 한다고 생각한다.

첫째는 구조이다. 완정하고 엄밀한 구조는 동화의 골격이다. 이야기의 줄거리마다 다 내재적인 합리성을 가져야 한다는 말이다. 즉 줄거리의 매 고리마다 관절처럼 긴밀히 연결되고 원활하게 움직일 수 있어야 한다는 것이다. 이처럼 줄거리의 발전은 율동적이고 자연스러운 박동이기 때문이다.

둘째는 논리이다. 상상과 이야기 줄거리는 반드시 논리성이 있어야 한다. 즉 이것이 이런 것은 반드시 그것 때문이므로, 그렇기 때문에 이렇게 된 것이라는 점이 있어야 한다는 말이다. 대담하게 상상하고 예상을 초월하는 한편 사물의 본성, 생활의 상식적인 도리 및 도덕적 판단을 고려해야 한다는 것이다.

셋째는 게임정신이 있어야 한다. 익살스러운 언어, 재치 있는 세부적 묘사, 개성 있는 인물로 같은 문자 공간에서 가뿐하고 친절한 분위기를 만들어주어야 한다. 독자가 그 속에 들어가 감정면에서 자발적으로 참여토록 해야 한다. 즉 자기나 또는 주변인물을 작품 중의 모 캐릭터에 대응시켜가면서 게임을 하듯이 독서의 쾌감을 느끼도록 해야 한다는 것이다.

넷째는 현실을 반영해야 한다. 동화는 상상, 과장, 변형 등의 수법을 빌려 현실을 예술적으로 반영하고 생활에 대한 이해를 표현해야 한다.

현실을 반영해야만 예술적 생명력을 가지게 되고, 생활에 대한 이해를 표현해야만 독자의 공감을 얻을 수 있기 때문이다.

나는 이런 방식으로 《달빛아래의 거지늑대(月光下的肚肚狼)》을 써냈다.

주즈창(朱自强) 교수님의 논평은 이러했다. "이미 오래 전에 창작 스타일을 바꾼 빙버(冰波)에게 있어서 《달빛아래 거지늑대》는 중요한 작품이다.

빙버는 이 작품을 통해 아동문학 작가로서의 예술적 재능을 충분히 보여주었다. …… 이 책이 성공한 것은 스토리의 극적 변화의 원동력이 인물의 성격과 인물관계에서 왔고, 에드워드 포스터가 《소설의 여러 모습》에서 얘기했듯이 "스토리"가 "플롯"01으로 상승함으로써 새겨볼수록 의미심장한 정취가 더해지

01) 플롯(plot) : 개별적인 사건의 나열을 말한다. 스토리(story)는 일반적으로 어떤 사건들이 일어났는가를 시간 순서대로 나열한 것인데 반해, 플롯은 외적인 동시에 심리적인 것으로서 양자 관계의 발전 양상이 작품 속에서 질서를 갖추게 된 것이다. 플롯은 이야기나 우화에서 볼 수 있는 서술구조보다 매우 수준 높은 서술구조를 띠게 된다. 아리스토텔레스는 〈시학〉에서 플롯에 최고의 중요성을 부여했으며 플롯이야말로 비극의 '혼' 이라고 보았다. 그 후 비평가들은 플롯을 기계적인 기능을 지니는 것으로 보고 그 중요성을 축소하는 경향을 보였으며, 낭만주의 시기에는 플롯이라는 말이 소설의 내용을 꿰고 있는 윤곽을 뜻하는 말로 격하되었다. 20세기에는 플롯을 줄거리의 전개로 다시 정의하려는 시도가 많았으며, 일부 비평가들은 아리스토텔레스처럼 픽션에서 플롯이 가장 중요하다고 보았다. 신 아리스토텔레스 학파에 따르면, 플롯은 독자의 정서적인 반응을 작가가 통제하는 것, 즉 작가가 독자에게 흥미와 불안을 일으키고 또 그 불안을 일정한 시간에 걸쳐 꼼꼼하게 조절하는 것이라고 했다.

기 때문이다." 주 교수님의 격려 말씀에 감사를 드린다. 필자가 좀 자화자찬한 것 같은 느낌이 들지만, 그러나 얼마 전 궈징밍(郭敬明) 출판인이 나의 《독거미의 죽음》을 다시 출판하였는데, 최문화(最文化)는 이런 글로 추천해 주었다.

"빙버의 작품 중에서 《독거미의 죽음》은 매우 남다르다. 이 작품은 빙버의 다른 동화작품과 다르며 심지어 세계적으로 독자들이 접촉한 그 어떤 동화와 도 다르다. 그것은 어둡고 음울하지만 깊은 애정을 담았고 애절했다.

그것은 그토록 남다르고 별스럽고 독단적이었다. 이 작품은 1989년 처음으로 출판된 후, 그 어두움과 괴이함, 비틀림과 심각함이 중국출판계의 미적 기준과 이념을 지나치게 많이 초월한 탓으로 그 때의 출판인들에 의해 '신조동화'라는 딱지를 단 채 세차게 용솟음쳐 오르는 서조(書潮) 속으로 매몰되고 말았다."

22년이 지난 오늘, 궈징밍 출판인이 영광스럽게도 이 작품을 다시 출판했다. 20여 년이라는 시간이 흐른 후에도 이 작품은 여전히 트랜디하고 전위적이며 시간에 의해 매몰된 것이 아니라 묵직한 경전이 되었다.

바로 이 순간 나의 마음이 갑자기 무거워진다. 나는 끊임없이 변화를 탐구하지만 독자들은 때로는 최초의 모양만을 원하는데 이 문제를 또 어떻게 봐야 할지 모르겠다.

나는 계속 새로운 변화를 탐구할 것이다. 혹은 예전대로 돌아갈 수도 있고, 혹은 새로운 그 무엇을 만들어낼 수도 있을 것이라 생각되기 때문이다.

CONTENTS

1 뚜드랑을 불쌍히 여겨주세요/ 2 위수이 선생/ 3 아름다운 것을 생각하다/ 4 보름날 밤/ 5 신비한 벙어리저금통/ 6 첫 번째 실패/7 돈을 많이 버는 방법/ 8 크게 성공하다/ 9 내일은 더 좋아질 것이다/ 10 빨산신의 아침밥/ 11 도둑맞은 맨홀 뚜껑/ 12 상금보다 맨홀 뚜껑 / 13 또 보름날 밤/ 14 빨간 신이 사라졌다/ 15 열세 번째 병원/ 16 노래 연습을 하고 싶어/ 17 쉰 노랫소리/ 18 흑보석을 팔자/ 19 아름다운 노래/ 20 전속 가수/ 21 텐라이극장/ 22 큰 실패/ 23 꼬빡 한 시간/ 24 천당에서 들려온 노랫소리/ 25 높은 받침대 위의 꽃잎/ 26 개기 월식

여름밤의 꿈

풀숲 속의 연주가

달님은 부드러운 은빛으로 땅을 비추고 이 작은 풀숲도 비춘다. 별은 호기심 어린 눈을 반짝이며 대지를 바라보고 이 작은 풀숲도 바라본다.

풀숲 속은 매우 조용하다.

베짱이, 왕귀뚜라미, 참매미, 여치가 지금 누군가를 기다리고 있다. 그들은 풀숲 속에서 가장 유명한 연주가인 귀뚜라미 지링(吉鈴)이 와서 경쾌한 곡 몇 가락을 연주하기를 기다리고 있다.

반딧불 아가씨가 연둣빛 초롱을 들고 두근거리는 가슴을 달래면서 지링이 오기를 기다리고 있다. 날씬한 몸매를 가진 메뚜기 아가씨는 연두색 원피스를 입고 가슴을 설레면서 지링을 기다리고 있다.

귀뚜라미 지링은 체격이 작고 말라 다른 귀뚜라미의 절반밖에 안 된다. 그러나 그의 외투는 몸에 딱 맞고 산뜻하며 달빛 아래 묘한 광택을 내고 있다. 그는 두 촉각을 가볍게 흔들면서 우아하게 여러분에게 인사를 했다.

"아, 정말 멋져!"

메뚜기 아가씨가 말했다.

"너무 근사해, 오!"

반딧불 아가씨가 말했다.

"쉿-."

베짱이가 이런 소리를 내면서 귀찮은 듯 반딧불과 메뚜기를 흘겨보았다.

풀숲 속은 또다시 고요함을 되찾았다.

지렁이는 날개를 펼치면서 연주를 시작했다.

그가 연주한 첫 곡조가 풀숲에 울려 퍼지자 작은 들꽃들이 떨리고 가는 풀잎들이 춤을 추었다…….

"찌륵, 찌륵……."

마지막 음표가 풀숲 속으로 사라졌다. 마치 풀잎 끝에 매달렸던 이슬방울이 굴러 떨어지듯이……

풀숲은 환호로 들끓었다. 많은 촉각들이 지렁을 향해 열심히 흔들면서 지렁의 촉각을 부딪치고 싶어 했다. 마치 사람들이 악수를 하는 것처럼……

지렁의 촉각은 그들의 촉각들을 하나하나 부딪쳐 주었다. 물론 급히 흔들고 있는 반딧불과 메뚜기의 촉각도 잊지 않고 부딪쳐 주었다.

"저벅, 저벅, 저벅!" 아! 이건 사람의 발걸음 소리이다. 풀숲 속에서 작은 주민들이 즐겁게 노래를 부를 때마다 이런 발걸음 소리가 재난을 가져다주곤 했다.

"저벅, 저벅, 저벅!" 다가온다, 가까이 다가온다. 무서운 발걸음 소리!

연주를 안 하기로 마음먹다

발걸음 소리의 주인은 한 사내아이였다. 그는 손전등과 귀뚜라미 그물을 가지고 지렁이 숨어 있는 돌덩이 곁으로 왔다. 사내아이는 돌덩이를 옮겨놓았다. 밝은 손전등이 지렁을 비추더니 귀뚜라미 그물이 덮쳐졌다. 지렁은 잡혀서 작은 대나무 초롱에 갇혔다.

"요렇게 작아서 우리 '대장'의 마음에 들 수나 있겠나?"

사내아이는 불만스러운 소리로 중얼거렸다.

이튿날 지렁은 하늘땅이 뒤집히는 것 같더니 영문도 모르게 질그릇 안으로 떨어졌다.

"세 번 곤두박질 시켜줄게~"하더니 사내아이는 지렁을 집어 들고 공중에 던졌다가 받고 또 던졌다가 받기를 세 번이나 했다.

지렁은 분노가 치밀면서 머리가 아찔하고 눈앞이 캄캄해졌다.

"좋아." 사내아이는 "이젠 네 성깔이 많이 사나워졌겠지? 그러니 대장이 좋아할 수 있게 큰 소리로 노래할 수 있겠지?"라고 말했다.

사내아이가 지렁을 다시 질그릇 속에 막 넣으려고 할 때 한 여자아이가 달려와 말했다.

"안 돼, 안 돼! 이 조그만 애를 그리 막 다루면 안 돼! 얘가 너무 작아서 그리 막 대하면 죽을 거야. 오빠, 얘를 나 줘!"

"그래, 그럼……."

사내아이는 시무룩해서 지렁을 여자아이 손에 내려놓았다.

"무서워 마, 꼬맹이 귀뚜라미, 벌벌 떨지 말라니까!"

여자아이는 상냥한 목소리로 말했다. 여자아이는 지렁을 작은 질그릇 속에 넣고 방그레 웃으면서

"난 너에게 싸움을 시키지 않을 거야, 좋은 음악을 연주하게 할 거야."

라고 말했다.

"여기는 음악이 필요 없어, 난 다시는 연주하지 않을 거야."

지렁의 마음속에는 한바탕 슬픔이 피어올랐다.

질그릇 속에서 음악을 연주하다

저녁 무렵, 여자아이는 질그릇을 창턱 위에 올려놓고 덮개를 열고 지렁을 물 끄러미 바라보았다.

"네 연주가 너무 듣고 싶거든, 음악가야!"

여자아이가 간절하게 말했다.

창밖에 포도나무 한 그루가 있었는데 반짝이는 투명한 포도송이가 가득 열렸고 손바닥처럼 생긴 수많은 잎이 미풍에 흔들렸다.

"후–" 여자아이는 실망스러워 한숨을 쉬었다. 지렁이가 머리를 들고 여자아이를 바라보니 그 아이의 까만 눈동자 속에 자기 모습이 비쳐져 있었다. 별안간 달맞이꽃 향기를 담은 바람이 불어오면서 나지막한 음악소리가 들렸는데 너무 기묘하고 신비했다. 그것은 먼 곳의 귀뚜라미가 연주하는 소리였다.

아득히 먼 곳에서 들려오는 낮은 음악소리가 지렁의 추억을 불러일으켰다. 그는 아직도 그 풀숲 속에 있는 듯 했다. 짙푸른 하늘에 오렌지색 보름달이 떠 있고 풀숲 속에 엷은 저녁안개가 피어올랐다……. 그는 악기의 줄을 맞췄다. 잠시 후 질그릇 속에서 지렁의 맑은 연주소리가 울려 퍼졌다. 음악소리가 창문 밖으로 울려 퍼지면서 어둠속을 감돌았다.

별이 나왔다. 질그릇 속에서 흘러나오는 이 기묘한 음악을 들으러 나온 것일까? 달님은 지렁의 검은 두루마기에 연한 은빛을 비춰주었다. 질그릇 속의 음악가에게 상을 주는 것일까? 둥그런 포도 잎이 바스락거리는 것은 푸른 손이 손뼉을 치는 것일까?

지링의 연주를 들으면서 여자아이의 마음은 엷은 구름처럼 아주 먼 곳으로 흘러갔다. 여자아이는 너무나도 행복했다. 여자아이의 귀뚜라미가 더 이상 침묵하지 않았고 더 이상 슬픔을 기억하지 않았기 때문이다. 지링은 연주를 계속하고 있었다.

달빛 아래에서 여자아이는 달콤하게 잠들었다. 여자아이는 얼굴에 미소를 담았고 그 미소를 꿈속으로 가져갔다…….

정원에는 한 바이올리니스트가 살고 있었다. 지링이 연주를 시작하자 그는 창문을 살짝 열었다. 음악이 가벼운 바람을 따라 창문 안으로 흘러들어 왔다.

바이올리니스트는 지링의 연주를 듣고 놀라서 멍해졌다.

그러면서 중얼거렸다.

"아, 이건 난잡한 괴석 사이로 흐르는 맑고 부드러운 냇물이고, 말라서 갈라 터진 땅 위에 내리는 서늘하고 감미로운 보슬비 같구나. 내 마음이 악기 줄처럼 떨리네! 얼마나 명쾌한 리듬이고 얼마나 신기하고 조화로운 화음인가! 마치 여름밤의 꿈과 같이 아름답게 연주하는구나.

그래, 꼭 이걸 바이올린 독주곡으로 만들어야지!"

바이올리니스트의 눈은 흥분으로 반짝였다.

반딧불과 메뚜기

희미한 연두색 빛이 질그릇 속으로 날아들었다. 연두색 그림자가 질그릇 속으로 날아 들어왔다.

"아, 메뚜기! 아, 반딧불!"

지렁은 자기를 찾아온 반딧불과 메뚜기를 놀라운 눈길로 바라보았다. 이는 기뻐해야 할 일이지만 반딧불과 메뚜기는 울었다.

"너희들은 내가 여기에 있는 줄 어떻게 알았어?"

하고 지렁이 물었다.

"네가 연주하는 소리를 멀리에서 들었어."

반딧불이 흐느끼면서 낮은 소리로 대답했다.

"난 지금까지 초롱을 들고 날아다니면서 너를 찾았어. 넌 내가…… 우리가 보고 싶지 않니?"

메뚜기도 눈물범벅이 돼서

"내가 너를 찾느라 많이 말랐거든…… 안 보여?"

라고 말했다.

"……."

"너는 왜 여기서 혼자 연주를 하는 거니?"

반딧불과 메뚜기가 물었다.

"한 여자아이가 나를 살려주었어. 이 꿈같은 달밤에 고향과 친구들이 보고 싶어서 지금 고향과 친구들에 대한 그리움을 토로하는 곡을 연주하는 중이야."

여자아이가 잠에서 깨어났다. 그는 반딧불과 메뚜기의 나지막한 울음소리에 놀라 깨어난 것이다.

"아, 내 귀뚜라미가 아직 창턱 위에 있지."

여자아이는 벌떡 일어났다.

"질그릇을 잘 덮어줘야겠어, 그렇지 않으면 귀뚜라미가 찬바람을 맞게 될 거야."

여자아이는 질그릇 앞으로 다가가 들여다보았다.

"어머!"

귀뚜라미 곁에 반딧불과 메뚜기가 한 마리씩 있었다. 여자아이는 웃으면서 말했다.

"너희들은 얘의 친구지? 그런데 얘가 잘 때가 됐어, 너희들도 집으로 가야겠구나."

반딧불과 메뚜기는 질그릇 속에서 날아 나왔지만 헤어지기 아쉬워서 질그릇을 에돌아 몇 바퀴나 돌았다……

달밤의 슬픔

사흘이 지났으나 지렁은 한 번도 연주하지 않았다. 지난 추억이 계속 그를 괴롭혀 마음이 무거웠다.

그는 늘 꿈에서 사랑스러운 고향을 보곤 했다. 그 푸르고 무성한 풀숲, 희미한 달빛과 반짝이는 별, 꽃잎 위에서 반짝이는 이슬과 풀잎의 가벼운 춤가락, 풀숲 속의 헤아릴 수 없이 많은 친구들, 물론 귀여운 반딧불과 메뚜기도 있었다.

"사흘이 됐는데 반딧불과 메뚜기가 보이지 않는구나. 그들은 왜 안 올까?"

지렁은 점점 깊은 수심에 잠겼다.

여자아이는 꿈에 낮은 음악소리를 들었다. 그것은 그리움으로 가득 찬 곡이었다. 마치 가을날 나뭇잎이 가을바람에 신음하면서 떨어져 내리는 것 같았다. 마치 겨울날 흰 눈이 햇빛 아래에서 "똑똑" 눈물을 흘리는 것 같았다…….

"누가 이렇게 슬퍼하고 있지?"

여자아이가 꿈에서 깨어나 보니 음악은 질그릇 속에서 흘러나왔고 사랑하는 귀뚜라미가 연주하는 것이었다.

"아, 내 친구야, 너 참 침울해 보이는구나?"

여자아이는 질그릇 덮개를 살짝 열고 괴롭다는 듯이 물었다.

"내가 너한테 잘해주지 못해서 그래? 뭐가 불쾌한지 말해주면 안 되겠니?"

여자아이의 눈에서 눈물이 흘러내렸다.

"댕, 댕!" 꼭 닫힌 창문 밖으로 누군가 가볍게 유리를 두드리고 있었다. 여자아이는 머리를 쳐들었다가 그만 놀라 굳어져버렸다.

유리창 밖에서 수많은 여러 곤충들이 춤추며 날고 있었다. 창턱 위에도 빼곡하게 곤충들이 모여 있었다. 많은 곤충들이 머리와 몸으로 유리를 들이받고 있었는데 너무나 단호하고 결사적이었다. 그들은 창문 안으로 들어오고 싶어 하고 있었던 것이다.

"쓱, 쓱, 쓱" 소리를 내며 여자아이가 창문을 열어주었다. 베짱이, 반딧불과 메뚜기가 앞장서 가볍게 외치면서 질그릇 곁에 멈춰 섰다.

"지링, 지링!"

다들 똑같이 이렇게 부르면서 촉각들을 지링 쪽으로 뻗었다.

다른 말이 필요 없었다. 이 한 마디에 얼마나 많은 감정이 담겨져 있고 얼마나 많은 그리움이 담겨져 있는지 모른다. 여자아이는 그들의 말은 알아들을 수 없었지만 이 특이한 장면을 보고 깨달았다.

여름밤의 꿈

이렇게 감동적인 장면은 조용한 여름밤에 일어난 것이다.

여자아이는 손에 질그릇을 받쳐 들고 정원 밖의 풀숲으로 걸어갔다. 수많은 곤충들이 여자아이를 따라갔다.

베짱이가 먼저 노래를 부르기 시작하니 노래를 부를 줄 아는 곤충들이 다 따라서 불렀다. 왕귀뚜라미가 불렀고 여치도 불렀고 참매미도 불렀으며 그들의 노래는 합창이 되어 버렸다.

메뚜기가 여자아이 주위에서 깡충깡충 뜀박질을 했다.

회색 메뚜기, 파란 메뚜기, 모든 뜀박질을 할 줄 아는 곤충들이 여자아이에게 자기 재주를 자랑했다.

반딧불들은 여자아이를 둘러싸고 한껏 춤추며 날았다. 연둣빛의 수많은 초롱이 무수한 별과 같이 여자아이 주위에 연녹색의 곡선을 그으면서 밤하늘을 아름답게 장식했다!

풀숲에 도착했다. 들꽃과 작은 풀들이 여자아이를 위해 즐겁게 춤을 추었다. 서늘한 밤바람이 여자아이의 부드러운 머리카락을 스치면서 풀숲의 싱그러운 흙냄새를 안겨주었다.

여자아이는 질그릇 덮개를 열고 질그릇을 기울이면서 떨리는 목소리로 말했다.

"나오너라, 내 귀뚜라미, 너의 집에 왔다……"

지렁은 여자아이의 손바닥으로 기어 나와 촉각으로 손가락을 여러 번 쓰다듬었다. 여자아이는 지렁을 치켜들고 얼굴에 살짝 댔는데 차갑고 간지러웠다. 이런 이상한 느낌은 그토록 낯설고도 익숙해서 평생 잊지 못할 것 같았다.

"안녕, 귀뚜라미!"

지렁은 촉각으로 여자아이의 얼굴을 부딪치고 나서 훌쩍 몸을 날려 풀숲 속으로 사라졌다. 회색 메뚜기와 파란색 메뚜기도 풀숲 속에 뛰어들어 보이지 않았다.

여자아이 주위를 에돌던 연둣빛 반딧불이 풀숲 속에 들어갔고, 하늘의 별똥도 풀숲에 떨어졌다. 다들 점차 사라져 버렸다.

"쟤들은 다 집에 가서 좋겠다."

여자아이는 텅 빈 질그릇을 들고 조용히 서 있었다. 여자아이는 즐겁게 웃고 싶었지만 그만 울어버렸다……

"둥근 달님아! 반짝이는 별아! 조금 더 환히 비추렴, 여자아이의 반짝이는 눈물에서 맑고 투명한 마음을 보렴!"

여자아이는 풀숲을 떠났다. 여자아이는 부드러운 침대 위에 누웠다. 그 아이의 몸에서는 풀숲의 싱그러운 냄새가 났다.

여름밤은 너무나 조용했다!

여자아이가 눈을 감고 깊이 잠들 무렵, 바람이 풀숲에서 귀뚜라미의 노랫소리를 가져왔다.

깊은 산골짜기에서 흩날리던 나뭇잎이 조용한 수면 위에 떨어져 가볍게 돌면서 잔잔한 물결을 일으키듯이, 산굴 속의 자유로운 샘물 한 방울이 반들반

들한 바위 위에 떨어지면서 가벼운 메아리 소리를 내듯이. 지링의 연주에는 여자아이에 대한 고마움과 풀숲에 대한 깊은 사랑이 담겨져 있었다.

바이올리니스트의 창문에서 은은한 바이올린 소리가 들려왔다. 바이올리니스트가 《여름밤의 꿈》을 연주하고 있었다. 바이올린 소리에서 여자아이는 들판에서 가볍게 부는 바람소리, 달과 별이 다정하게 이야기를 나누는 소리를 들었고, 풀숲에서 곤충들이 성대한 환영회를 가지고 축하 말을 하는 소리를 들었다……

가까운 곳의 바이올린 소리와 먼 곳의 귀뚜라미 연주소리가 합쳐져 사람과 자연의 이중주를 이루면서 조용한 달밤에 울려 퍼졌다. 여자아이는 웃으면서 잠이 들었다.

여자아이는 여름밤의 꿈을 꾸고 있었다.

늙은 거미의 선물

당신도 이런 채색 줄을 보면 늙은 거미를 생각하게 될 것이다.

-작자-

못가에는 높고 커다란 나무가 있어 마치 거대한 우산처럼 여름의 심한 무더위를 막아주고 있다. 나무 아래는 넓은 그늘이 펼쳐져 있다. 못의 물은 깨끗하고 고요했다.

늙은 거미가 나무 위에 그물을 치고 있었다. 거미가 배에서 뽑아낸 실은 자꾸만 끊어졌다. 한 번, 또 한 번. 늙은 거미는 그물을 제대로 칠 수가 없어서 매번 칠 때마다 처음부터 다시 만들어야 했다.

"나에게 태양의 힘을 좀 주렴."

늙은 거미는 이런 소리를 들었다. 요즘 이 소리가 자주 들리곤 했는데 마치 먼 하늘가에서 들려오는 것 같기도 하고, 또 자기 마음속에서 나오는 것 같기도 했다. 신비한 소리였다.

(옛날에는 내가 친 아름다운 그물이 마치 팽팽하게 당겨진 활시위와 같았는데……)

늙은 거미는 맥이 빠져 멈춘 상태에서 숨을 고르고 있었다. 끊어진 실이 너저분하게 그를 둘러싸고 있어 마치 악몽을 꾸고 있는 것 같았다.

"나에게 이른 아침의 바람을 주렴."

그 신비한 소리가 또 말했다.

(옛날에 아름다운 그물은 마치 가벼운 면사처럼 새벽바람에도 흔들렸는데…….)

아래에서 노랫소리가 들려왔다. 늙은 거미는 아래를 내려다보았다.

귀뚜라미가 못가에서 노래를 부르고 있었다. 젊고 멋진 귀뚜라미였다. 그의 노래는 힘차게 뛰고 있는 그의 심장과 같았고, 또 용솟음치는 그의 피와도 같았다. 그는 못가에서 노래를 부르면서 파란 풀이 빽빽한 물가를 껴안기 좋아했다.

늙은 거미는 큰 감동을 받았다. 잔잔한 물결이 일고 있는 연못이 너무나 아름다웠다. 마치…….

"나에게 즐거운 물결을 주렴."

그 소리가 또 말했다.

(옛날에 사냥감이 그물에 걸려 죽기내기로 몸부림을 칠 때에 그물에도 간간히 파도가 일었었다, 마치 이 못처럼…….)

"그런 그물을 다시 한 번 더 만들어야지!"

늙은 거미가 결심을 내리면서 말했다. 그는 처음부터 다시 시작했다.

귀뚜라미는 머리를 쳐들었다가 늙은 거미가 그물을 새로 치는 것을 보았다.

"그런데 왜 늙은 거미는 또 힘들게 그물을 치는 거지? 노래 부르는 것이 훨씬 좋은데……" 하고 귀뚜라미가 생각했다.

그때 갑자기 늙은 거미가 나무 위에서 떨어졌는데, 배에 기다란 실이 드리운 채 나무에 걸려버렸다. 그러나 실이 그를 지탱하지 못해 결국 끊어져버려 늙은 거미는 마치 검은 운석처럼 떨어지고 말았다.

"나에게 악기 줄 한 가닥만 주렴!"

그 소리가 말했다.

(옛날에 그물을 치던 실은 탄성과 끈기가 있어 듣기 좋은 소리를 낼 수 있었는데……)

늙은 거미는 못에 빠져버렸다. 작은 물방울이 몇 방울 튕겼다. 거꾸로 비친 나무의 그림자가 흐트러졌다.

"살려주세요! 살려……"

귀뚜라미가 못으로 훌쩍 뛰어들었다. 수면 위에 작은 파문이 일었다. 그는 쏜살처럼 빨랐다. 그의 촉각이 밧줄처럼 늙은 거미를 향해 뻗었다.

늙은 거미는 구조되어 못가로 나왔다. 물방울이 구슬처럼 귀뚜라미 몸에서 굴러 떨어졌다. 반드르한 검은 두루마기가 햇빛에 반짝였다.

그러나 늙은 거미의 몸에는 물이 가득 스며들어 있었다. 여러 군데에 물기가 얼룩져 있었다.

"나의 실은 이미 탄력을 잃어 나를 지탱할 수가 없어."

늙은 거미가 더듬거리며 말했다.

"왜 아직도 그물을 치고 있어요? 당신은 늙었어요!"

"난 마지막으로 그물 한 장을 더 치고 싶어. 내 뱃속에 실이 얼마 안 남았거든……."

늙은 거미는 온 힘을 다 해 헐떡거렸다. 물속에서 한바탕 몸부림을 쳐서 체력을 다 소진해버린 것이다. 그는 배를 불룩거렸다. 귀뚜라미는 늙은 거미의 배를 뚫어지게 바라보았다. 배에는 깊은 주름이 가득 져 있었는데 마치 잡초가 우거진 땅과 같았다.

"나에게 강철 같은 푸른빛을 주렴."

그 소리가 말했다.

(옛날에는 배가 그토록 통통하고 매끄럽고 금속의 광택이 났었는데…….)

귀뚜라미는 갑자기 강렬한 욕망이 생겼다. 그는 그 주름을 만져보고 싶어졌다. 그는 저도 모르게 만져봤더니 참 느낌이 이상했다. 그것은 지면에 드러난 고목나무 뿌리 같았다. 그것은 수천 년간 비바람을 맞아온 바위 같았다.

귀뚜라미는 그만 속으로 몸서리를 치고 말았다.

"살려줘서 고맙다, 난 마지막으로 그물 한 장만 더 쳐야겠어."

이 말에는 마른 장작이 탁탁 튀면서 타는 것 같은 소리가 담겨져 있었다. 늙은 거미는 느릿느릿 걸어갔다.

그는 계속 풀무질 하는 것처럼 숨을 몰아쉬었다.

"정말 불쌍하네, 거미가 너무 늙었어."

귀뚜라미는 이렇게 생각했다.

바람이 들지 않는 작은 흙 굴이다. 굴 안은 칠흑같이 어두웠다. 여기는 늙은 거미의 집이다. 늙은 거미는 거미줄을 치지 못하면서부터 이 작은 굴속에서 살 수밖에 없었다.

"나에게 부드러운 해무늬를 주렴." 그 소리가 말했다.

(그는 예전에 그물 위에서 잘 때 햇빛이 바람을 비추고 바람이 그물을 살랑살랑 흔들었던 기억이 났다. 마치 구름 위에 누운 것처럼, 마치 그네 위에 누운 것처럼, 마치 잔잔한 물결 위에 누운 것처럼…….)

그물. 그물!

늙은 거미는 스스로 물었다.

"내 뱃속에 아직 실이 얼마 남아있지?"

배 위의 주름이 대답했다.

"얼마 안 남았어, 거의 없어!"

옛날에는…….

늙은 거미는 외로움을 느꼈다. 사막에 자라는 한 그루의 선인장처럼. 황량한 들판에 우뚝 솟은 한 그루의 나무처럼.

겨울날에 남겨진 나뭇잎처럼 느껴졌다.

귀뚜라미는 오늘 특별히 흥분해 있었다.

풀숲에는 풀대로 만든 새 집이 생겼다. 이건 귀뚜라미의 새 집이었다.

나비가 왔다. 한 쌍의 황금빛 날개가 붉은 저녁노을 속에서 부채질을 하고 있었는데 마치 두 개의 살아 숨 쉬는 햇빛과 같았다.

참매미가 왔다. 맑고 깨끗한 노랫소리가 조용한 황혼 속에 울려 퍼졌다. 공기 속에 파도처럼 울려 퍼졌다.

반딧불이 왔다. 담녹색의 초롱이 구불구불한 신비한 곡선을 그리면서 희미한 저녁안개 속에서 헤엄치고 있었다.

그들은 귀뚜라미의 친구로 새집에 집들이를 하러 온 것이다.

"축하해! 축하해!"

목소리들이 노래를 부르는 것 같았다.

"고마워! 고마워!"

이 목소리도 노래를 부르는 것 같았다.

귀뚜라미는 친구들을 자기 새 집으로 들어오게 했다.

나비는 신선한 꽃가루를 벽에 발라주었다.

새 집에는 달콤한 향기가 감돌았다. 반딧불은 초롱을 높이 추켜들었다. 그러자 새 집에는 몽롱한 빛이 반짝거렸다.

귀뚜라미와 참매미가 이중창을 불렀다. 노랫소리는 젊은 마음에서 흘러나와 새 집 밖으로 날아갔다. 젊은 친구들은 함께 어울려 마음껏 즐겼다. 늦게까지 웃고 노래하고 춤을 추었다.

작은 흙 굴 안에서는 늙은 거미가 끄덕끄덕 졸고 있었다. 갑자기 늙은 거미는 온몸을 흠칫 떨더니 가까스로 굴 밖으로 기어나갔다. 그는 조용히 들었다…….

"나에게 젊은 마음을 주렴." 그 소리가 말했다.

어둠 속에서 늙은 거미가 기어가고 있었다.

노크를 했다. 귀뚜라미가 문을 열었다. 공기가 얼어붙는 듯 했다. 즐거운 음악 소리가 뚝 멈췄다. 젊은 마음들이 부들부들 떨기 시작했다.

뒤쪽은 멀고 깊은 검푸른 하늘이고, 그 앞에는 늙은 거미가 서서 부들부들 떨고 있었다. 마치 끔찍한 흐느낌 소리가 들리는 듯 했다. 컴컴한 들판에서 나는 흐느낌 소리 같았다. 늙은 거미가 귀뚜라미의 새 집에 들어오자 흐느낌 소리는 사라져버렸다.

그는 벽에서 나는 꽃가루 냄새를 맡았다.

그는 공중에 떠 있는 푸른 초롱을 보았다.

그러나 모든 것이 희미하고 어렴풋했다. 늙은 거미는 후각이 둔해지고 시력도 감퇴되었던 것이다.

"나에게 1분간 젊음을 주렴." 그 소리가 말했다.

늙은 거미의 눈물이 땅에 떨어졌다.

1분간의 젊음이라도 좋았다. 꽃가루 냄새를 맡아보고, 푸른 초롱을 보고, 노랫소리를 듣고, 그것들을 영원히 기억 속에 담고 싶었다.

늙은 거미의 눈물은 더 이상 흘러내리지 않았다.

눈물이 이미 말라버린 것이다.

"나도 너에게 선물을 줄게."

늙은 거미가 귀뚜라미에게 말했다.

"내가 그물 한 장을 만들어줄게."

늙은 거미는 밖으로 나가 지붕 위로 기어 올라갔다. 그는 그물을 치기 시작했다. 훌쩍 뛰어올라 지붕의 왼쪽에서 오른 쪽으로 그네를 뛰듯이 넘어갔다. 활처럼 생긴 거미줄이 문 앞에 드리워졌다.

갑자기 늙은 거미가 부르르 몸을 떨었다. 그는 몸 안에 끔찍할 정도로 허탈감이 느껴졌다. 오장육부가 다 날아가고 껍질만 남은 것 같았다. 결국 늙은 거미는 운석 덩어리처럼 지붕 위에서 떨어졌다.

"미안해. 난 더 이상 그물을 칠 수가 없어. 실이 없어, 이게 마지막 한 가닥이야……"

늙은 거미는 걸려 있는 한 가닥의 거미줄을 바라보았다. 그의 눈빛에는 불길이 타오르고 번개가 번쩍였다. 그는 말없이 어둠 속으로 기어갔다.

투명하고 가는 거미줄이 새 집 문 앞에서 보일 듯 말 듯 가볍게 흔들리고 있었다.

"들어가자, 계속 즐겁게 놀자!"

귀뚜라미가 말했다. 웃고 노래 부르며 춤을 추는 그들의 향연은 계속되었다. 그러나 파티가 더 이상 열렬하지는 않았다.

귓가에 왠지 계속 컴컴한 벌판에서 흐느끼는 소리가 들려오는 것 같았다.

작은 흙 굴 안에서 늙은 거미는 끄덕끄덕 졸고 있었다.

늙은 거미는 자신이 매우 무거워지면서 작은 굴을 따라 아래로 떨어지는 것 같은 느낌이 들었다. 아래에는 칠흑처럼 캄캄했으며 그늘지고 추웠다. 늙은 거미는 아래로 떨어지고 있었다.

"나에게 가벼운 구름 한 조각을 주렴."

그 소리가 말했다.

가벼운 구름 한 조각이 늙은 거미를 받쳐 주었다.

구름은 천천히 날고 있었다.

"아, 마치 나의 그물 위에서 자는 것 같구나!" 늙은 거미는 이렇게 생각했다.

귀뚜라미가 새집 문 앞에 앉아 있었다. 즐거운 파티가 끝나 친구들은 다 작별인사를 하고 돌아갔고 지금 너무나 조용했다.

벽에서 꽃가루가 떨어졌다.

꽃가루는 죽었고 죽은 꽃가루는 먼지일 뿐이었다.

반딧불은 푸른 초롱을 가지고 갔다. 빛은 남겨둘 수 없는 것이기 때문이다.

참매미의 노래로 바람 따라 사라졌다.

귀뚜라미는 하늘을 쳐다보았다. 아, 별이 있고 달도 있고, 그리고 늙은 거미가 선물한 거미줄 한 가닥이 아직도 문 앞에 걸려 있었다.

하늘에서 별똥 하나가 쏜살같이 지나갔다.

귀뚜라미는 "또 별 하나가 죽어 운석이 돼버렸구나."라고 생각했다.

"운석?" 귀뚜라미는 늙은 거미가 생각났다.

한 번은 못에 떨어졌고, 다른 한 번은 새 집 문 앞에 떨어졌던 것이 생각났던 것이다.

"늙었다, 늙었어!" 컴컴하고 황량한 들판이 흐느껴 울고 있었다.

흙 굴 안에서 가벼운 구름 한 조각이 늙은 거미를 싣고 날고 날아 하늘 끝으로 가고 있었다. 늙은 거미는 그물을 보았다. 금빛의 거대한 그물이 하늘 전체에 걸려 있었다.

"아름다운 그물이구나⋯⋯."

"산다는 게 얼마나 좋은 일인가! 마음대로 그물을 짤 수 있으니." 늙은 거미는 이렇게 생각했다.

아침의 햇빛이 귀뚜라미의 새 집을 비추었다. 귀뚜라미가 집 문을 열었다.

"줄! 늙은 거미의 줄이다!"

귀뚜라미는 놀라 저도 모르게 소리를 질렀다. 활처럼 생긴 그 거미줄에 밤새 자그마한 이슬이 가득 맺혔다. 이슬마다 햇빛에 반짝거렸고, 마치 빨주노초파남보 일곱 색깔을 띤 자그마한 태양 같았다. 거미줄이 휘황찬란한 빛을 뿜어내고 있었다.

이 마지막 줄에는 늙은 거미의 젊었을 때의 이야기가 적혀 있고, 늙은 거미의 청춘의 음표가 뛰고 있으며, 세계의 비밀, 생명의 비밀을 말해주고 있었다.

이 신기한 천연색 줄을 보면서 귀뚜라미는 마음속에서 화산이 폭발하는 것 같았다.

찾았다. 그 작은 흙 굴을 찾았다.

늙은 거미가 굴속에서 조용히 몸을 옹크리고 있었다.

그의 배에 새겨진 주름이 보였다. 그것은 땅 위에 드러난 고목의 뿌리 같았고, 비바람을 겪어온 오래된 바위 같았으며, 깊고 험준한 협곡 같았다.

그 아래에서는 황홀한 빛이 나온 적이 있으며, 그 빛은 무지개보다 더 아름다웠었다.

나비가 꽃가루를 작은 흙 굴 안에다 뿌렸다. 싱그러운 향기가 났다.

반딧불은 담녹색의 초롱을 작은 흙 굴 안을 비춰주었다. 부드러운 달빛 같았다. 귀뚜라미와 참매미가 노래를 불렀는데, 마치 어루만져주며 위로해주는 손과 같았다.

슬퍼 말자. 슬퍼 말자. 황량한 벌판이 더는 흐느껴 울지 않을 것이다.

우리의 태양을 바라보자.

태양은 빛을 사방에 환히 비추면서 불타오르고 있었다. 사방으로 비춰진 빛은 푸른 하늘에서 거대한 그물이 돼버렸다.

태양은 그물의 중심이다. 가벼운 구름 한 송이가 늙은 거미를 싣고 날면서 이 금빛 그물을 본 적이 있다. 이 영원한 그물을…….

귀뚜라미, 참매미, 반딧불, 나비는 마음속으로 노래 한 곡을 합창했다.

"산다는 게 얼마나 좋은가! 마음껏 노래를 부를 수 있고, 빛을 뿌릴 수 있고, 춤을 출 수 있고……."

미풍에 그 채색 줄은 젊은 웃음을 담고 생명의 노래를 담은 채 유유히 그네를 뛰고 있었다.

딸랑딸랑

"딸랑딸랑⋯⋯"

꼬마사슴이 머리를 흔들면 목에 걸려 있는 작은 방울이 듣기 좋은 소리를 냈다. 이 방울은 원래 엄마 목에 걸려 있었던 것이다. 엄마는 꼬마사슴을 낳은 후이 방울을 꼬마사슴의 목에 걸어주었다.

꼬마사슴은 이 방울을 아주 좋아했다.

꼬마사슴은 엄마와 함께 작은 산굴 속에 살고 있었다. 꼬마사슴은 자기 집을 아주 좋아했다. 산굴 안에서 방울을 흔들면 소리가 더 듣기 좋았다. 메아리 소리마다 마치 물로 씻은 듯 맑게 들렸다.

"딸랑딸랑, 딸랑딸랑⋯⋯."

어느 날, 엄마는 꼬마사슴에게

"엄마가 가서 먹을 걸 찾아올게, 넌 아직 어리니까 집에서 놀고 아무데나 다니지 말거라."하고 말했다.

엄마가 떠났다. 그러나 날이 어두워졌는데도 엄마는 돌아오지 않았다.

밖에서 바람이 "윙윙" 불고 있고, 나뭇잎의 검은 그림자가 바람 속에서 마구 흔들렸다. 꼬마사슴은 무서워지기 시작했다.

그는 "날이 어두워 엄마가 밖에서 길을 잃은 것은 아닐까? 내가 산굴 어귀로 가서 방울을 흔들면 엄마가 방울 소리를 듣고 돌아오겠지."라고 생각했다.

꼬마사슴은 산굴 어귀에 서서 목에 걸려 있는 방울을 크게 흔들었다.

"딸랑딸랑, 딸랑딸랑……."

방울소리가 어둠속에서 멀리 멀리 퍼져나갔다.

엄마가 방울 소리를 못 들었나? 왜 아직도 안 돌아오는 거지?

꼬마사슴은 잠이 왔다.

그는 작은 방울을 목에서 풀어 산굴 어귀에 걸어놓았다.

"방울을 여기에 걸어놓으면 엄마가 돌아올 때 이마가 방울에 부딪치겠지, 그럼 방울이 울릴 거야."

꼬마사슴은 이렇게 생각하면서 잠이 들었다.

"딸랑딸랑…… "

꼬마사슴이 잠든 지 얼마 안 돼 방울이 울렸다. 꼬마사슴은 얼른 깨어났다.

"엄마 왔어요?"

아무 대답이 없었다. 작은 방울이 반짝반짝 빛나면서 가볍게 흔들리는 것이 보였다. 바람이 방울을 흔들었던 것이다.

꼬마사슴은 다시 잠이 들었다. 그는 꿈을 꾸었다. 꿈에 엄마가 돌아와 이마가 방울에 부딪혔다…….

"딸랑딸랑……."

방울소리가 또 울렸다. 이번에는 꼬마사슴은 무거운 발걸음 소리를 들었다.

"엄마 왔어요?"

꼬마사슴은 다급히 물었다.

"나다!"

산굴 속에서 굵은 목소리가 울렸다. "엄마가 아니네!"하고 생각한 꼬마사슴은 깜짝 놀랐다. 커다란 검은 그림자가 다가왔다. 앗! 표범, 커다란 어미표범이었다!

표범은 어린 사슴을 잡아먹는다. 그러나 꼬마사슴은 그걸 몰랐다. 엄마가 그걸 알려주지 않았기 때문이다. 그러나 이 표범은 지금 배가 고프지 않아 아직 꼬마사슴을 먹고 싶지 않았다.

표범은

"아, 오늘은 너무 춥다, 눈이 오려나. 이 산굴은 너무 따뜻하구나, 여기서 잠을 자야겠다. 어이, 꼬맹이, 넌 밖으로 나가!"

라고 말했다.

"여긴 우리 집인데요. 왜요?"

꼬마사슴은 너무 이상했다.

"너 나가지 않으면 물어 죽여 버리겠다!"

표범이 입을 쩍 벌리고 꼬마사슴에게 엄포를 놓으면서 머리로 들이받으니 꼬마사슴은 산굴 밖으로 던져졌다.

"그럼 부탁을 해도 될까요? 우리 엄마가 돌아오면 이 방울이 울릴 거예요. 방울이 울리면 저에게 알려주세요?"

꼬마사슴이 애처롭게 말했다. 표범은 귀찮은 듯이

"알았어, 시끄럽게 굴지 말고 어서 꺼져! 잠 좀 자게 말야!"

라고 말했다. 표범은 산굴 속에 누워 속으로 이렇게 생각했다.

"어리석은 새끼사슴이 아직도 엄마를 기다리는구나! 니 엄마는 진작 사자에게 잡혀 먹혔는데. 그 가증스러운 사자가 며칠 전 내 귀여운 아이도 물어 죽였지……."

표범은 그 생각을 할 때마다 치가 떨리곤 했다. 밖에는 추운 바람이 점점 더 크게 불어쳤다. 하늘에서는 눈이 펑펑 내렸다.

"엄마가 아직도 안 오네……."

꼬마사슴은 흐느끼면서 점차 잠이 들었다. 눈송이가 한 송이 한 송이 꼬마사슴의 몸을 덮었다. 꼬마사슴은 꿈을 꾸었다. 꿈에 엄마의 이마가 작은 방울에 부딪혀 "딸랑딸랑……" 듣기 좋은 소리를 냈다.

꼬마사슴은 깜짝 놀라 깨어났다. 자세히 들어보니 아무 소리도 들리지 않았다. 꿈에 방울소리가 들렸는데. 방울이 울렸을까?

꼬마사슴은 일어나 바들바들 떨면서 산굴로 가서 어미 표범의 커다란 몸을 가볍게 흔들었다.

"왜 그래?"

표범은 잠에서 깨어나 화를 내려고 했다.

"방울 소리예요. 꿈에 방울소리를 들었어요. 엄마가 돌아온 거예요?"

꼬마사슴은 두려움에 떨면서 이렇게 말하고 나서 머리를 들고 그 예쁜 커다란 눈으로 먼 곳을 바라보았다. 표범은 화가 나서 입을 크게 벌리고 꼬마사슴을 물어 죽이려 했다……. 그런데 갑자기 표범의 두 눈이 희미해졌다. 꼬마사슴이 그의 죽은 아이로 변해버린 것 같았다. 귀여운 꼬마표범도 매일 이렇게 엄마가 돌아오기를 기다렸던 것이다.

표범은 황급히 마음을 가라앉혔다. 그가 본 것은 여전히 불쌍한 꼬마사슴이었다. 그의 엄마는 사실 진작 죽었다. 그런데도 그는 진지하게 엄마를 기다리고 있고 엄마가 방울을 울려주기를 기다리고 있다……

표범의 눈빛이 부드러워졌다.

"…… 이리 들어 오거라, 안으로 들어와, 바깥은 춥거든……"

표범이 말했다. 꼬마사슴은 들어와 표범 곁에 누웠다. 꼬마사슴이 잠 들었다. 몸에 쌓였던 눈이 점점 녹았다. 그는 꿈에서도 엄마를 부르고 있었다.

이튿날, 산굴 밖은 온통 새하얀 눈으로 뒤덮여 있었다. 해가 하늘에 솟아 빨갛게 방울을 비추고 있었다.

작은 방울이 반짝반짝 빨간 빛을 뿌려 눈이 부셨다.

꼬마사슴이 깨어났다. 그는 갑자기

"이 방울 소리가 멀리까지 들려요?"

하고 어미표범에게 물었다.

"방울이 요렇게 작은데 소리가 멀리까지 들리겠니?"

꼬마사슴이 잠깐 생각하더니 말했다.

"그럼, 우리 엄마가 내 방울소리를 듣지 못해 돌아오지 못하겠네요, 나는 엄마 찾으러 갈래요!"

"너 가면 안 돼, 사자가 널 잡아먹을 거야!"

꼬마사슴은

"사자가 나를 먹으면 우리 엄마가 와서 욕할 거예요!"

라고 말했다. 꼬마사슴은 눈 위를 달려갔다. 눈 위에 가늘고 검은 발자국이 한 줄 남겨져 있었다. 바로 이 때 표범은 으르렁 거리는 소리를 들었다.

"사자가 왔다!"

표범이 소리를 질렀다.

"사슴아, 어서 돌아와! 어서 돌아오라니까!"

꼬마사슴이 멀리서 대답했다.

"싫어요, 난 엄마 찾으러 갈래요……."

표범은 벌떡 일어나 산굴 속을 뛰쳐나가더니 온 힘을 다해 꼬마사슴을 따라 달려갔다. 그는 곧바로 꼬마사슴을 따라잡았다. 표범은 입을 벌리고 꼬마사슴을 가볍게 물고 돌아왔다.

표범은 산굴 속으로 뛰어 들어와 꼬마사슴을 내려놓고

"나가면 안 돼!"

라고 엄포를 놓았다. 이 때 산굴 밖에서 이런 소리가 들렸다.

"어, 새끼사슴 냄새가 나는데, 하하, 신령님이 내가 또 배고프다는 걸 아시나 보지?"

"아! 사자가 왔구나."

표범은 곧바로 나갔다.

"썩 물러가지 못해!"

표범이 사슴을 향해 울부짖었다. 눈에서 불이 뿜겨 나올 것 같았다. 사자는 흠칫 놀랐다. "흠! 이 산굴 속에 새끼사슴이 있는 게 틀림없구나, 너 혼자 차지하려고 그러지?"

사자는 이렇게 말하면서 동굴 안으로 들어가려고 했다.

"우리 절반씩 나눠가지자."

"썩 꺼지지 못해!"

표범은 다시 한 번 울부짖으며 사자를 덮쳤다.

사자가 흠칫 하더니 반격을 가하기 시작했다. 시뻘겋게 벌린 두 커다란 입에서 새하얀 이빨들을 드러내면서 표범과 사자는 한 덩어리가 되어 싸웠다. 울부짖는 소리가 너무 커서 땅이 흔들렸고 나무 위의 눈이 덩어리 째 땅에 떨어졌다. 표범은 원래 사자의 상대가 아니었지만 새끼를 위해 이성을 잃었는지라 두려운 것이 없었다. 사자는 표범의 눈에서 불덩어리가 뿜겨져 나오는 것을 보았다. 그러자 사자는 놀라서 허둥지둥 도망을 쳤다.

표범은 기진맥진하여 산굴 쪽으로 걸어갔다. 그의 몸은 사자에게 물려 몇 군데 구멍이 났으며 피가 콸콸 쏟아져 나오고 있었다. 목은 사자에게 물려 살점이 떨어져 나가 빨간 근육이 드러났다. 피가 눈 위에 떨어졌다. 방울방울 빨간 피가 산굴 어귀까지 이어졌다.

표범은 산굴 속으로 들어갔다. 그의 이마가 산굴 어귀에 매달린 작은 방울을 건드렸다.

"딸랑딸랑⋯⋯."

방울 소리가 듣기 좋게 울렸다.

꼬마사슴은 머리를 쳐들고 예쁜 큰 눈을 깜박이며 표범을 바라보았다.

"엄마⋯⋯ 아, 표범 아줌마구나, 피를 흘리고 있네요, 아파요?"

표범은 꼬마사슴의 곁에 드러누워 숨을 몰아쉬면서 말했다.

"내가 너랑 같이 엄마 기다려줄게, 응?"

꼬마사슴은 머리를 끄덕였다. 둘은 함께 작은 방울을 지켜보았다. 방울은 바람에 가볍게 흔들렸다. 표범이 말했다.

"네 엄마가 돌아오지 않으면 내가 너의 엄마가 돼줄게, 그래도 돼?"

꼬마사슴은 또 머리를 끄덕였다. 표범은 웃고 싶었으나 너무 피곤했고 상처가 너무 많이 아팠다. 그는 피가 흐르는 꼬리를 쳐들고 매달려 있는 작은 방울을 건드렸다.

"딸랑딸랑……."

작은 방울이 울렸다. 산굴 속에서 메아리 소리가 들렸는데 너무 듣기 좋았다. 꼭 마치 물로 깨끗이 씻은 것처럼 맑았다.

"딸랑딸랑, 딸랑딸랑……."

신비한 눈

남자 아이가 문어귀에 말없이 앉아 있었다.

문어귀의 포도덩굴 아래서 제멋대로 흔들리는 빛과 그림자를 뚫고 그는 먼 곳을 바라보고 있었고, 그의 눈은 평평하고 매끄러운 윤곽을 가진 단조로운 산을 바라보고 있었다. 무미건조한 윤곽을 제외한다면 산이 존재하는 유일한 의미는 저쪽에 있는 무엇인가를 가리기 위해서인 것 같았다.

"산에 가려진 곳은 도대체 어떤 모습일까?"

남자아이는 이런 생각을 했다. 그는 그것이 궁금했다.

그는 언제나 같은 꿈을 꾸곤 했다. 산 저쪽은 생각밖에 이쪽과 마찬가지로 먼 곳은 넓은 논밭이고 가까운 곳 왼쪽에는 오래된 큰 녹나무가 있는데 아주 당차고 엄숙하게 자라고 있었다.

어떻게 여기와 비슷할 수가 있지? 남자아이는 믿어지지 않았다. 그는 산의 저쪽에는 틀림없이 다른 특별한 것이 있을 거라고 생각했다. 예를 들면 구불구불한 시냇물이라든가 조용한 작은 숲 같은 것이 있을 것 같았다. 그러나 꿈에는 늘 논밭과 묵은 녹나무만 보였다.

그는 얼마나 산의 저쪽에 가보고 싶은지 모른다. 그러나 그럴 수가 없었다. 그의 두 다리가 15년 전 다섯 살 나던 해에 큰 병으로 마비됐기 때문이다. 다른 사람에게 업혀서 저 산을 넘어 거기에 뭐가 있는지 가볼 수도 없었다.

그럼 다른 사람들이 비웃을 테니까 말이다. 그리고 그는 다른 사람에게 업히고 싶지도 않았다.

그런데 산 저쪽에 무엇이 있기에 그가 이토록 넋이 빠져 있는 걸까?

남자아이는 너무나도 저 산을 꿰뚫어 보고 싶었다.

산의 저쪽에는 한 여자아이가 창문에 기대어 앉아 있다. 가을바람이 걱정스러운 듯 그녀의 머리카락을 쓸어주고 있다.

"왜 '금빛 가을'이라고 할까? 금빛은 태양과 같은 색깔일까? 하지만 가을바람은 차고 태양은 따뜻한데……."

여자아이는 혼자서 중얼거렸다. 그녀는 색깔이란 어떤 것인지 알 수가 없었다. 그녀의 얼굴은 공기가 촉촉한지 건조한지는 느낄 수가 있었다. 그녀는 흙이 계절마다 풍기는 냄새를 가려낼 수도 있었다. 그녀는 또 비가 어디에 잘 떨어지는지도 알 수 있었다. 그것들이 내는 여러 가지 소리가 그것들의 언어이기 때문이었다.

"그러나 색깔은 무엇일까?"

여자아이는 눈앞의 모든 것이 얼마나 보고 싶은지 모른다. 얼굴이 아니고 귀와 코가 아니라 눈으로 보고 싶었다. 그러나 볼 수가 없었다. 그녀는 아주 어릴 때부터 어둠속에서 지냈기 때문이다. 그녀는 맹인이었던 것이다.

"색깔, 색깔이란게 도대체 무엇일까?"

그녀는 맡아보고, 들어보고, 피부로 느껴보았지만 소용이 없었다.

해는 성숙된 붉은 색을 띠면서 점차 산 아래로 졌다.

남자아이는 해가 부러웠다. 해는 매일 산의 저쪽을 볼 수 있기 때문이다.

구름 한 송이가 높은 하늘의 바람에 의해 갈래갈래 늘어난 채 총망히 산 저쪽으로 흘러가고 있었다.

"내가 떠다닐 수 있는 한 조각의 구름이라면……."

이상한 빛 한 줄기가 스쳐가듯 갑자기 그의 머릿속에 한 가지 영감이 떠올랐다.

"연! 그래, 연을 만들자! 연이 나 대신 산 저쪽을 구경하게 하자!"

남자아이는 자기의 이 아이디어 때문에 흥분해져서 얼굴이 빨갛게 달아올랐다.

그에게 연을 만드는 것은 참 쉬운 일이었다. 그가 만든 연은 얼마든지 멀리 날 수 있었다.

그는 열심히 연을 만들었다. 자신의 모든 신임과 부탁을 다 쏟아 부었다.

저녁노을이 어두워지고 석양이 질 때 장난기를 지닌 젊은 연이 남자아이의 손에서 흔들거렸다. 머리채 같은 꼬리가 어서 떠나고 싶어 떨리고 있었다.

별이 나왔다.

여자아이는 얼굴을 쳐들었다.

바람이 아까처럼 장난치지 않고 얼굴을 다급히 스쳐지나가자 그녀는 해질 무렵이 됐다는 것을 알았다. "바람이 집으로 돌아가야 하니까……."라고 생각했다.

"그들도 여자아이처럼 더듬으며 집을 찾아가겠지……."

사람들은 이 때면 별이 나온다고 했다.

별이 나올 때면 여자아이는 창문가에서 얼굴을 쳐들곤 했다. 그토록 조용하고 평화로운 얼굴에는 슬픈 아름다움으로 가득했다.

부드러운 빛이 그녀의 얼굴을 비추었다. 그것은 서늘하고 맑은 기운을 가진 별의 빛이었다.

"내 눈을 씻어다오, 내 눈을 씻어 밝혀다오……"

여자아이가 낮은 소리로 중얼거렸다.

그녀는 하늘에 많은 것을 기대하고 있다. 그녀는 하늘이 자신에게 많은 것을 줄 수 있으리라고 믿었다. 마치 해가 자신에게 따뜻함을 줄 수 있듯이…….

여자아이는 이전부터 초조해하지 않았으며, 마음은 마치 조용한 호수와 같았다. 마음속에 그렇게 많은 아픔이 쌓였지만 겉은 매우 부드러웠다.

달이 그녀를 보고 있었다.

그녀는 달이 자신을 보고 있다는 것을 알고 있었다. 그녀는 달의 특별히 맑고 시원한 냄새를 맡았던 것이다. 마치 멀지 않은 곳에 있는 오래된 녹나무의 냄새를 맡을 수 있는 것처럼 말이다.

"날 보러 와줘 고마워, 달아."

여자아이는 얼굴을 쳐들었다. 그녀의 목은 고귀하고 아름다워 깊은 못 위에서 지저귀는 백조를 연상케 했다.

남자아이는 벽에 걸려 있는 연을 보고 있다.

그것은 하얀 색이었다. 그가 좋아하는 색깔인데 구름 같았다.

그는 잠이 들었다.

산의 저쪽, 먼 곳에 금빛 논밭이 있고 가까운 곳에는 묵은 녹나무가 한 그루

있었다.

그가 또 그 꿈을 꾼 것이다.

하늘이 어슴푸레 밝아오자 그는 연을 가지고 문어귀의 포도덩굴 아래로 갔다. 그가 연을 쳐들었다. 연은 차가운 바람 속에 우아하게 흔들리면서 자신이 얼마나 평형을 잘 이루는지를 뽐냈다.

남자아이는 만족스럽게 웃었다.

"네게 눈을 그려줄게."

남자아이가 연에게 말했다. 남자아이는 굵은 연필로 연에게 커다란 두 눈을 그려 주었다. 간결한 선이 이 한 쌍의 눈을 순진하고 품격이 있어 보이게 했다.

"이건 내 눈이야."

남자아이가 중얼거렸다. 웬 영문인지 그는 눈에 긴 속눈썹을 그려주었다.

바람이 세졌다.

남자아이는 얼레를 들고 줄을 흔들면서 연을 바람 속에 띄웠다. 연은 곧바로 바람을 타고 날아오르기 시작했다. 남자아이가 줄을 풀기 시작했다.

갑자기 그는 긴장해졌고 숨결도 가빠졌다.

연이 떠나게 된다. 산 저쪽으로 가게 된다. 연은 무얼 보게 될까?

"연아, 너…… 잘 봐야 돼!"

남자아이는 이렇게 말하면서 급히 줄을 풀었다.

연은 괴로운 듯 몸을 뒤틀더니 곧바로 뒤로 물러섰다. 그러면서 저도 모르게 위로 솟구쳐 올라갔다.

"잘 보거라……. 잘 봐……."

남자아이가 낮은 소리로 중얼거렸다. 연은 이미 남자아이의 말을 듣지 못했다. 이건 그가 자신에게 한 말이었다.

연은 매우 높이 솟았으며 더 멀리 떠나가 가버렸다.

해가 금색 빛을 연에게 쏟고 있었다. 해는 특수한 바람으로 연을 밀어주었다. 연은 이미 산의 저쪽으로 가버렸다.

연은 느릿느릿 움직이면서 커다란 눈으로 아래를 주시했다.

연은 무엇을 찾고 있는 것일까?

"금색, 금색은 바로 이런 느낌이겠지?"

여자아이는 얼굴을 쳐들고 얼굴로 해를 접촉하고 있다. 햇빛은 그녀 얼굴의 가느다란 솜털 위에 솜 한 층을 펴주었다.

"금색······ "

갑자기 여자아이는 한 갈래의 빛이 자신에게 덮쳐오는 것을 느꼈다.

그것은 신기한 느낌이었는데 사람을 분발하게 하고 떨리게 할만큼 작렬했다.

"빛이다! 한 갈래의 빛이다!"

여자아이가 가느다란 소리를 질렀다. 그녀는 워낙 빛이 무엇인지 몰랐고 빛이란 뜨거운 것인 줄만 알았다. 그러나 지금 깨달은 것이다!

"이것이 빛이다!" "이것이 해이다!", "금색의 해, 바로 이거야!"

그녀는 금색의 해를 보았다.

하늘이 그녀에게 한 쌍의 눈을 주었던 것이다. 하늘에서 날아 내려온 한 쌍의 눈을 통해 하늘이 그토록 부드러운 색깔이라는 것을 그녀는 알았다. 그 곳에서 눈덩이처럼 하얀 새가 가볍게 날고 있었는데 가뿐하고 편안해 보였다.

여자아이는 그것이 연이라는 것을 몰랐다. 눈덩이처럼 하얀 것이 구름 한 송이 같기도 했다.

남자아이는 연줄을 쥐고 손에 온 정신을 집중시켰다. 팽팽하게 당겨진 연줄은 가볍게 뛰기도 하고 좌우로 끌리기도 했다.

"눈아, 말해봐, 산의 저쪽을 보았니?"

연줄은 아무 것도 알려줄 수가 없었다. 그는 산 저쪽에 대해 자주 꿈을 꾼 것밖에는 아무 것도 아는 것이 없었다.

"눈아, 정말 아무 것도 보이지 않니?"

남자아이의 목소리가 떨렸다.

갑자기 그는 손의 줄이 가벼워졌다는 느낌이 들었다. 방금까지 팽팽해 있던 줄이 갑자기 무게를 잃었던 것이다.

"연이 왜 이러지?"

남자아이는 마음이 무거워지고 몸이 섬뜩해졌다.

그는 줄을 감기 시작했다. 급하게 줄을 감았다.

"연아, 연아, 괜찮은 거지?"

연은 비틀거리면서 떨어졌다. 머리채 같은 꼬리가 맥없이 땅에 떨어졌다. 그 모습은 마치 목숨처럼 소중한 것을 잃어버린 듯 했다.

남자아이는 허겁지겁 연에게로 다가갔다. 그는 연을 주어 들었다.

"이건 내 연이 아니야!"

남자아이가 소리를 질렀다. 그것은 눈덩이처럼 하얀 연이었다.

그 위에 그려놓았던 한 쌍의 눈이 없어졌다.

연은 눈이 없는 구름송이처럼 하얀 연이 돼버렸던 것이다.

"내 눈은 하늘이 준 거야······ "

여자아이는 눈으로 앞을 내다볼 수 있었다.

먼 곳은 넓은 논밭이고 금색이었는데 마치 햇빛 같았다. 가까운 곳에는 묵은 녹나무가 있었는데 당차고 엄숙해 보였다.

그녀에게는 이런 것만 보였다. 이만하면 만족이었다. 이미 너무 많아서 눈이 모자랄 지경이었다.

"연아, 너의 눈은?"

남자아이의 눈물이 연 위에 무겁게 떨어졌다. 눈물이 연을 만든 종이 위에 떨어져 구멍 하나가 생겼다. 한순간에 그 구멍이 확대되더니 모든 하늘과 모든 우주를 담을 수 있게 됐다.

"산 저쪽이 보인다!"

남자아이가 소리쳤다.

멀리는 금색 넓은 논밭이었는데 마치 해의 빛깔 같았다. 가까운 곳에는 묵은 녹나무가 당차고 엄숙하게 자라 있었다.

그에게도 이런 것만 보였다. 이만하면 만족이었다. 이만큼도 너무 많아서 눈이 모자랄 지경이었다.

"고맙다, 연아. 넌 나의 눈을 산의 저쪽에 남겨놓아 내가 꿈에 보고 싶었던 것들을 보게 해주었구나, 고맙다······."

남자아이는 연을 받쳐 들었다,

여자아이는 창가에 앉아 앞을 내다보고 있었다.

이른 아침, 앞의 저 산은 희미한 윤곽을 드러냈다. 연한 안개가 꿈처럼 산을 휩싸고 있었다.

점차 꿈인 듯 산 저쪽에서 해가 솟아올랐다.

"아, 해는 저쪽에서 솟아오르는구나!"

여자아이는 흥분돼 소리를 질렀으며 얼굴이 빨갛게 상기되었다.

"산의 저쪽은 어떤 모습일까? 해가 그쪽에 살고 있는 것일까?"

여자아이가 생각했다.

그녀는 계속 생각했다. "난 꼭 그쪽에 가볼 꺼야……"

피처럼 붉은 반점

갈매기는 긴 날개를 가진 바닷새로 대부분 흰 색이고 부리가 노랗고 발에는 물갈퀴가 있고 헤엄을 잘 치며 우는 소리가 마치 파도소리 같다. 그의 특별한 점은 부리 끝에 작은 붉은 반점이 있다는 것인데, 색깔이 피처럼 빨갛다. 갈매기가 새끼에게 먹이를 먹이는 방식은 매우 독특하다. 작은 갈매기가 어미 갈매기 부리에 있는 빨간 반점을 몇 번 쪼아야만 어미 갈매기가 작은 갈매기에게 먹이를 먹인다. 작은 갈매기가 붉은 반점을 쪼지 않으면 먹이지 않고, 작은 갈매기도 먹이를 거절한다.

갈매기 부리에 있는 빨간 반점은 모자간의 정을 이어주는 것일까……

-작자 노트-

미용사가 신식 고급 화장대 앞에 앉아 화려하고 정교한 화장품 함 속에서 립스틱 하나를 뽑아들었다. 그녀는 거울을 마주하고 숙련된 동작으로 입술에 살짝 발랐다. 얇은 입술이 곧바로 산뜻해졌다. 그녀는 명성이 자자한 미용계의 거장이다. 그녀는 뛰어난 기교, 예민한 감각, 자연스러운 효과와 우아한 예술 풍격으로 미용계에 명성을 떨쳤다. 그녀는 끊임없이 새로운 미용 기법을 창조해내 세상을 놀라게 하곤 했다.

지금 그녀의 새로운 목표는 최신식 립스틱을 만들어내는 것이었다. 몇 달 동안 미용사는 여러 가지 립스틱을 써보고 비교하면서 자세히 생각해봤지만 아무런 실마리도 찾아내지 못했다.

그녀는 거울을 마주하고 오랫동안 입술을 뚫어지게 바라보았다. 요염하고 아름답기는 하지만 약간은 끔찍해 보이는 붉은 색깔이기도 했다.

갑자기 그녀의 머릿속에 한 가지 생각이 스쳤다. 그녀의 눈이 반짝 빛났다. 아! 아이디어가 생겨났다. 그녀는 벌떡 일어났다.

"그래! 맞다! 지금의 립스틱은 생명이 붙어 있는 원래의 색상이 아니라 죽은 색이라 당연히 땟자국처럼 보이는 거야! 진정한 립스틱은 살아있는 색깔이고 영혼의 빛깔이여야 해!"

미용사는 흥분이 돼 거의 미친 듯이 날뛰었다.

"찾으러 가야지, 대자연 속으로 가서 생명이 있고 영혼이 있는 그런 색깔을 찾아낼 거야. 내가 살아있는 한 반드시 찾아낼 거야!"

어미갈매기의 긴 날개가 파도를 스치며 지나치더니 바닷가의 가파른 절벽 위로 날아올라 자기 둥지로 돌아왔다.

해가 머리 위를 비추고 있다. 그의 구부러진 부리 끝에는 작은 붉은 반점이 있었는데 불길 같고 피 같았다. 햇빛 아래에서 그것은 마치 타오를 것 같고 부풀어 오를 것 같았다.

둥지 안에서 작은 한 쌍의 까만 눈이 반짝이면서 배고프고 목이 마른 듯 탐욕스럽게 그 붉은 반점을 주시하고 있었다.

"잘 있었니? 어이구 귀여운 내 새끼?"

어미갈매기는 둥지 안으로 들어갔다. 알에서 깨어 난지 며칠 안 되는 어린 놈이 다급하게 그를 기다리고 있었다. 어린놈은 우스꽝스럽게 날개를 쳐들고 "어기작 어기작" 거리며 엄마에게 다가왔다.

그 걷는 모습이 너무 서툴러 보였다.

새끼갈매기는 가늘고 긴 목을 쳐들고 까만 부리를 이리저리 흔들면서 엄마 부리의 붉은 반점을 겨누다가 힘껏 쪼았다.

어미갈매기가 부르르 몸을 떨었다. 마치 전기에 맞은 듯이 그는 저도 몰래 입을 벌렸다. 아기갈매기는 부리를 엄마의 부리 안으로 들이밀었다.

갈매기의 모이주머니 속이 울렁거리더니 절반 정도 소화된 반유동식 먹이가 솟구쳐 나와 새끼갈매기의 입안으로 흘러들어갔다. 오장육부가 다 뒤집혀 나오는 것 같았다.

새끼갈매기가 목을 늘름거리자 먹이가 목안으로 내려갔다.

새끼를 바라보는 어미갈매기의 금빛 눈동자에서 부드럽고 편안한 느낌이 비쳐졌다.

"잘도 먹는 구나 우리 강아지, 굶주린 아기 귀신같네……"

새끼갈매기는 배불리 먹자 조용히 잠들었다.

파도는 거세게 미친 듯이 가파른 절벽을 치면서 끝임없이 떠들어 대고 있었다.

어미갈매기는 파도의 신나는 소리를 듣고 있었다. 파도 소리는 늘 그를 흥분케 했다. 배가 고프다고 느낀 어미 갈매기는 크게 소리를 지르면서 바다 위로 급강하했다.

어미갈매기의 소리와 파도 소리가 합쳐져 분간하기 어려웠다.

미용사는 산을 넘고 강을 건넜다.

그녀는 온 얼굴이 풍상에 쩌들어 있었고 온 몸은 먼지투성이였다.

그녀는 호수와 강을 건넜고 언덕과 높은 산을 넘었으며 초원과 삼림을 지났다. 그러나 그녀는 원하는 것을 얻지 못했다.

몇 번이나 그녀는 고생스러운 여정을 견뎌내지 못할 뻔 했다. 그녀는 집으로 돌아가고 싶었다. "집으로 가자, 집으로 가자! 립스틱인지 뭔지 다 집어치우자!……" 그렇지만 그녀는 여전히 귀신에게 홀린 듯 앞으로 나갔다.

"다음 곳에 도착하면 꼭 찾아낼 수 있을 거야." 미용사는 늘 자신이 그 신비한 색깔과 한 걸음 한 걸음 가까워진다는 생각이 들었다.

그녀는 바닷가로 왔다. 푸르른 하늘을 바라보고 바다의 파도소리를 듣고 바닷물의 비린내와 해의 단맛을 맡으면서 미용사는 눈을 감고 영원히 잠들고 싶어졌다.

"너무 힘들어……." 미용사의 눈이 희미해지기 시작했다…….

푸른 하늘에서 하얀 구름 한 송이가 두 조각의 아름다운 입술을 싣고 느릿느릿 날고 있었다. 하늘을 빙빙 날고 있었다…….

미용사는 온 몸을 흠칫 떨면서 정신을 차렸다.

"내가 꿈을 꾼 것일까? 분명히 그 색깔을 보았는데……."

그녀는 하늘에서 그것을 찾았다. 갑자기 그녀의 눈이 특별한 광채를 내뿜었다. 붉은 반점 하나가 푸른 하늘을 스쳐지나갔다. 붉은 반점 뒤를 눈처럼 하얀 날개 한 쌍이 따르고 있었다.

붉은 반점이 멀리 갔다.

미용사는 온 몸을 떨면서 그것을 주시하고 있었다.

그녀의 눈이 충혈 되었다.

붉은 반점은 그 한 쌍의 날개를 이끌고 또다시 그녀의 머리 위를 스쳐 지나갔다.

"저것이다! 저것이다! 찾아냈다!"

미용사는 찢어지는 소리를 지르더니 정신을 잃었다.

그녀가 깨어났을 때 곁에는 정신을 잃은 갈매기 한 마리가 누워 있었다.

그녀는 갈매기를 가볍게 주어 들었다.

하늘과 해, 바다와 모래톱이 삽시간에 보이지 않았다. 그녀의 눈에는 갈매기 부리 위에 있는 붉은 반점밖에 보이지 않았다. 미용사는 갑자기 이 피처럼 붉은 반점 외에는 세상 모든 것이 다 흉측하게 보였다.

그녀는 예리한 칼을 꺼내들고 자신의 손이 떨리지 않게 가까스로 참았다. 그녀는 칼날로 갈매기의 붉은 반점을 긁어냈다. 붉은 가루가 차가운 유리 시험관 속에 떨어졌다. 갈매기의 붉은 반점이 깨끗하게 긁어졌다.

시험관 밑바닥에 붉은 색이 엷게 덮였지만 갈매기의 부리에는 창백하고 침침한 얼룩만이 남았다.

그것을 보면서 미용사는 죽은 물고기의 눈이 생각났다. 그녀는 가슴이 두근두근 떨리고 메스꺼우면서 식은땀이 났다. 그녀는 갈매기를 가볍게 모래톱 위에 내려놓았다.

"…… 미안해……." 하고 혼잣말을 하면서 용사는 떠나갔다. 그녀는 모래톱에 한 줄기의 발자국을 남겨놓았다. 그것은 마치 아슬아슬하게 이어진 사슬 같았다.

갈매기의 긴 날개가 파도를 가르자 하얀 물방울을 일으켰다. 그는 급히 가파른 절벽으로 날아올라갔다. 새끼가 배고파 할까봐 얼른 둥지로 가려고 했다.

그때 그는 모래톱 위에 이상한 물체가 누워 있는 것을 보았다.

죽은 물고기일까?

그는 그것을 스쳐 지나가다가 다시 돌아왔다. 그것이 무언지를 똑똑히 보고 싶어 낮게 날았다. 그는 두려움에 떨고 있는 것 같았으며 매우 불쌍해 보였다. 갑자기 그 물체가 찢어지는 듯 쉰 소리를 질렀다. 그 목소리는 마치 마력을 지닌 듯 자신을 깨끗이 빨아들이는 것 같았다.

그는 큰 공포감을 느꼈다. 그러자 자기가 텅 빈 주머니로 되어버린 것 같아 맥없이 모래톱으로 떨어졌다. 그의 몸은 하늘에 느낌표를 그려놓듯이 일직선으로 떨어졌다. 하늘과 땅이 새 하얗게 보였다. 그는 희미한 의식 속에서 몸이 가볍게 공중에 날리면서 망연하게 춤을 추고 있다는 느낌이 들었다…….

그가 깨어나자 새끼가 배고프겠다는 생각이 먼저 들었다. 그는 모래톱에서 간신히 몸을 일으켜 날았다. 그의 유연한 날개는 푸드득 거리며 어수선한 소리를 내면서 지난날의 리듬을 잃고 있었다.

저녁 해가 빨갛다. 갈매기는 꿈속에서 유영을 하는 듯 가파른 절벽 위로 날아올랐다.

그는 까맣고 빛나는 새끼갈매기의 한 쌍의 눈을 보았다. 그는 새끼에게 가까이 다가갔다.

"아이고 귀여운 내 새끼! 엄마가 돌아왔다 얘야."

새끼갈매기는 그를 쳐다보더니 냉큼 싸늘하게 눈길을 돌려버렸다.

"얘가 왜 이러지?"

그가 부리를 들이밀었다.

"엄마의 빨간 반점을 쪼아봐, 너 배고프지?"

새끼갈매기는 머리를 돌려버렸다. 까맣고 반짝이는 눈은 석양을 바라보고 있었다. 눈에는 배고프고 목말라 게걸스러운 빛이 어려 있었다. 그의 눈에는 엄마갈매기의 붉은 반점이 안 보이지 석양이 엄마갈매기의 붉은 반점처럼 보였다.

극도로 피곤해 하던 미용사는 집에 돌아오자마자 다른 사람이 되어버린 듯했다. 그녀는 또다시 기운이 났고 온 몸에 지혜와 총기가 넘쳤다.

그녀는 모든 준비를 마치고 나서 조심스레 그 시험관을 들고 실험실로 들어갔다. 오랫동안 미용사의 집은 쥐 죽은 듯 고요했다.

어느 날 밤, 실험실의 문이 조금씩 열렸다. 미용사는 땅에 엎드린 채 한 손에 그 시험관을 들고 있었다. 시험관 속의 붉은 가루가 붉은 유성 액체로 변해 있었다.

그러나 그녀의 다른 한손으로 땅을 짚으며 몸을 조금씩 앞으로 옮기고 있었다. 미용사는 더는 걸음을 걸을 수 없게 되었다. 그의 하지(下肢, 사람의 가리 - 역자 주)는 미친 듯이 일하는 동안 마비되어 버렸던 것이다.

"성공이다……"

미용사가 떨리는 소리로 말했다. 두 줄기의 눈물이 흘러 내렸고 그녀는 어깨를 들먹였다.

오랜 시간이 지나서야 그녀는 한쪽 손으로 전화기가 있는 곳까지 기어가 어렵게 전화기를 들었다. 그녀는 미용사협회의 전화번호를 눌렀다. 전화기 속으로 그녀의 미약한 목소리가 흘러들어갔다.

"내 평생에 가장 큰 성공을 이뤘네요……"

그러나 하지가 마비된 고통으로 미용사의 표정은 석고처럼 딱딱했다.

며칠이 지났다. 파도는 여전히 떠들썩하고 해는 여전히 솟아올랐다가 지곤 했다.

갈매기의 모이주머니 속에는 먹이가 가득 차 막 솟구쳐 오르려 했다. 그러나 새끼갈매기는 붉은 반점이 없어진 곁에 있는 엄마를 알아보지 못했고 까맣고 반짝이는 눈으로 해가 솟고 지는 것만 열심히 바라보고 있었다.

"날 봐, 엄마를 봐! 난 네 엄마야!"

갈매기는 몹시 초조해졌다. 그러나 그는 자기 부리 위의 붉은 반점이 사라졌다는 것을 알지 못했다.

새끼갈매기는 목마르고 배가 고파 탐욕스럽게 해만 주시했다. 해는 영원히 날아오지 않는 붉은 반점이었기 때문이었다.

"너 나를 모르겠니?"

갈매기는 갑자기 새끼갈매기의 입을 물고 억지로 음식을 쏟아 넣으려 했다. 그의 모이주머니가 울렁이더니 뜨거운 먹이가 뿜겨져 나왔다. 새끼갈매기는 까만 부리를 꼭 다물고 있었다. 액체 모양의 먹이가 목을 따라 깨끗한 둥지 안으로 흘러내렸다.

붉은 반점을 쪼지 않으면 새끼 갈매기는 아무 것도 먹지 않았다. 끔찍해서 차마 눈 뜨고 볼 수 없는 광경이었다!

갈매기는 절망에 빠져 눈을 감았다. 버림받은 슬픔이 그의 마음에 북받쳤다.

"내 새끼가 나를 못 알아보네!"

"내 새끼가 너무 굶었는데……"

새끼갈매기는 가느다란 목을 쳐들고 까만 부리를 내밀고 해를 향해 쪼아댔다. 한 번, 두 번, 다급하고도 간절하게 쪼아댔다.

그러나 해는 너무 멀리에 있었다.

미용사는 크게 명성을 떨쳤다! 그는 휠체어에 앉아 그녀를 위해 특별히 마련한 화장예술파티에 참가했다.

그녀는 시험관 속의 액체를 특별히 제작한 작은 스프레이 통 안에 천천히 쏟아 넣었다. 그녀는 작은 스프레이 통을 장중하게 쳐들었다. 열 명의 여성 모델이 미소를 짓고 순서대로 그녀에게 다가왔다. 그녀의 눈빛은 모델들을 넘어 하늘에 머물렀다.

그녀의 눈앞에는 자기가 가봤던 호수와 강, 언덕과 높은 산, 초원과 삼림, 바다와 모래톱 그리고 흰 구름이 날면서 두 조각의 입술을 받쳐 들고 있던 어미 갈매기 모습이 떠올랐다. 그리고 창백하고 침침한 죽은 물고기의 눈도……

그녀는 작은 스프레이로 모델이 살짝 내민 입술에 뿌렸다. 빨간 안개가 모델의 아름다운 입술에 뿌려졌다.

그녀는 꿈을 꾸고 있는 것 같았다. 조수와 같은 환호 소리가 울리자 그녀는 마치 꿈속에서 깨어나는 것 같았다.

플래시, 박수 소리, 꽃다발 이 모든 것이 다 나를 위한 것이란 말인가? 모델 입술의 색깔이 너무 아름다워 뭐라 표현할 수가 없고 상상할 수도 없었다. 지울 수도 없앨 수도 없는 청춘의 색깔이 지금 현실이 되었단 말인가? 그녀는 믿어지지 않았다. 색깔이 너무 아름다워 거의 가짜 같았기 때문이다.

그녀는 무표정해 있었다. 쇠약한 그녀가 거대한 성공이 가져다주는 희열을 견뎌낸다는 것은 가혹한 것이었다.

자신에게 뻗어 있는 수많은 마이크를 향해 그녀는 한 마디만 말했다.

"이것을 만드는 방법은 비밀이라는 걸 기억해주세요. 이 립스틱은 살아있는 생명이고, 살아있는 영혼이라는 것도 영원히 기억해주세요."

다만 그것을 얻기 위해 미용사의 두 다리가 더는 일어설 수 없게 되고, 걸을 수 없게 되었다는 것은 비밀이 아니었다.

새끼갈매기는 끊임없이 해를 쪼고 있었다. 새끼갈매기는 점차 기력이 쇠약해졌고 동작도 기계적이고 신경질적이 되었다.

갈매기는 밤낮 새끼를 지키고 있었다. 그의 모이주머니 속에는 먹이가 가득 차 있었고, 희망과 애정으로 가득 차 있었다.

"나를 봐, 내 붉은 반점을 쪼아봐 어서!"

그러나 새끼갈매기는 해만 쪼았다.

갈매기는 자기가 부풀어지고 있는 것만 같았고, 불룩한 모이주머니는 터질 것 같았다.

그러나 새끼갈매기는 위축되고 말라갔다. 갈색의 보드라운 털이 깊은 주름이 생긴 살을 가리고 있었다.

석양은 점차 해수면으로 지고 있었다.

"난 바다가 보고 싶어."

미용사가 말했다. 그래서 열 명의 모델이 고마움과 존경의 마음을 품고 미용사의 휠체어를 밀고 바닷가로 갔다.

여전히 푸른 하늘이고, 여전히 모래톱이 있고, 여전히 파도소리가 들렸다. 바닷물은 비린내가 났고 모래톱은 부드럽고 따뜻했다.

"난 여기에 긴 발자국을 남긴 적이 있지."

그녀는 조용히 말했다. 빨간 석양이 곧 해수면 아래로 지려 했다.

"저길 봐."

미용사는 격동되어 석양을 가리켰고 모델들은 말없이 석양을 보았다.

"저 석양은 지겠지만 너희들의 빨간 입술은 생명과 함께 영원할 거야!"

열 개의 아름다운 입술이 해마저 부끄러움을 느끼게 했다. 미용사는 뿌듯함을 느꼈다.

"내가 결국은 생명의 색깔, 영혼의 색깔을 창조했구나!"

새끼갈매기는 계속해서 해를 쪼고 있었기에 맥은 점점 빠져 갔고, 쪼는 속도도 점점 더 느려졌다.

석양이 완전하게 해수면 아래로 지자, 새끼갈매기는 마지막으로 한 차례 쪼고 나서는 목을 비스듬히 떨어뜨렸다. 마치 밧줄이 떨어지는 것 같았다.

새끼갈매기의 머리는 절망스럽게 둥지 밖에 드리워졌고 까맣고 빛나던 눈은 감겨버렸다.

어미갈매기도 눈을 감고 온 몸이 굳어져 가면서도 "어서 내 붉은 반점을 쪼아다오……"하며 중얼거렸다.

어미갈매기와 새끼갈매기는 모두 죽었다.

갈매기는 죽을 때까지도 자기의 붉은 반점이 없어진 사실을 몰랐다.

새끼갈매기는 죽을 때까지 엄마의 붉은 반점을 기다렸다.

저녁 해가 졌다. 모델 입술의 그 아름다운 색깔이 바로 그 순간 몽땅 퇴색해 버렸다.

한동안 침묵이 흘렀다. 미용사의 눈길은 빛을 잃은 채 흐리멍덩해져서 해면을 바라보고 있었다.

"어찌 된 일이지? 어찌 된 일이야……. 이 색깔은 살아있는 생명이고 살아있는 영혼인데……. 어찌 된 일이지……."

저녁 안개가 하늘 전체를 뒤덮었다.

모델들은 미용사를 밀고 돌아갔다. 휠체어는 너무 무거웠다.

미용사가 나지막하게 중얼거렸다.

"어찌 된 일이지? 이게 어찌 된 일이야……. 이 색깔은 살아있는 생명이고, 살아있는 영혼이잖아……. 어찌 된 일이지……."

그녀는 또 그 죽은 물고기의 눈을 보았다. 죽기 전에 눈이 커지고 커져 퀭하게 된 눈으로 물고기는 그녀를 바라보면서 말했다.

"그 색깔은 살아있는 생명에게만 있는 것이고, 살아있는 영혼에게만 살아 있는 것이야……."

파도가 미친 듯이 가파른 절벽을 치면서 끝임 없이 떠들어대고 있었다.

미용사에게 파도소리는 갈매기의 울음소리처럼 들려왔다.

푸른 돛단배

아빠늑대가 아들 꼬마늑대를 데리고 바닷가에서 산책을 하고 있다.

바닷가는 매우 아름다웠다. 푸른 하늘, 푸른 바다. 눈처럼 하얀 갈매기가 해면 위를 날아예고 있다. 그러나 이런 아름다운 경치를 늑대는 조금도 좋아하지 않는다.

"때로는 조수가 물고기를 모래톱까지 밀어 올리거든. 휴! 난 물고기 잡을 줄을 몰라 물고기 주우러 여기에 올 수밖에 없구나. 물고기를 한 마리라도 주웠으면 좋겠다. 죽은 물고기라도 좋은데 말이야……."

아빠늑대는 이렇게 말하면서 눈으로 모래톱을 이리저리 훑어봤다.

"나 물고기 먹을래요, 나 물고기 먹을래요!"

꼬마늑대가 소리쳤다. 그는 눈으로 해면을 이리저리 훑어봤다. 갑자기 눈치 빠른 꼬마늑대가 해면 위를 가리키면서 소리를 질렀다.

"아빠, 어서 봐요, 바다에서 뭔가 떠와요!"

아빠늑대가 자세히 보니 정말 시커먼 물체가 떠왔다. 그러나 그것이 무엇인지는 잘 보이지 않았다.

"죽은 물고기였으면 좋겠네."

아빠늑대가 생각했다. 그 물체는 점점 가까워졌다.

그것이 모래톱까지 가까이 오자 꼬마늑대가 달려가 건져 올렸다.

아, 그것은 새둥지였다! 새둥지에는 녹색 깃털을 가진 작은 새가 한 마리 들어 있었다. 새는 깃털이 바닷물에 젖어 추워서 덜덜 떨고 있었다.

아빠늑대가 기뻐서 소리쳤다.

"하, 잘 됐다! 죽은 물고기보다 썩 낫구나, 좀 작기는 하지만. 아들아, 우리 둘이 절반씩 나눠먹자."

"네? 이걸 먹어요?"

꼬마늑대는 깜짝 놀랐다.

"짹짹짹……."

새둥지 속의 파란 새가 가볍게 지저귀면서 가엾은 표정으로 꼬마늑대를 쳐다보았다.

파란 새의 눈은 동그랗고 빛이 났다. 아빠늑대가 다가와 새를 먹으려 했다.

"아빠,!"

꼬마 늑대가 말했다.

"새가 너무 작으니 나 혼자 먹게 줘요, 네? 제발!"

아빠늑내는 잠시 생각해보더니 군침을 삼키면서 머리를 끄덕였다.

"그럼 저기 가서 먹을게요!"

꼬마 늑대는 이렇게 말하면서 새둥지를 들고 달려갔다.

아빠늑대는 머리를 흔들면서 중얼거렸다.

"얘가 오늘 참 이상하네, 먹이를 먹으면서 나를 피하다니."

꼬마늑대는 새둥지를 들고 죽어라 뛰었다. 뛰고 뛰다가 그는 한 작은 산굴 속으로 들어갔다. 이 산굴은 꼬마늑대가 발견한 것인데 누구도 이 비밀스러운 곳을 모르는 곳이었다.

작은 산굴 안으로 들어가서야 꼬마늑대는 마음이 놓였다. 그는 앉아서 새둥지를 무릎 위에 올려놓고 파란 작은 새를 바라보았다. 파란 새도 꼬마늑대를 쳐다보고 있었다.

"나를 안 잡아먹어?"

파란 새가 물었다. 꼬마늑대는 머리를 흔들고 웃었다.

"파란 새야,"

꼬마늑대가 말했다.

"새는 하늘에서 날지 않니? 새둥지는 나무 위에 있는 게 아니야? 넌 어떻게 바다로 가게 된 거야?"

그 물음에 파란 새가 울음을 터뜨렸다.

"난 엄마와 함께 한 작은 섬에 살았고, 우리의 둥지는 나무 위에 있었어. 어제 저녁때쯤 엄마가 나에게 벌레를 잡아주려고 밖으로 나갔는데 하늘에서 큰 비가 내렸어. 번개가 번쩍이더니 우리가 살고 있는 나무를 끊어버렸어……."

"그 다음에는?"

꼬마늑대가 걱정스레 물었다.

"그 다음에는 내가 둥지와 함께 큰 바람에 날려 바다에 떨어졌고 바다에서 떠돌아다녔어. 난 아직 어려서 날줄을 모르니까 둥지 안에서 울고만 있었지. 비에 젖고 바람을 맞고 파도를 맞았어……. 난 다시는 엄마를 못 볼 것 같아……."

작은 새는 말하면서 점점 더 슬프게 울었

다. 꼬마늑대도 작은 새가 불쌍해서 따라서 울었다. 그들은 한참을 울었다. 꼬마늑대가 먼저 울음을 그쳤다. 그는 새에게 이렇게 말했다.

"너 여기에서 기다려, 아무 데나 다니지 말고, 내가 벌레를 잡아다 줄게."

꼬마늑대는 벌레를 잡으러 떠났다.

얼마 후 꼬마늑대가 온 몸에 흙투성이가 되어 돌아왔다. 그는 작은 새에게 벌레 몇 마리를 가져다주었다. 꼬마늑대는 벌레 잡는 재주가 없었다. 이 벌레 몇 마리를 잡느라 그는 지칠 대로 지쳤다.

"어서 먹어, 어서 먹어."

꼬마늑대는 싱글벙글 웃으면서 작은 새가 벌레를 맛있게 먹는 모습을 지켜봤다.

새가 벌레를 다 먹자 꼬마늑대는 몸의 흙을 털면서 말했다.

"난 이만 가봐야겠다. 오래 지체하면 아빠가 꾸지람할 거야."

"그럼 너…… 또 오는 거지?"

꼬마늑대는 가슴을 두드리면서 대답했다.

"내가 매일 벌레를 잡아다 줄 테니까 절대 아무 데나 다니면 안 돼!"

새는 얌전하게 머리를 끄덕이었다.

꼬마늑대는 산굴 밖으로 나갔다가 곧바로 돌아왔다.

"난…… 난 너의 깃털 하나를 가지고 싶은데 그래도 돼?"

"좋아."

새는 이렇게 말하면서 몸에서 파란 깃털 하나를 뽑아 그에게 주었다.

꼬마늑대는 그 깃털을 입가에 붙이고 돌아갔다. 꼬마늑대는 뒤울안의 수박밭에서 아빠늑대를 찾았다.

아빠늑대는 밭에서 땀을 흘리면서 김을 매고 있었다. 아빠늑대는 고기도 좋아하지만 수박도 매우 좋아했다. 그래서 해마다 수박을 많이 심었다.

아빠늑대는 아들을 보더니 물었다.

"어때? 새고기가 맛있더냐?"

"네……. 아주…… 맛있었어요."

꼬마늑대는 거짓말을 했다. 그러면서 일부러 입을 닦는 척 하다가 입가에 묻은 깃털을 떼어 아빠에게 주었다.

아빠늑대는 파란 깃털을 흘깃 보더니 땅에 버리고는 한 마디 중얼거렸다.

"휴, 새고기 맛을 못 본 게 아쉽구나……."

꼬마늑대는 기분이 좋아 자리를 떴다. 하, "아빠가 속아 넘어갔어!"

그 후 꼬마늑대는 매일 아빠 몰래 흙속을 파서 작은 벌레를 잡아 어린 새에게 먹였다. 점차 벌레 잡는 재주가 늘면서 많은 벌레를 잡게 됐다.

"헤, 이러다가 얼마 안 돼 새가 커서 날 수 있겠다."

꼬마늑대는 매우 기뻤다.

며칠 후 꼬마늑대는 예전처럼 벌레를 잡아 작은 산굴로 갔다.

산굴 입구에 도착하니 안에서 울음소리가 들려왔다.

"흑흑흑, 흑흑흑……."

작은 새가 울고 있었다. 매우 슬프게 울었다.

"엄마가 보고 싶어, 엄마 찾으러 갈래……."

꼬마늑대가 달랬다.

"네가 날 수 있을 때 그때 가서 찾으렴."

"싫어, 엄마 찾으러 갈래. 우리 엄마가 매일 날 찾고 있을 거야……."

작은 새가 울면서 말했다. 꼬마늑대는 슬프기도 하고 짜증이 나기도 했다.

"그만 울어! 더 울면 물어 죽일 거야!"

꼬마늑대가 화를 냈다. 작은 새는 깜짝 놀라 감히 울지 못하고 꼬마늑대를 쳐다보았다. 그 모습이 너무 불쌍했다.

꼬마늑대는 머리를 숙이고 낮은 소리로 말했다.

"미안해, 내가 화를 내는 게 아닌데. 널 도울 수 있는 방법이 생각나지 않아서 그래. 우리 아빠에게 말할 수도 없고. 우리 아빠 매우 무서운 분이야……."

그러자 작은 새는 또 울음을 터뜨렸다. 꼬마늑대가 달랬다.

"그만 울어. 내 집에 가서 꼭 좋은 방법을 생각해낼게. 네가 엄마를 찾을 수 있게."

작은 새는 머리를 끄덕이며 울음을 그치고 동그랗고 초롱초롱한 눈으로 꼬마늑대를 쳐다보았다.

꼬마늑대는 집으로 돌아갔다. 집에 돌아오자 아빠늑대가 꼬마늑대에게 말했다.

"따라 오너라. 수박밭에 이상한 일이 생겼어."

그들은 수박밭으로 갔다. 꼬마늑대는 깜짝 놀랐다. 수박밭의 수박이 집채만큼 크게 자랐던 것이다. 더욱 이상한 것은 밭에 거대한 파란 잎이 자랐는데 모양이 파초잎 같기도 하고 또…….

"아!"

꼬마늑대가 소리를 쳤다.

"이건 그 새의 깃털이에요, 그것이 밭에서 자랐어요!"

"깃털?" 아빠늑대는 기억이 났다. 그날 이 깃털을 꼬마늑대의 입가에서 떼어

내 땅에 버렸던 것이다.

"휴", 아빠늑대가 한숨을 쉬면서 말했다.

"그 새의 깃털이 우리 수박을 이렇게 크게 자라게 했구나, 아쉽게도 내가 너보고 그 새를 먹으라고 했으니……."

"아니에요, 그 새 아직도 살아있어요!"

꼬마늑대는 소리를 지르고는 뛰어갔다. 꼬마늑대는 나는 듯이 산굴로 달려가 새둥지를 안고 다시 달렸다. 꼬마늑대가 새둥지를 들고 아빠늑대 앞에 나타나자 아빠늑대는 깜짝 놀랐다. "아, 새가 정말 살아있구나!"

"파란 새가 엄마가 없어 슬퍼해요. 아빠, 우리 방법을 생각해요, 얘가 엄마 찾으러 섬에 가게 해요!"

아빠늑대는 작은 새를 보고 또 밭에서 자라는 큰 수박을 보면서 아무 말 없이 앉아서 방법을 생각했다.

"내가 돛단배 하나를 만들어줄게."

아빠늑대는 말하면서 일어나 큰 수박 하나를 땄다. 그리고 큰 톱을 가져와 수박을 두 조각으로 잘랐다.

아빠늑대가 말했다. "수박 속을 다 파내라!"

꼬마늑대는 냉큼 삽을 가져다가 한 삽 한 삽씩 수박 속을 파서 큰 독안에 넣었다. 커다란 독이 가득 차고 수박껍질만 남았다.

"봐라, 이것이 배의 선체다. 여기에 돛도 달아주어야 해."

아빠늑대가 큰 수박껍질을 가리키며 말했다. 그리고는 수박밭으로 가 커다란 녹색 깃털을 뽑아 와 수박껍질 중간에 힘껏 박았다. 이렇게 해서 수박껍질로 선체를 만들고 깃털로 돛을 만든 돛단배가 완성되었다!

꼬마늑대와 작은 새는 환성을 질렀다.

아빠늑대가 이 돛단배를 메고 앞에서 가고 꼬마늑대는 새둥지를 들고 그 뒤를 따랐다. 그들은 바닷가로 걸어갔다.

아빠늑대가 돛단배를 바다에 내려놓았다.

꼬마늑대는 훌쩍 뛰어 배에 올랐다.

"아빠, 어서 올라와요!"

꼬마늑대가 즐거워 소리쳤다.

뜻밖에 아빠가 눈을 부라리며 큰 소리로 말했다.

"흥, 난 어른 늑대야, 새를 먹지 않은 것만 해도 그런데 엄마까지는 찾아주지 못해!"

그러면서 아빠늑대는 돛단배를 힘껏 밀어주고는 혼자 집으로 돌아갔다.

돛단배는 해안을 떠났다. 바닷바람이 녹색 깃털을 휘날리면서 배를 앞으로 밀어주었다.

작은 새가 말했다.

"너의 아빠는 어떤 때는 좋고, 어떤 때는 무서워, 정말 이상해!"

꼬마늑대는 머리를 숙이고 말했다.

"그래, 아빠는 어른 늑대니까……."

작은 새가 또 말했다.

"넌 작은 늑대지만 조금도 나쁘지 않아."

꼬마늑대는 그 말을 듣고 너무 기뻐서 높이 소리쳤다.

"바닷바람아 세차게 불어라, 어서 돛단배를 작은 섬에 데려다주렴."

바닷바람이 정말 세차게 불면서 녹색 돛단배를 쏜살같이 앞으로 밀어주었다. 돛단배는 앞으로 계속 갔으나 오랫동안 섬에 도착하지 못했다.

날이 점차 어두워졌다.

작은 새는 둥지 안에서 조용히 잠들어버렸다.

꼬마늑대는 감히 잘 수가 없었다. 그는 돛단배의 키를 잡아야 했다. 달이 나왔다. 별도 나왔다. 그들은 이 푸른 돛단배를 조용히 지켜보고 있었다.

돛단배는 캄캄한 바다 위에서 온밤을 달렸다.

이른 아침 해가 떠올랐다. 섬에 거의 도착하게 됐다. 꼬마늑대는 섬의 제일 높은 암석 위에 파란 새 한 마리가 앉아 있는 것을 보았다.

이 때 작은 새가 깨어났다. 작은 새는 암석 위에 앉아있는 파란 새를 첫눈에 알아봤다. 그건 작은 새의 엄마였다.

"엄마—."

작은 새가 높이 소리쳤다. 배가 기슭에 닿았다. 파란 엄마새가 한 쌍의 날개를 펼치더니 내려와 작은 새를 품에 꼭 껴안았다.

"내 새끼, 엄마 품으로 다시 왔구나!"

작은 새와 파란 엄마새가 같이 울었다. 엄마가 작은 새에게 얘기했다.

"그날 저녁때쯤, 엄마가 집으로 날아가다가 한쪽 어깨가 번개에 맞았어. 엄마는 날지 못해 너를 찾으러 다닐 수 없었어. 그래서 매일 암석 위에 앉아 네가 돌아오기를 기다리는 수밖에……."

작은 새가 말했다.

"작은 늑대가 절 돌봐주었어요. 그리고 절 집으로 데려다주었어요."

파란 새엄마는 꼬마늑대 앞으로 가 허리를 깊숙이 굽혔다.

"너무 고마워! 꼬마늑대야! 넌 착한 꼬마늑대구나!"

꼬마늑대는 겸연쩍게 말했다.

"안녕히 계셔요, 안녕히!"

그는 돛단배를 타고 돌아갔다. 바닷바람이 깃털로 만든 돛대를 밀어주고 파도가 수박으로 만든 선체를 흔들었다. 멀리에서 파란 새엄마와 작은 새의 웃음소리가 들렸다.

돛단배는 1박1일을 달려 떠난 해변으로 돌아왔다. 꼬마늑대가 머리를 들고 바라보니 높은 암석 위에 한 늑대가 서 있었다. 꼬마늑대는 그가 아빠라는 것을 대뜸 알아차렸다.

꼬마늑대는 배가 해변에 닿자마자 뛰어가며 소리쳤다.

"아빠—"

아빠늑대는 쏜살같이 내려와 꼬마늑대의 머리를 어루만지며 말했다.

"요즘 난 계속 암석 위에서 네가 돌아오기만을 기다렸다. 아이가 돌아오기를 기다리는 파란 새엄마의 마음도 아마 나와 같았을 거야……."

꼬마늑대가 말했다.

"아빠는 좋은 아빠에요!"

아빠늑대가 웃으면서 말했다.

"어서 집으로 가자, 같이 달달한 수박을 먹자꾸나."

그들은 집으로 돌아갔다. 해변 모래톱에 두 줄기의 기다란 발자국이 남았는데 한 줄기는 컸고, 다른 한 줄기는 작았다.

잘 자, 나의 별아

어느 날, 사자대왕이 삼림 속의 동물들을 한 곳에 모이게 했다.

"오늘 좋은 일을 한 가지 하려 하는데…… ",

사자대왕이 말했다.

"하늘의 별을 여러분께 나눠드리겠습니다."

별을 나눠준다고? 참 좋은 일이지! 다들 매우 좋아했다. 사자대왕이 말했다.

"별을 나누는 데는 선후가 있어야 합니다. 물론 내가 제일 먼저 고르고 그 다음은 호랑이, 흑곰, 표범 그리고 늑대, 여우, 사슴……. 자 이런 순서로 지금부터 골라 보세요."

이 때 사자대왕은 겁이 나서 기어들어 가는 듯한 어린 목소리를 들었다.

"저, 저는 몇 번째입니까?"

목소리의 주인은 작은 쥐였다. 누구나 다 하찮게 여기는 작은 쥐였지만 그도 다른 동물들처럼 자기에게 속하는 별을 나눠가지고 싶었다.

사자대왕은 쥐를 흘깃 보더니 경멸하는 투로 말했다.

"너? 너는 제일 마지막이지, 마지막에 누구도 가지기 싫어하는 별이 바로 네 것이다, 하하."

그렇게 말하면서 사자대왕은 가장 크고 가장 밝은 별 하나를 골랐다. 이어 호랑이가 두 번째로 밝은 별을 고르고, 흑곰이 세 번째로 밝은 별을 골랐으며, 표범이 네 번째로 밝은 별을 골랐다…….

쥐는 곁에서 참을성 있게 기다렸다. 모두들 다 고르고 나니 과연 어둡고 작은 별 하나가 하늘 가장자리에 남아 있었다.

"아, 저것이 나의 별이구나! 안녕, 난 쥐라고 해."

쥐는 마음속으로 그 별에게 말했다.

"자, 자!"

사자대왕이 말했다.

"별을 다 나눴으니 앞으로는 다들 자기별만 보고 남의 별을 훔쳐봐서는 안 돼요!"

모두들 다 사자대왕에게 그러겠다고 약속했다.

이렇게 쥐에게도 자기의 별이 생겼다. 그는 매우 성실하게 자기별만 쳐다보고 다른 동물의 별은 훔쳐보지 않았다. 사실 쥐는 다른 동물의 별이 보고 싶지도 않았다. 그는 자기별이 점점 더 좋아졌던 것이다.

저녁밥을 먹은 후 쥐는 창가에 엎드려 자기별을 쳐다보았다. 마치 미묘한 음악을 듣고 있듯이 쥐는 조용히 보고 천천히 생각했다. 매우 즐거운 일이였다.

쥐는 자러 갈 때마다 별에게 인사를 했다.

"잘 자, 나의 별아."

이렇게 매일 쳐다보았더니 그 별이 하루하루 더 밝아지는 것 같았다.

"정말 기쁘구나."

쥐가 생각했다.

"오늘은 건고구마를 더 많이 먹으면서 축하해야겠어."

그런데 한 가지 불행한 일이 생겼다. 어느 날 밤, 쥐는 자기별이 밝아졌다 어두워졌다 하면서 심하게 깜박거리는 것을 발견했다.

"어머, 별이 혹시 아픈 게 아닐까?"

쥐는 급해났다. 쥐는 사자대왕을 찾아갔다.

"사자대왕님, 저의 별이 병에 걸린 것 같습니다."

"너의 별이라니?"

사자대왕은 웬일이냐는 표정이었다.

"바로 그 때 저에게 나눠주신 별……"

"아, 맞다",

사자대왕이 머리를 긁적이었다.

"생각났어, 그런 일이 있긴 했지. 요 바보야, 그걸 아직도 기억하고 있었니?"

"네?"

"됐다, 됐어",

사자대왕이 말했다.

"너의 그 병에 걸린 별은 잊어버려라, 지금 온 하늘의 별을 다 네게 나눠줄테니까, 이제 됐니?"

"아니, 싫어요……."

쥐는 실망해서 물러갔다. 그는 너무나 괴로웠다.

"약속을 해놓고 어찌 그리 쉽게 잊어버린단 말이지?"

밤이 매우 깊어졌으나 쥐는 여전히 창가에 엎드려 별을 보았다. 별은 점점 더 어두워졌다. 그러다가 갑자기 별은 유성이 되어 하늘에 밝은 흰줄을 그르면서 떨어졌다! 별은 검은 돌로 변해 쥐의 창문 앞에 떨어졌다.

쥐는 울었다.

"내 별이 죽었어, 내 별이 죽었어……."

그는 검은 돌을 안고 집안으로 들어와 울면서 목욕을 시켰다. 목욕을 다 시키고는 깨끗한 헝겊으로 닦고 또 닦았다. 하지만 아무리 닦아도 그것은 빛이 나지 않았다.

"햇빛을 비추게 하면 밝아지지 않을까?"

이튿날 아침, 쥐는 검은 돌을 안고 햇빛 아래로 나가 햇볕을 쪼여주었다. 그러나 밝고 따뜻한 햇빛도 그것을 밝히지 못했다. 밤이 되자 쥐는 또 검은 돌에게 달빛을 쪼이게 했다. 그렇지만 부드럽고 밝은 달빛도 그것이 밝아지게 하지 못했다.

반딧불 한 마리가 날아왔다. 그의 푸른 초롱이 매우 밝았다. 쥐는 울면서 반딧불에게 청을 들었다.

"반딧불아, 내 별이 빛을 잃었어, 제발 이걸 밝혀줄 수 있겠니?"

"알았어, 알았어."

반딧불이 검은 돌 위에 오랫동안 앉아 있었으나 밝아지지 않았다.

반딧불이 말했다.

"내 혼자의 힘은 너무 작아, 내가 가서 친구들을 불러올게."

반딧불은 수백 마리의 친구들을 불러왔다. 모두들 검은 돌 위에 엎드려 푸른 초롱으로 그걸 감쌌다.

시간이 일분 일분씩 지나갔다. 반딧불들이 마침내 검은 돌을 밝히고 말았다. 돌은 반짝반짝 푸른빛을 뿌렸는데 너무나 예뻤다. 아! 돌이 다시 별이 됐다. 그러자 그 별은 훌쩍 뛰어 하늘로 날아올랐다.

"별이 됐다, 별이 됐어!"

반딧불들이 환호했다.

별은 하늘에 밝은 흰 줄을 그었다. 별은 다시 원래 자리로 돌아가 계속 쥐의 별이 됐다. 현재 그것은 더는 어둡고 작은 별이 아니라 하늘에서 가장 밝고 가장 큰 별이 되었다.

쥐는 창가에 엎드려 조용히 그 별을 쳐다보면서 생각했다. "나의 별이 이렇게 밝아져서 사자대왕이 도로 가져가려고 하지 않을까?"

그런 걱정을 하면서 쥐는 잠에 들었다.

"잘 자, 나의 별아~"

창턱하래의 나무껍질집

푸르른 풀숲이 누렇게 변할 때.

낙엽이 땅에서 뒹굴 때.

가을비와 황혼이 함께 찾아올 때.

여자아이네 집 창턱 아래의 누렇게 시들어버린 낙엽 밑에서 음악소리가 간간이 들려온다.

그것은 지링(吉鈴)이라고 부르는 귀뚜라미가 연주하는 소리였다. 그는 여자아이를 위해 연주하고 있었던 것이다.

"그런데…… 이것이 진짜 지링의 연주가 맞는가?"

이 음악은 여름밤의 풍요로움과 경쾌함을 잃고 있었기 때문이었다. 이 리듬은 여름밤의 유창함과 감미로움을 잃었다.

수많은 불협화음이 리듬을 겉돌았다.

여자아이는 믿기 어려웠다.

"이게 꿈일까? 지링의 연주는 이런 것이 아니었는데! 그가 여름날 밤에 했던 연주는 얼마나 멋졌는데……."

여자아이는 살며시 문을 열고 음악소리를 따라 찾아가 보았다. 여자아이는 말라버린 낙엽을 집어 들었다.

"아, 지링이 맞구나!"

지렁은 마른 나뭇잎 아래에서 비를 피하고 있었는데, 까마스름한 검은 외투에 작은 물방물이 가득 맺혀 있었다. 길고 가느다란 촉각은 예전처럼 멋지게 흔들리는 것이 아니라 맥없이 드리워져 있었다. 그는 몸을 바르르 떨고 있었다.

"음악이 이상했던 게 혹시 추워서였을까?"

여자아이는 지렁을 손바닥에 놓고 살며시 따뜻한 볼에다 갖다 댔다.

"지렁아! 이렇게 추운데도 연주를 하는구나……."

지렁은 여자아이의 눈을 보았다. 하얗다못해 파란 흰자위가 여름날 맑게 갠 하늘같았고, 까맣게 빛나는 눈동자는 별이 총총한 여름날 밤하늘 같았다.

"하지만, 여름은 영원히 지나가버렸어. 가을이 왔어……."

지렁의 마음속에 슬픔이 피어올랐다.

녹색 원피스를 입은 메뚜기 아가씨가 날아와 푸른 잎처럼 여자아이의 손에 내려앉았다.

이어 푸른 초롱을 든 반딧불 아가씨가 날아와 작은 별똥처럼 여자아이의 손바닥에 떨어졌다.

"지렁, 난 추워……."

메뚜기가 지렁의 몸에 기댔다.

"지렁, 난 무서워……."

반딧불이 지렁의 몸에 기댔다.

그들은 서로 말없이 촉각을 부딪쳤다.

"그래, 가을이야, 무서운 가을이 왔어. 정말 춥구나……."

그 때 "히히"하고 여자아이가 웃었다. 작은 입이 꽃송이처럼 피어났다.

"내가 지렁에게 작은 집을 만들어줄게, 바람도 막고 비도 막을 수 있게, 그러면 됐지? 히히!"

여자아이의 재간 있는 두 손이 바쁘게 움직였다. 여자아이는 빗속에 서서 지링에게 작은 집을 만들어주고 있었다.

비가 여자아이의 옷과 머리카락을 적셨다.

"아, 됐다!"

여자아이가 만든 것은 정교하고 예쁜 작은 집이었다!

지붕은 이끼가 낀 소나무껍질로 만들었고, 벽은 가느다란 버드나무가지로 엮었다. 문도 가는 버드나무가지로 엮었고, 두 창문은 나뭇잎 두 장으로 만들었다.

여자아이는 지링을 손바닥 위에 올려놓았다. 여자아이의 눈에는 흥분의 빛이 반짝였다.

지링은 빗방울이 여자아이의 머리에서 흘러내리고 속눈썹에서도 흘러내리는 것을 보았다. 여자아이의 기다란 속눈썹은 그녀의 눈의 지붕일까?

여자아이가 말했다.

"우리 이걸 지링의 나무껍질집이라고 부르자."

"지링의 나무껍질 집? 그럼 지링에게 작은 집이 생겨서 더는 바람과 비를 두려워하지 않아도 되겠네?"

지링은 가늘고 긴 촉각으로 여자아이의 얼굴을 더듬으며 큰 고마움을 표했다.

"아이 간지러워."

여자아이가 웃었다.

"어서 너의 나무껍질 집에 들어가봐, 지링아."

여자아이는 지렁을 나무껍질 집에 들여보냈다.

메뚜기가 나무껍질 집에 날아 들어갔다, 마치 즐거운 푸른 잎처럼.

반딧불이 나무껍질 집에 날아 들어갔다. 마치 유쾌한 별똥처럼.

여자아이는 조용히 그곳을 떠났다. 가을비가 계속 내린다.

여자아이는 머리의 빗물을 털며 속으로 말했다.

"비야, 내려라, 지렁이가 다시는 비를 맞지 않을 거야……"

악대의 쟁쟁한 북소리 장단처럼.

피아노에서 흘러나오는 가벼운 음악소리처럼.

빗방울이 나무껍질 집 지붕을 두드렸다.

"투다닥, 투다닥……."

지렁의 마음은 도취되었다. 단조롭고 귀찮던 가을비가 나무껍질 집 지붕에서 얼마나 아름다운 소리를 내는가!

메뚜기는 푸른색 원피스 자락을 펼치고, 반딧불은 녹색 초롱을 흔들며 빗방울 소리의 장단에 맞춰 나풀나풀 춤을 추었다.

지렁은 막시(膜翅, 개미, 벌 등 곤충의 얇은 막질의 날개 – 역자 주)를 펼치고 가을비의 반주에 맞춰 연주를 하였다.

망망한 밤하늘에 헤엄치는 등불처럼.

얼음과 눈으로 뒤덮인 곳에서 춤추는 불처럼.

지렁의 아름다운 선율이 눅눅한 공기 속을 감돌았다…….

추위가 사라졌다. 슬픔이 사라졌다.

나무껍질 집에 봄과 같은 마음이 숨어들었다.

지렁은 나뭇잎 창문을 열고 내다보았다.

밖은 온통 물바다였고, 나무껍질 집 속만 건조하고 깨끗했다. 나무껍질 집은 바다에 떠있는 작은 섬이고, 항구에 서있는 작은 배였다.

지렁은 여자아이의 창문을 바라보았다. 그는 여자아이가 얼마나 보고 싶었는지 모른다. 여자아이가 창가에 기대어 그의 연주를 듣는 것을 보고 싶었다. 여자아이가 그의 연주를 매우 좋아했기 때문이었다.

그런데 창가는 텅 비어있었다.

여자아이가 병에 걸려 침대에 누워있었다.

가을바람이 지렁의 연주소리를 실어다 주었다. 여자아이는 얼마나 창가에 가보고 싶었는지 모른다. 가서 자기가 직접 만든 나무껍질 집을 보고 집안에 있는 지렁을 보고, 또 메뚜기와 반딧불도 보고 싶었다.

그러나 여자아이는 일어나지 못했다. 열이 났던 것이다. 여자아이는 머리가 어지럽고 목이 몹시 말랐다……

지렁은 나무껍질 집을 나와 여자아이의 창가로 훌쩍 뛰었다. 그러나 창턱이 너무 높아 매번 뛰어오르지 못했다.

"지렁, 지렁, 너 뭐하는 거야?"

메뚜기와 반딧불이 급히 물었다.

"여자아이를 보러 갈래!"

"넌 그만 뛰어라. 우리 날아 들어가 볼게."

메뚜기와 반딧불이 말했다. 그들은 창문으로 날아 들어가 여자아이의 베개 곁에 내려앉았다. 여자아이는 혼미하게 잠들어 있었다.

고열로 입술이 말라 터졌다.

메뚜기와 반딧불은 어찌할 바를 몰라 황급히 지렁이 있는 곳으로 돌아갔다.

"여자아이가 병에 걸렸어! 여자아이가 병에 걸렸어!"

메뚜기가 말했다.

"어떡하지? 지렁?"

반딧불 말했다.

"아!"

지렁이 깜짝 놀랐다.

"여자아이는 나무껍질 집을 만드느라 비를 맞아 병에 걸린 게 틀림없어. 우리 꼭 여자아이를 낫게 하자!"

그들은 함께 나무껍질 집 안에서 여자아이의 병을 위해 방도를 의논했다.

"투다닥, 투다닥," 소리를 내며 빗방울이 지붕을 급하게 때렸다. 그들도 여자아이를 위해 다급해진 걸까?

"찾아냈다, 찾아냈어!"

갑자기 지렁이 소리를 질렀다. 지렁은 자기 생각을 말했다.

"그렇지! 그렇지!"

모두들 지렁의 생각에 기뻐했다.

메뚜기와 반딧불은 깨끗한 나뭇잎을 가져와 그것을 머리 위에 받쳐 들고 하늘에서 떨어지는 빗물을 받았다.

지렁은 기운을 차리고 자기 막시를 펼쳤다…….

여자아이는 어렴풋이 사막 위를 걷는 것 같았다.

"정말 힘들구나! 목이 너무 말라." 여자아이는 물을 마시고 싶었다. 갑자기 깨끗한 샘물이 보였다. 여자아이는 손으로 샘물을 떠서 마시고 또 마셨다. 맑고 달콤한 물이 마음까지 적셔주었다.

여자아이는 눈을 떴다.

여자아이는 메뚜기와 반딧불이 나뭇잎 한 장을 들고 자기 입가에서 날고 있는 것을 보았다. 나뭇잎은 그녀의 입을 향해 기울어져 있었다. 시원한 물이 입술을 적셔주고 입안에 흘러들었으며 마음속까지 흘러들어갔다.

"아, 꿈속의 샘물은 메뚜기와 반딧불이 가져다준 것이구나!"

창밖에서 아름다운 음악소리가 들려왔다.

"이건 누가 연주하는 거지?"

마치 수림 속에서 새가 지저귀는 소리 같았다.

마치 해질 무렵 풍경이 딸랑거리는 소리 같았다.

마치 벌판에서 유유히 울려 퍼지는 피리소리 같았다.

마치 궁전에서 메아리치는 구리종 소리 같았다……

"아, 이건 지렁이 연주하는 소리다!"

음악은 조용히 흐르는 냇물처럼 정감의 잔물결을 싣고 지렁이의 마음에서 여자아이의 마음으로 흘러들었다.

여자아이가 웃었다. 웃는 얼굴이 마치 5월의 하늘처럼 맑았다.

여자아이는 병이 뚝 떨어졌다. 몸은 하늘의 구름처럼 자유로워졌다.

여자아이는 침대에서 내려 창가로 갔다.

"지렁아 고마워! 메뚜기야 고마워! 반딧불아 고마워!"

여자아이는 행복에 겨워 나무껍질 집을 바라보았다. 작은 집안에서 지렁이 연주하고 있었다. 작은 집안에서 메뚜기와 반딧불이 춤을 추고 있었다.

가을이 조용히 가고 어느덧 겨울이 왔다.

눈꽃이 한 송이 두 송이 날렸다.

눈꽃이 온 하늘을 덮으며 춤을 추었다.

나무껍질 집 안에서 메뚜기와 반딧불이 서로 꼭 기대어 있었다.

"너무 추워……."

여자아이는 깊이 잠들어 있다. 그녀는 나무껍질 집이 바람과 비를 막을 수는 있어도 추위는 막지 못한다는 것을 몰랐다!

지렁은 자기가 눈 속에서 얼마 버티지 못할 것이라는 걸 알았다. 그들의 생명은 곧 눈송이에 묻히게 된다.

지렁은 나뭇잎 창문을 열고 점점 두텁게 쌓이는 눈을 바라보았다. 무서운 눈이 갑자기 귀엽게 보였다. 그렇다, 곧 이 세상을 떠날 사람에게는 모든 것이 다 미련으로 남기 마련이다.

"지렁, 난 무서워……."

메뚜기가 떨리는 목소리로 말했다.

"지렁, 나 이제 죽는 거야?……"

반딧불의 목소리는 너무 미약했다. 지렁은 미약한 힘으로 온 마음을 담아 연주를 시작했다.

"잘 있어라, 고향의 풀숲이여! 여름밤의 별이 총총한 하늘이여! 착한 여자아이여……."

음악은 나무껍질 집에서 흘러나와 넓은 들에 퍼지고 흰 눈 속에 녹아들고 흙 속에 스며들었다.

마지막 음표가 마지막 눈송이와 함께 사라졌다.

작은 집안의 희미한 푸른 등불도 꺼졌다.

모든 것이 너무 조용했다. 너무 조용했다…….

아침에 여자아이는 잠에서 깼다.

여자아이는 창문을 열더니 놀라 소리쳤다.

"야, 눈이 왔다!"

눈은 너무 희어 눈을 막 찌를 정도였다.

"어머, 나무껍질 집은 어디 갔지?"

나무껍질 집은 이미 두터운 눈에 덮여 있었다. 창틀 아래의 눈밭에 작은 언덕 같은 것이 보였다.

여자아이는 심장이 밖으로 튀어나오는 것 같았다. 그녀는 창틀 아래로 달려가 작은 언덕을 덮은 눈에 작은 구멍을 낸 후 나무껍질 집 문을 열었다.

"지링! 메뚜기! 반딧불!"

대답이 없었다.

지링, 메뚜기와 반딧불은 서로 꼭 껴안고 있었으며, 촉각도 서로 붙어있었다. 조용히 아무 대답도 없었다.

여자아이는 말했다.

"지링은 잠들었을 거야. 여름부터 가을까지 연주를 하느라 애들이 너무 지쳤거든, 아마 애들에게는 잠이 필요했을 거야…….".

여자아이는 나무껍질 집 문을 닫은 후 눈으로 작은 구멍을 덮어주었다. 그녀는 또 가는 막대기를 가져와 나무껍질 집에 울타리를 만들어주었다.

여자아이는 제일 높은 막대기 위에 이렇게 써 붙였다.

"나무껍질 집 안에는 지링과 그의 두 친구가 잠들어 있다."

여자아이는 울타리 밖에서 나무껍질 집에 노래를 불러주었다. 가사가 없는 노래였다.

여자아이의 목소리에는 달콤한 콧소리가 섞여 부드럽고 듣기 좋았다.

나무껍질 집에서 나지막한 메아리소리가 들렸다. 그것은 지렁이 그녀를 위해 반주하는 소리와 너무 비슷했다.

여자아이는 봄이 올 때까지 계속 노래를 불렀다.

눈이 녹았다. 창틀 아래의 나무껍질 집은 여전히 예뻤다. 아니, 더 예뻐졌다.

봄비가 나무껍질 집을 깨끗하게 씻어주어 예쁜 청록색이 되었다. 해가 나무껍질 집에 옅은 금빛을 칠해주었다.

여자아이는 또 나무껍질 집을 향해 그 가사 없는 노래를 불렀다. 노래와 함께 기적이 생겼다.

나무껍질 집의 벽, 가느다란 버드나무가지로 엮은 벽이 노랫소리 속에서 점차 연두색 싹을 가득 터뜨렸던 것이다. 싹이 점차 피어나더니 뾰족한 버드나무 잎이 가득 자랐다!

여자아이는 너무 좋아 손뼉을 치며 소리쳤다.

"나무껍질 집에 새싹이 자랐어! 이건 살아있는 거야! 살아있는 거야!"

한참 웃던 여자아이의 얼굴에 갑자기 웃음이 사라졌다.

"나무껍질 집은 살았지만 지렁이랑은……."

그렇다! 지렁은 이미…….

"아!"

여자아이는 놀랍고 기뻐서 소리를 질렀다. 나무껍질집의 문이 천천히 열렸던 것이다. 그 안에서 작은 대오가 걸어 나왔다.

"아니, 작은 귀뚜라미와 작은 메뚜기와 작은 반딧불들이 이렇게나 많이?"

여자아이는 그들을 향해 손을 내밀었다. 그들은 하나하나 여자아이의 손바닥에 기어올랐다. 많은 작은 발이 손바닥을 긁어 너무 간지러웠다!

작은 귀뚜라미들은 아직 까마잡잡한 검은 외투를 입고 있지 않았다.

작은 메뚜기들은 아직 푸른 원피스를 입지 않고 있었다.

작은 반딧불들은 아직 푸른 초롱을 들지 않고 있었다.

그들은 아직 아주 작은 꼬맹이들이었다. 하지만 이 꼬맹이들은 너무 생기가 넘치고 예뻤다.

"얘들이 날 아는구나!"

여자아이는 행복에 겨워 눈을 감았다. 여자아이는 "올 여름밤은 얼마나 아름다울까……"라며 상상에 빠졌다.

두꺼비의 엽서

시골에 있는 두꺼비는 지금까지 계속 가난하게 살았다. 새해가 다가오자 그는 먼 곳에 살고 있는 청개구리 동생이 또 생각났다.

"올해에는 청개구리 동생에게 꼭 연하장을 보내야지. 이전에는 늘 엽서로 연하장을 대신했었는데 정말 너무 초라한 연하장이었지."

두꺼비는 연하장을 사러 마을 어귀에 있는 작은 상점으로 갔다. 그러나 두꺼비는 연하장이 그렇게 비쌀 줄을 몰랐다. 그걸 사려니 주머니 안의 돈이 모자랐다. 결국 두꺼비는 원래대로 엽서 한 장을 사고 말았다. 우표를 붙이지 않아도 되고 편지봉투에 넣지 않아도 되는 그런 엽서였다.

두꺼비는 글씨를 곱게 쓰지 못했다. 아무리 열심히 써도 글자는 비뚤비뚤했다. 그는 이렇게 썼다.

"청개구리 동생, 잘 지내고 있지? 네가 많이 보고 싶구나. 지난해에 답장이 없는걸 보니 많이 바쁜 모양이지? 시간이 있으면 돌아와. 설이 다가오는데 맛있는 거 먹고. 두꺼비 형."

두꺼비의 머릿속에는 늘 청개구리가 마을을 떠날 때의 모습이 떠오르곤 했다.

정말 집을 떠나게 되었을 때, 청개구리는 갑자기 두려워졌다. 그러자 두꺼비

는 청개구리의 등을 토닥여주면서 "무서워 말고 밖에서 지내보다가 정 안되면 돌아와, 이 두꺼비 형이 있잖아! 내가 해마다 설에 연하장을 보내줄게, 이 형이 널 지켜볼게!"

청개구리는 그 말을 듣고 눈물을 흘렸다. 그는 뒤를 돌아보면서 점점 멀리 사라졌다.

"허허." 두꺼비는 여기까지 생각하더니 서글프게 웃었다.

"연하장을 보낸다 해놓고 한 번도 보낸 적이 없이 엽서만 보냈네. 휴, 연하장이 너무 비싸!"

두꺼비는 엽서 뒤에 또 한 마디를 보탰다.

"엽서로 연하장을 대신하니 많이 이해해주렴."

두꺼비는 엽서를 향해 허리를 깊숙이 숙여 축복의 예를 올린 다음 그것을 우편함에 넣었다.

"청개구리 동생, 두꺼비 형이 새해 인사를 보낸다!"

우편배달부가 우편함을 열고 편지를 꺼내다가 예쁜 연하장 속에 섞인 이 소박한 엽서를 보았다. 그는 엽서 위에 쓰인 글을 보았다.

"아, 두꺼비는 어렵게 살지만 친구는 진심으로 대하는구나!"

두꺼지의 마음을 알게 된 우편배달부는 자기의 마음도 담기 위해 엽서 변두리에 꽃무늬를 그려놓았다. 그렇게 하니 엽서에는 명절의 분위기가 났다.

편지는 우체국으로 갔다. 우체국의 아가씨가 이 엽서를 봤다.

"아, 두꺼비는 어렵게 살지만 친구에게는 정말 진심으로 대하는구나."

그녀 또한 자기의 마음을 더하기 위해 엽서의 여백에 나뭇잎 몇 장과 꽃 한 송이를 그려 넣었다. 그러니 엽서는 더 예뻐졌다.

엽서가 청개구리네 집으로 가는 길에 많은 동물의 손을 거쳤다. 그들은 엽서를 보고나서 "지금 어떤 시대인데 아직도 엽서를 보내는 사람이 있네, 촌스럽게 말야!"라고 하면서도 마음속에 동정과 감동이 생겨나 참지 못하고 여백에 그림을 그려 넣으면서 자신의 마음을 표하곤 했다.

엽서가 원래 크지 않은지라 얼마 안 돼 꽉 찼다. 더 그려 넣을 곳이 없으니 사람들은 다른 방법을 생각해냈다. 엽서에 비단 리본을 매주기도 하고 꽃잎을 붙이기도 하고 향수를 뿌리기도 했다.

엽서가 아주 예쁘게 변해버렸고 더 무거워진 것 같았다. 두꺼비의 글씨가 제일 못생겨 보였다.

그러나 엽서는 순조롭게 배달되지 못했다. 주소대로 엽서가 청개구리의 집에 도착했을 때, 청개구리는 집에 없었고 문에 두터운 먼지만 쌓여 있었다.

"청개구리 선생의 편지예요? 그는 여기서 살지 않은지 오래 됐어요, 한참 전에 이사 갔지요!"

하고 이웃이 말했다.

"어디로 이사 갔어요?"

우편배달부가 물었다.

"그가 장사를 해서 큰돈을 벌었는데 왜 여기에서 살겠어요? 상반기에 이사 갔어요. 샹그리라거리 1번지 화원별장이요! 편지를 그 곳에 가져다주세요."

"쾅!"하는 소리와 함께 이웃집 문이 닫혔다.

우편배달부는 엽서를 도로 가져와 한 플라스틱 바구니 안에 넣었다.

이 플라스틱 바구니 안에 꽉 차 있는 연하장은 다 한 곳으로 가는 것이었다.

"샹그리라거리 1번지 화원별장 청개구리 선생 앞."

두꺼비의 엽서는 이 연하장들과 함께 샹그리라거리 청개구리 선생의 집으로 배달되었다.

호화롭고 정교한 연하장들에 비해 두꺼비의 엽서는 너무 달라보였다.

저녁 따뜻한 불빛 아래에서 청개구리가 연하장들을 보고 있었다. 그러다가 그는 두꺼비가 보낸 엽서를 보고 갑자기 멍해졌다.

두꺼비 형의 엽서를 보고 큰 감동을 받았다. 시골에 있는 두꺼비 형이 아직도 자기를 기억하고 있을 줄을 몰랐다. 두꺼비 형이 해마다 잊지 않고 그에게 연하장(비록 엽서로 대신하고 있지만)을 보낸 줄을 몰랐다. 두꺼비 형이 엽서를 이토록 예쁘게 꾸밀 줄도 몰랐다. (비록 좀 촌스럽기는 하지만) 그리고 두꺼비 형이…… 여전히 그렇게 어렵게 살고 있을 줄도…….

"지난해 두꺼비 형님에게 연하장 보내는 걸 잊었는데, 올해에는 꼭 보내드려야지."

청개구리는 가장 호화로운 연하장을 골라 책상 위에 펴놓고 쓰기 시작했다.

"두꺼비 형님. 형님이……"

여기까지 쓰자 청개구리 머릿속에는 몇 년 전 두꺼비가 자기를 마을 어귀까지 바래다주던 모습이 생각났다. 그는 고향을 떠나 그렇게 큰 세상으로 유랑을 떠날 생각을 하니 너무 두려웠다. 두꺼비 형님이 그의 등을 토닥여주면서 말했다.

"무서워 말고 밖에서 지내보다가 정 안되면 돌아와, 이 두꺼비 형이 있잖아! 내가 해마다 설에 연하장을 보내줄게, 이 형이 널 지켜볼게!"

그 때 그는 이 말을 듣고 감동됐고 덜 무서워졌다. 그는 반드시 밖에서 일을 잘 해 설에 맛있는 것을 가득 가지고 두꺼비 형님을 보러 와야겠다고 생각했다. 그는 앞으로 걸으면서 끊임없이 뒤를 돌아보았다. 두꺼비 형님이 계속 그곳에 서서 그가 떠나는 모습을 바라보고 있었다.

"휴! 내가 그 때 떠난 후 다시 못 돌아가게 될 줄이야……."

청개구리는 길게 한숨을 쉬었다. 마음이 무거워지고 피곤이 몰려왔다. 청개구리는 책상에 엎드려 잠이 들었다.

이튿날 아침, 청개구리는 비행기를 타고 밖을 내다보았다. 그가 몇 번째 해외로 떠나는지 모른다. 이번에 그는 세상에서 가장 아름다운 도시로 가고 있다. 그 곳으로 가서 그는 큰 프로젝트를 체결하게 된다.

창밖은 비단 같은 구름이고 갈려 있고, 구름 아래에는 누런 땅과 구불구불 기복을 이룬 산맥이 보였다.

"누런 땅은 언제나 후지고 빈곤한 곳이지……."

청개구리가 낮은 소리로 자신에게 중얼거렸다.

갑자기 그는 몸을 흠칫하더니 하마터면 소리를 지를 뻔 했다.

"아, 연하장! 비행기 타기 전에 연하장 부치는 걸 잊었구나!"

그는 이번에 출장을 한 달 쯤 가야 했다. 그가 돌아올 때면 설이 다 지나가 버리고 난 뒤였다.

엊저녁, 청개구리는 연하장을 절반 쓰다가 잠들어버렸다.

지금 절반 쯤 쓴 그 연하장이 조용히 비싼 홍목 책상 위에 놓여있다. 연하장에는 이렇게 쓰여 있다. "두꺼비 형님, 형님이……."

바로 이 때, 두꺼비는 시골 마을의 큰길에서 가장 가까운 곳에 앉아 큰길 저쪽을 바라보면서 넋을 놓고 있다.

두꺼비는 자신이 넋을 놓고 있는 것이 아니라 편지를 기다리고 있다는 것을 알고 있었다. 그는 청개구리 동생의 편지를 받고 싶었다.

그러나 그는 다른 사람들이 자기가 편지를 기다린다는 것을 눈치 챌까봐 멍하게 있는 척 했던 것이다.

"집을 떠나 밖에 다니는 사람은 다 고생스러운 거야, 청개구리 동생이 편지 쓸 시간이 없을지도 몰라. 편지 쓸 시간이 없다는 건 바삐 보낸다는 걸 말하는 건데, 바삐 보낸다는 것은 그가 밖에서 괜찮게 지내고 있다는 걸 말하는 게 아닌가……."

두꺼비는 이렇게 자신을 위로했다.

하늘에는 비행기 한 대가 날아가고 있었다.

비행기의 윙윙거리는 소리가 그의 생각을 중단시켰다. 두꺼비는 머리를 들고 소리 내며 지나가는 비행기를 보면서 속으로 생각했다.

"휴, 비행기 안에 나의 청개구리 동생이 앉아 있었으면 좋겠구나."

이렇게 생각하면서 두꺼비는 일어나 비행기가 가는 방향을 향해 꾸벅 절을 했다.

두꺼비는 기분이 많이 좋아졌다.

그 비행기 안에 청개구리 동생이 있는 줄 알았더라면 두꺼비는 더 좋아했을 것이다.

그네, 그네……

토끼 하얀이(白白)는 눈처럼 하얀 아름다운 털을 가지고 있다. 그의 긴 한 쌍의 귀는 민첩하게 움직인다. 세 조각으로 된 그의 입은 웃을 때 매우 달콤해 보인다.

그러나 하얀이의 한 쌍의 두 눈은 언제나 감은채로 있다. 하얀이는 태어날 때부터 눈이 멀어 아무 것도 보지 못한다.

그러나 하얀이는 조금도 괴로워하지 않았다. 하얀이는 "앞을 보지는 못하지만 엄마토끼가 다 얘기해주니 보이는 거와 뭐가 다르지?"하고 생각했다. 그리고 하얀이는 상상을 할 줄을 알았다. 엄마가 들려주는 모든 것이 다 그의 상상 속에 있었고, 아름다운 그림으로 변해버리곤 했다. 직접 본 것보다 더 아름다운 것일지도 모른다.

누군가 하얀이에게 "꽃은 어떤 모양이지?" 라고 묻는다면, 그는 웃음을 지으면서 "엄마는 내가 웃을 때 꽃 같다고 했어."라고 대답했다.

누군가 그에게 "그럼 어떤 색깔의 꽃이 가장 예쁘지?"라고 묻는다면 그는 "하얀 꽃이 가장 예뻐"라고 대답했다.

"왜?"

"그건 하얀 꽃이 나 같기 때문이야, 날 봐, 내가 하얀 색이거든."

그렇다, 이런 하얀이가 얼마나 귀여운가. 그러나 엄마토끼는 천진하고 즐거운 하얀이를 보면서 오히려 마음이 아팠다.

"아 정말 이 애는 총명해. 만일 이 아이가 앞을 볼 수 있다면 얼마나 ...."

엄마토끼의 눈이 젖어들었다. 눈물이 홍옥 같은 그녀의 눈에서 반짝였다.

엄마토끼는 이전의 일이 생각났다.

그네가 높은 나무에 걸려 있었다. 그네는 뛸 때마다 하얀 활모양의 흰 줄을 그렸다.

그 때 엄마토끼는 하얀이의 아빠와 함께 평원에서 살았다. 그 곳에는 무성한 수림과 조용한 호수, 푸른 풀밭이 있었다.

엄마토끼네 집 큰 나무 위에는 오래된 등나무 덩굴이 있었다. 덩굴 하나가 커다란 둥근 고리처럼 높은 나뭇가지 위에서 엄마토끼네 집 문 앞까지 드리웠다.

바람이 불자 그 등나무 고리가 가볍게 흔들렸다.

엄마토끼가 하얀이를 임신하게 되자 아빠토끼는 매일 저녁 엄마토끼와 함께 등나무 고리 아래에 왔다. 아빠토끼는 엄마토끼를 안아 등나무 고리 위에 올려놓고 이리저리 밀어주었다.

등나무 고리가 조용한 밤에 편안하게 흔들렸다.

별이 나왔다. 달도 나왔다.

달이 나뭇가지 틈을 꿰뚫고 얼룩덜룩한 빛을 엄마토끼의 털 위에 던져주며 언뜻언뜻 움직였다.

엄마토끼는 등나무 고리로 만들어진 그네 위에 앉았다. 그녀의 흰 몸은 별 하

늘 아래에서 하얀 활모양의 줄을 그었다.

"별과 달을 쳐다 봐!"

아래에서 아빠토끼의 목소리가 들렸다. 엄마토끼의 뱃속에는 아기토끼가 들어있는데 별과 달을 자주 보면 아기의 눈이 별처럼 빛나고 웃는 모습이 달처럼 예뻐진다고 들었기 때문이었다.

엄마토끼는 그네를 뛰면서 하늘을 쳐다보았다.

그녀의 가슴이 세차게 뛰었다.

"그네야, 높이 뛰어라, 더 높이 뛰어라. 그러면 별과 더 가까워지고 달과 더 가까워진다." 그 하얀 곡선들이 마치 아직 이루어지지 않은 꿈과 같았다.

그런데…….

사람들이 그 큰 나무를 찍어버렸다. 등나무 고리는 나무와 함께 땅에 떨어져 흩어졌다.

아빠토끼는 시커먼 엽총에 의해 그 나무 아래에 쓰러졌다.

엄마토끼는 홀로 산으로 도망쳐 하얀이를 낳았다.

아, 그건 악몽과 같은 일이었다. 별과 달, 등나무 덩굴로 만든 그네, 모든 것이 다 멀어져갔다…….

"엄마, 무슨 생각을 하세요?"

엄마토끼는 추억으로부터 현실로 돌아왔다. 그녀는 하얀이의 별이 담기지 않은 얼굴을 바라보았다. 그녀는 유리병에 담긴 얼음처럼 맑은 하얀이의 목소리를 들었다.

엄마토끼의 얼굴에는 점차 웃음이 떠올랐다.

"엄마는…… 그네 생각을 했어……."

"그네? 그게 뭐예요? 엄마, 얘기해주세요."

"그네는 높은 나뭇가지에 걸려 드리워져 있다. 그네에 올라타서 구르고 또 구르면 점점 더 높이 올라갈 수 있단다. 마치 별을 만질 수 있을 것 같고, 달도 만질 수 있을 것 같지……."

하얀이는 그네에 대해 처음 들었다. 그네가 "얼마나 아름다울까?"하고 생각했다.

"엄마, 그네를 뛸 때 하늘의 흰 구름을 만질 수 있을까요?"

"있지, 있고 말고. 그러나…… 이곳에는 그네가 없어……."

하얀이는 더 이상 말이 없었다. 그는 얼마나 그네를 뛰고 싶었는지 모른다. 한 번만이라도 타보면 좋을 것 같았다.

갑자기 하얀이의 귀가 움직였다.

"엄마, 원숭이 오빠가 와요!"

산에 작은 원숭이가 살고 있었는데 매일 하얀이를 보러 왔다.

잠시 후 엄마도 발걸음 소리를 들었다.

정말 원숭이 오빠가 왔다. 하얀이는 귀가 아주 잘 들렸는데 언제나 원숭이 오빠의 발걸음 소리를 알아듣곤 했다.

원숭이가 들어오자 하얀이가 물었다.

"원숭이 오빠, 엄마가 말하는데 하늘의 흰 구름이 내 몸처럼 하얗고 부드럽대요, 진짜예요?"

원숭이다 대답했다.

"진짜야. 진짜고 말고……."

하얀이는 자기 몸을 쓰다듬고 또 쓰다듬었다. 마치 흰 구름 한 송이를 쓰다듬는 것처럼…….

하얀이가 원숭이를 향해 물었다.

"원숭이 오빠, 오빠의 털이 날렸어요?"

원숭이의 털은 날리지 않았다. 그러나 원숭이는

"그래, 날렸어."

라고 대답했다. 하얀이는 손뼉을 치면서 말했다.

"그건 제가 불어서 생긴 바람이에요."

원숭이는

"그래, 그래서 그런지 시원하더구나."

라고 말했다. 하얀이는 웃었다. 그 웃음이 너무 달콤해보였다.

"엄마, 그네를 뛸 때 바람이 몸의 털을 불어 날리게 하는가요?"

"그래……."

엄마토끼가 가볍게 대답했다. 하얀이는 자기 몸을 향해 불었다. 그는 자기 흰 털이 날리는 것을 볼 수 없었지만 느낄 수는 있었다.

그네가 유유히 흔들리고 바람이 눈덩이처럼 하얀 털을 날렸다.

엄마토끼는 하얀이를 보면서 마음이 괴로웠다. 하얀이가

"엄마, 그네 얘기를 한 번 더 해주세요, 원숭이 오빠가 아직 못 들었거든요."

라고 즐겁게 종알거렸다. 엄마토끼가 다시 한 번 얘기했다.

"원숭이 오빠, 그네가 좋은가요? 어때요?"

원숭이는

"그네가 뭐 그리 대단한가?

난 두 손으로 나뭇가지를 잡고 그네를 뛸 수 있거든."

하고 생각했다. 그러나 그네가 별로 좋지 않다고 하면 하얀이가 기분 나빠할 것 같았다.

그래서 원숭이는

"그래? 이제 보니 그네가 그렇게 좋은 거였구나!"

라고 말했다.

"원숭이 오빠, 오빠는 그네를 뛰어본 적이 있어요?"

"있지. 있고 말고"

원숭이가 제대로 대답했다. 하얀이는 갑자기 아무 말도 안 하고 웃지도 않았다. 잠시 후 그는

"우리 엄마도…… 그네를 타본 적이 있대요……"

라고 낮은 소리로 말했다. 엄마토끼와 원숭이는 아무 말도 못했다.

그랬다. 다들 그네를 타보았는데 하얀이만 못 타보았던 것이다.

엄마토끼는 후회가 됐다. "내가 왜 쓸데없이 왜 그네 얘기를 꺼냈지?"

그네가 어디에 있는지 안다면 엄마토끼는 틀림없이 하얀이를 데리고 가서 타보게 했을 것이다. 아무리 먼 곳이라도 두렵지 않았다. 그네를 만들 수 있다면 엄마토끼는 아무리 힘들어도 그것을 만들어냈을 것이다. 그러나 엄마토끼와 원숭이는 어디에 그네가 있는지를 몰랐고, 그네를 만들 줄도 몰랐다.

"나에게 눈이 있다면 난 그네를 타지 않고 보기만 하겠어요, 딱 한 번만……"

하얀이가 아주 낮은 소리로 말했지만 엄마토끼와 원숭이는 다 듣고 있었다.

"그네를 타면 바람이 귓가에서 윙윙 울리겠지?"

"그렇게 높이 오르면 하얀 구름으로 변해 하늘에 남게 되지 않을까?"

"그네, 그네……"

하얀이는 종일 그네만 생각했다. 그는 변했다. 이전처럼 즐겁게 이것저것 물어보지도 않았다. 엄마토끼가 이야기를 해도 늘 정신은 딴 곳으로 향해 있었다. 원숭이가 하얀이를 보러 오면서 나뭇잎으로 만든 작은 바람개비를 가져오고, 또 대나무로 호루라기도 만들어주었다. 그러나 하얀이는 별로 잘 가지고 놀지 않았다.

하얀이는 속으로 계속 그네 생각만 하고 있었다.

엄마토끼는 생각다 못해

"하얀아, 엄마가 또 그네 얘기를 해줄게, 들을래?"

하고 물었다. 하얀이는 귀를 흔들면서 연신

"싫어요, 안 들을래요."

라고 대답했다. 하얀이는 결국 병에 걸려 침대에 드러누웠다. 그의 몸은 열이 나서 불덩이처럼 달아올랐다.

"그네야, 그네야, 넌 어디에 있니?"

하얀이가 열이 나기 시작한 이튿날, 원숭이가 여느 때처럼 또 하얀이를 보러 왔다. 하얀이는 침대에 누운 채 며칠 전처럼 입을 꾹 다물고 있는 것이 아니라 즐겁게 웃었다.

"원숭이 오빠 왔어요?"

원숭이가 머리를 끄덕였다.

"응."

"원숭이 오빠, 어서 와요! 오빠는 이전에 그네를 뛰면서 별을 만져봤어요?"

원숭이가 머리를 흔들었다.

"아니."

"달은 만져봤어요?"

"그것도 아니."

"히히."

하얀이가 웃었다.

"원숭이 오빠는 바보예요, 정말 바보예요!"

원숭이는 그만 어리둥절해졌다. "하얀이가 왜 이럴까?"하고 생각했다.

하얀이는 득의양양해서

"난 그네를 타면서 구르고 또 굴러 아주 높은 곳까지 올라갔어요. 손을 내밀어 별도 만져보고 달도 만져보았거든요! 별은 차고 달은 따뜻했어요!"

원숭이가 이상해서 물었다.

"너 언제 그네를 뛴 적 있는데?"

"꿈…… 꿈에서요……"

하얀이는 머리를 떨어뜨렸다. 얼굴의 웃음기가 또 사라져버렸다. 엄마토끼는 몰래 눈물을 흘렸다. 원숭이도 콧마루가 시큰해졌다.

"하얀이야, 넌 지금까지 그네 생각만 했구나!"

"그 차거운 별, 그 뜨거운 달, 너희들은 아직 잘 있니?"

하얀이가 꿈을 깼다, 그네도 사라졌다.

"하얀이야, 너 정말 그네를 그렇게 뛰고 싶어?"

원숭이가 물었다. 하얀이는 급히

"네, 원숭이 오빠, 너무 뛰고 싶어요!"

라고 대답했다.

원숭이는 침대 가로 가서

"내가 그네를 만들 줄 아니 내가 널 데리고 그네 뛰러 갈게, 응?"

하고 말하더니 하얀이를 번쩍 안았다. 엄마토끼는 원숭이를 따라 함께 벌판으로 걸어갔다.

한 오래된 소나무 아래에서 원숭이가 걸음을 멈췄다. 오래된 소나무의 굳센 가지가 그들의 머리 위에 낮게 가로 뻗어있었다. 엄마토끼는 이상해서

"원숭이가 왜 아무 것도 안 가지고 왔을까? 밧줄도 없이 어떻게 그네를 만들지?"

하고 생각했다. 그때 원숭이가 위로 펄쩍 솟아 옆으로 뻗은 소나무 가지에 기어오르더니 두 발을 나뭇가지에 걸고 얼굴을 하늘을 향했다.

원숭이는

"토끼 어머니, 그네를 다 만들었으니 하얀이를 안아 올려주세요."

라고 말했다. 원숭이가 만든 그네는 바로 자기 몸이었다!

엄마토끼는 급히

"이건…… 아니……."

하얀이는 아무 것도 보지 못하고 급하게

"엄마, 어서요, 그네 타게 해줘요!"

라고 말했다. 엄마토끼는 어찌할 바를 몰랐다.

"원숭이 오빠, 어디에 있어요? 어서 날 안아 그네에 태워줘요."

하얀이가 안달이 나서 말했다. 엄마토끼는 원숭이를 보고 또 다시 하얀이를 보았다. 그녀는 드디어 하얀이를 안아서 원숭이의 배 위에 살짝 올려놓았다.

"아!"

하얀이는 앉자마자 가벼운 소리를 냈다. 작은 구름 한 송이가 곧 날게 된다.

그네가 이렇게 따뜻한 것이었구나. 원숭이는 아무 소리도 내지 않았다. 그네가 가짜라는 것을 하얀이가 알아챌 가봐 걱정되었다. 그는 엄마토끼에게 힘껏 눈을 깜박였다.

"어서 날 밀어요, 밀어서 흔들리게 해줘요, 그네가 흔들려야지요!"

라고 말하는 것 같았다.

"엄마, 어서 그네를 밀어주세요. 원숭이 오빠, 오빠도 절 밀어주셔야지요."

하얀이는 또 다시 안달했다.

"하얀이, 너 원숭이 오빠를 부르지 마, 오빠는 방금 너에게 그네를 만들어주느라 많이 힘들어……."

엄마토끼가 손으로 원숭이의 몸을 밀었다. 한 번, 두 번…….

그네가 뛰기 시작했다. 한 번, 두 번…….

하얀이는 두 손을 하늘에 뻗었다. 그 꿈이 하얀이의 머릿속에 또다시 생생하게 떠올랐다.

그는 자기 몸이 하늘에 날아오르는 것 같았다.

그는 별이 만져진다고 생각했다. 그 차가운 별이.

그는 달이 만져진다고 생각했다. 그 뜨거운 달이.

그는 하얀 구름 한 송이가 날아와 자기를 가볍게 감싼다는 느낌이 들었다. 그는 자기가 구름처럼 가벼워진 것 같았다…….

그네, 신비함과 상상을 가져온 그네…….

원숭이의 배에 하얀이가 앉아 있었다.

그네를 얼마나 오래 뛰었는지 그도 모른다.

그는 하얀이 몸의 하얀 긴 털이 바람에 가볍게 날리는 것을 보았다.

그는 하얀이의 세 조각의 입술이 방금 터진 백목련처럼 웃는 것을 보았다.

그는 주위의 나무가 빙빙 돌고 하늘이 빙빙 도는 것을 보았다…….

그네야, 한 번 더 뛰어라, 한 번 더 뛰어라……

원숭이의 손바닥에서 피가 방울방울 배어나왔다. 툭툭한 소나무 가지에 그의 손바닥이 닿아 터졌던 것이다.

하얀이가 잠들어버렸다. 그는 따뜻한 '그네' 위에서 잠들었던 것이다.

엄마토끼가 하얀이를 안아 내렸다. 그의 홍옥 같은 눈에서 눈물이 솟았다. 그는 원숭이에게 "고맙다"는 말을 하고 싶었으나 목에서 아무 소리도 나오지 않았다.

원숭이는 소나무 가지에서 뛰어내렸다. 그는 맥이 빠져 일어나지 못했다.

원숭이는 풀밭에 누워 푸른 하늘을 쳐다보았다.

"아, 그네, 그네……"

연두색 별

여름의 태양에는 타오르는 수염이 가득 자라 있다. 불같은 무더위가 풀숲으로 닥쳐왔다. 가냘픈 풀이 헝클어진 그림자를 땅에 눕힌 채 까딱 못하고 있다. 활기에 차 있던 들꽃은 더 이상 잎으로 부채질해 시원한 바람을 만들 힘이 없다. 희망이 흘러넘치던 이슬마저 갈증을 느꼈다…….

그러나 풀의 헝클어진 그림자 속에, 들꽃의 나른한 잎 아래 그리고 여기저기에 연두색별이 가득 매달려 반짝반짝 빛나고 있다. 작은 희망과 서늘한 기운을 빛내고 있다.

그것은 반딧불의 초롱이다. 연두색 초롱은 생명의 별이다.

해의 수염이 더는 타오르지 않았다. 해가 서쪽으로 졌다. 달이 솟아올랐다. 하늘은 짙푸른 유리 같았다. 달빛은 부드러운 강처럼 서서히 지나치고 있다. 반딧불이 춤추며 날아 여름밤의 하늘에 신비한 곡선들을 가득 그었다. 그것은 이리저리 옮겨 다니는 등불이었다. 날아다니는 수많은 별처럼 말이다.

반딧불이 춤추며 날고 반짝이는 것을 보고 작은 풀과 들꽃도 춤을 추

기 시작했다. 그들은 가지를 흔들어 부채질 하면서 풀숲에 시원한 바람을 가져다주었다.

누구의 발걸음이 두려움과 재난을 가져온 것일까?

누구의 손이 풀숲에 뻗고 춤추며 날아다니는 파란별에 뻗었을까?

조그마한 반딧불은 그 신기한 파란빛이 없었더라면 영원히 안전하고 행복했을 것이다. 그러나 그 신기한 파란빛을 가지고 있기 때문에 그들은 여름밤에 그토록 눈에 띄고 사람의 마음을 간질러 대고 있다.

어떤 사람은 손가락으로 풀잎 끝에 앉은 반딧불 잡기를 좋아한다. 마치 빛나는 푸른 보석들을 하나하나 줍듯이……

어떤 사람은 날아다니는 반딧불을 쳐서 반딧불이 풀숲에 떨어지는 것을 보기 좋아한다. 마치 별이 바다에 떨어지는 것을 감상하듯이……

어떤 사람은 반딧불 몇 마리를 잡아 모기장 안에 넣고 반딧불 모기장 안에서 절망스럽게 기어 다니는 것을 보기 좋아한다. 마치 여름밤 하늘의 온갖 별들이 자리를 옮기는 모습을 보는 것처럼……

어떤 사람은 많은 반딧불을 잡아서 병 안에 가두어두기를 좋아한다. 반딧불이 병 안에서 허둥대며 반짝이는 바람에 단조로운 방에 몽롱한 빛깔을 보태주게 한다.

또 어떤 사람은 손가락으로 반딧불을 누르면서 땅을 긋는 것이 취향이다. 그러면 땅에는 연한 담녹색의 줄이 어렴풋하게 생겼다가 사라지고 만다. 동시에 사라진 것은 반딧불의 몸이다. 몸은 가루가 되어 연둣빛 작은 혜성이 떨어지고 만다.

반딧불은 분노한다.

반딧불은 초원을 떠나고, 작은 풀을 떠나고, 들꽃을 떠나 하늘로 날아오른다. 반딧불마다 하나하나의 파란별이 된다.

그러면 연두색별이 하늘에 박힌다.

별이 된 반딧불은 더 이상 춤추며 날지를 못한다. 그들은 풀숲과 꽃을 잃었다. 풀은 활기를 잃고 들꽃은 여위어 간다.

별로 변한 반딧불은 여전히 반짝인다. 그들의 눈을 반짝인다.

반딧불의 눈은 땅을 뚫어지게 바라본다. 사람의 손을 바라본다.

사람의 두 손은 미약한 파란 빛의 진실한 마음에 떨리고 있다.

오늘 풀숲에 또 반딧불 생겼다. 신비한 연두색 곡선이 또 춤을 추며 난다. 그러면 생명의 빛이 또 반짝인다.

여름밤의 별 하늘을 바라본다. 그리고 여름밤의 풀숲을 바라본다. 우리의 마음은 이렇게 물어보게 된다.

반딧불은 별이 변한 것일까?

별은 반딧불 변한 것일까?

독거미의 죽음

달빛 아래의 보라색 안개

저녁 해가 진하고 포근한 석양빛을 고목 위에다 칠해놓았다.

조용히 우뚝 선 고목에는 나뭇잎이 활기차게 가득 매달려 있었다.

고목의 나무줄기에는 커다란 옹이자국 있었다. 몇 년 전 이 나무는 벼락을 맞아 제일 풍성한 가지를 잃으면서 이 옹이자국을 남겼다.

옹이자국은 추하고 험상궂었다. 옹이자국에서 음산하고 누기(漏氣, 눅눅하고 촉촉한 물기 – 역자 주)찬 냄새가 났다.

나뭇잎이 흔들리면서 햇살의 무늬를 만들어 이 옹이자국 위를 비추었다. 강한 햇빛을 받아서인지 옹이자국의 틈에서 한 쌍의 눈이 빛났다. 이 한 쌍의 눈에서 불안감, 놀라움, 두려움, 분노가 보였다. 이 한 쌍의 눈은 나뭇잎 틈새로 해를 마주보고 있다.

그것은 독거미의 눈이었다.

누가 나를 보고 있지? 누가 나를 보고 있어!⁰¹

독거미는 옹이자국의 틈서리에서 뛰쳐나왔다.

해는 조용하고 뜨거웠다.

---

01) 이 글에서 이런 글로 표현된 것은 독거미의 속생각이다.

독거미는 저녁 해의 해무늬를 듬뿍 걸치고 있다. 그녀의 온 몸은 가마반드르하고 금속광택이 났다. 그녀의 까맣고 불룩한 배에 꼬불꼬불한 하얀 곡선 한 가닥이 그려져 있었는데 하얗다 못해 눈부시고 음랭해 보였다. 몇 년 전 이 나무가 벼락을 맞아 가장 풍성한 가지를 잃는 순간 그녀의 배에 이 하얀 줄이 생겼다. 흰 줄의 모양은 나무를 끊어버린 번개의 모양과 똑같았다. 나무에는 옹이자국이 남고 그녀에게는 번개가 남았다. 몇 년이 지났지만 그동안 독거미는 이 나무를 떠난 적이 없었다. 그 번개가 독거미와 나무를 보이지 않는 힘으로 용접해놓은 것 같았다. 그녀의 몸에 있는 독소는 천 마리의 말을 죽일 수 있었다. 그리하여 나무는 모든 날벌레에게 죽음을 가져다주는 곳이 됐다. 나뭇가지 곳곳에서 날리고 있는 거미줄과 구멍 난 그물은 마치 독거미가 자신의 잔인함과 음흉함을 햇볕에 널어 말리고 있는 것 같았다.

새도 더 이상 이곳에 머무르지 않았다. 그러나 묵은 나무는 날로 늙어가면서도 점점 더 아름다워졌고 외로움과 더불어 활기를 띠었다. 독거미는 늘 이런 외로움을 즐겼다. 독거미에게는 비밀이 있었는데 그것 때문에 불안하고 혼란스럽고 도취되고 미련을 가지게 됐다. 그것은 신성불가침한 비밀이다. 그것과 나무를 제외한 주위의 모든 것이 그토록 음험하고 간악한 것 같았고, 도처에 몰래 훔쳐보는 눈이 있는 것 같았다. 독거미는 날로 의심이 많아지고 성격이 거칠어졌다. 그녀의 비밀이 그녀를 미쳐 날뛰게 만들었다.

누가 나를 보고 있지? 누가 나를 보고 있어!

저녁 해는 조용했지만 뜨거웠다. 저것이 날 훔쳐보는 눈일까?

독거미는 지평선 위에 절반만 떠 있는 해를 침착하게 쳐다보았다.

121

그녀는 몸에서 빛이 반사되면서 쟁쟁거리는 소리를 들었다.

해가 넘어갔다. 그녀를 훔쳐보던 눈이 감긴 것 같았다. 독거미는 편안하게 어둠을 맞이했다.

구름이 두껍게 떴다. 별이 보이지 않는다. 달도 보이지 않는다. 칠흑 같은 어둠 속에 독거미가 발로 나무의 옹이자국을 가볍게 긁었다. 갑자기 그녀의 배에 경련이 일어났다. 머리를 숙여 보니 배에 있는 구불구불한 흰 선이 연하고 은은한 빛을 내고 있었다.

때가 되었구나!

독거미는 삽시간에 흥분했다. 그는 나무를 더듬으면서 기었다. 그녀는 배가 팽창한다는 것을 느꼈다. 그녀는 배가 터져 갈라지고 분출하기를 갈망했다. 그녀는 배에서 뭔가 넘치는 것 같아 토해내고 헌신하기를 기대했다. 그녀는 발끝으로 어떤 곳을 찾아냈다. 그녀는 갈라 터지고 분출하고 토하고 헌신했다…….

때가 되었다. 모든 것이 다 그 신성한 비밀을 위해서였다.

독거미는 나무 위에서 첫 번째 줄을 뽑았다.

그녀가 발끝으로 줄을 건드리자 줄이 "윙윙" 소리를 냈는데 소리가 너무 낮아 혼자만 들을 수 있었다. 그 소리가 그녀를 취하게 만들었다.

얼마 안 돼 그녀는 그물을 한 장 만들었다. 그녀의 그물은 신성하고 순결한 곳이었다. 그녀는 이 그물에, 이 신성하고 순결한 곳에 자신의 비밀을 숨겨두고 싶었다.

부드러운 빛이 그물에 떨어졌다. 달이었다. 둥근 달이 구름송이 뒤에서 얼굴을 내밀었다.

독거미는 몸을 흠칫 떨더니 벌컥 화를 냈다. 또 나를 훔쳐보는 구나!

누가 나를 보고 있지? 누가 나를 보고 있어!

나무는 잎을 흔들었다. 마치 빛을 가려주려는 것 같았다.

그러나 늦었다. 독거미는 꼼짝도 하지 않았다. 그녀의 몸에서 보랏빛 안개가 뿜겨져 나오기 시작했다. 보라색 안개가 피어오르고 자욱해지면서 천천히 굴러가는 덩어리가 되었다.

보라색 안개가 점점 더 커지더니 마치 거대한 보라색 독버섯 같았다.

독거미가 보이지 않았다. 나무는 보라색 안개에게 완전하게 휩싸였다.

보라색 안개는 상서롭지 못한 구름과 같았다. 그러나 달은 여전히 부드럽고 아름다웠다.

하얀 실주머니와 묵은 나무의 눈물

이른 아침, 보라색 안개가 이미 조용히 흩어져 버렸다.

독거미는 여전히 원래 자리에서 꼼짝도 안했다. 밤에 만들었던 그물이 없어졌다. 수많은 거미줄로 매단 작은 실주머니가 나무 가장자리에 드리워져 바로 독거미의 위에 걸려 있다. 작고 하얀 실주머니였다. 독거미는 실주머니를 바라보았다. 그녀는 그것과 매우 가까이 있었다. 그녀의 눈에는 아무 것도 보이지 않고 그것만 보였다.

이건 내 것이다.

실주머니는 대단히 유연해 마치 먼 곳의 구름 같았다. 실주머니는 그토록 연약해 마치 유연한 솜털 같았다.

해가 나왔다. 나뭇잎 틈새로 금빛 해무늬가 실주머니를 비춰졌다.

독거미는 평온했다. 그녀는 더는 누군가 훔쳐 볼까봐 두렵지 않았다. 그녀의 그 신성한 비밀은 이미 거미줄에 겹겹이 싸여 있었다.

이건 내 것이다. 내 영혼이 이 안에 들어있다.

금색 해무늬가 실주머니를 쓰다듬었다. 실주머니는 즐거운 색채를 띠었다. "빨주노초파남보" 즐거운 빛깔이 독거미 앞에서 흔들리고 있었다.

독거미는 한쪽 발을 쳐들었다. 그녀도 실주머니를 만져보고 싶었다. 그녀의 발끝이 실주머니에 닿자 배에 난 흰 줄이 세차게 경련을 일으켰는데 마치 번개가 이는 것 같았다.

이건 신성한 비밀이다. 나마저 그것을 건드릴 수 없게 됐다.
독거미는 발을 움츠렸다.

바람이 한 점 스쳐지나갔다. 실주머니가 알릴 듯 말듯 움직였다. 독거미는 황급히 사방을 둘러보았다. 그녀는 바람이 두려웠다. 그녀는 바람이 어디서 오는지 보고 싶었다.

독거미는 그제야 주위가 이미 변했다는 것을 발견했다. 푸른 잎이 가득 매달려 있던 나무가 지금은 온 나무의 잎이 누렇게 변해버렸다! 누렇게 된 나뭇잎마다 쭈글쭈글 마르고 말려 있었다. 독거미는 온 몸을 흠칫 떨었다.

나다. 틀림없이 나의 독안개가 나무를 해쳤어. 내가……
바람이다! 바람이 불기 시작했다. 먼 곳의 크고 작은 나무들이 다 바람 속에서 나뭇잎을 흔들었다. 독거미는 자기 실주머니를 긴장하면서 주시했다. 바람이 그것을 가져가지 않기를 바랐다. 그러나 실주머니는 바람 속에 끄떡도 하지 않았다.

그것은 나무가 조금도 움직이지 않았기 때문이다. 누렇게 시든 잎마저 큰 바람 속에 조금도 움직이지 않았다. 정말 기적이었다.

나무가 죽었을까? 왜 바람 속에서 끄떡이지 않을 수 있을까?

바람이 멎었다.

독거미는 기진맥진했다. 그녀의 신경은 더 이상 자신과 외부세계가 주는 자극을 감당해낼 수가 없었다. 그녀는 너무 허탈해 구역질이 났다.

나도 죽어버리자, 이 늙은 나무처럼.

독거미는 나무줄기를 따라 아래로 기어 내려갔다.

그녀는 나무의 옹이줄기를 지나면서 멈춰 섰다. 그녀는 옹이자국을 쳐다보고 자기가 살았던 그 틈새를 바라보았다. 깜깜한 그 틈새는 못생긴 눈처럼 독거미를 냉담하게 바라보고 있었다.

나도 죽어버리자, 그럼 안녕.

독거미는 계속 아래로 기어갔다. 그녀의 마음은 텅 비었다. 한 걸음 두 걸음, 거의 나무뿌리까지 내려갔다.

지금 뛰어 내리기만 하면 난 영원히 내가 떠나본 적 없는 이 나무를 떠날 수 있게 된다.

갑자기 독거미 배의 흰 줄이 또다시 급작스레 경련을 일으켰다.

독거미는 급히 머리를 돌렸다. 나무의 옹이자국에서 눈물 한 방울이 흘러내렸다. 맑은 눈물이 거칠거칠한 나무줄기를 타고 급히 구불구불 흘러내렸다. 맑은 눈물이 당황스럽게 무엇인가를 쫓고 있는 것 같았다. 독거미는 그 눈물을 쳐다보았다.

몇 년 전 이 나무에는 옹이자국이 생기고 나에게는 번개가 쳤다. 어제 밤 나는 그 신성한 비밀을 남기고 늙은 나무는 온통 시든 나뭇잎을 남겼다. 그 실주머니는 나의 것이다. 이 맑은 눈물은 늙은 나무의 것이다.

독거미는 그 눈물을 주시했다.

독거미의 죽음

맑은 눈물이 흐르면서 독거미의 몸 한쪽을 거쳐 갔다. 그녀의 오른쪽 네 발을 거쳐 갔다. 차가운 기운이 느껴졌다.

독거미는 전혀 꼼짝 않고 움직이지 않았다.

내가 이 눈물에 씻겼구나.

맑은 눈물이 나무뿌리를 따라 조용히 땅에 떨어졌다. 그리고는 조용히 흙속으로 스며들었다. 조용한 가운데 이상한 기분이 솟아올랐다.

조용했다.

갑자기 늙은 나무의 몸이 떨렸다. 떨리면서 몇 년 전에 들렸던 그 벼락소리가 울렸다. 같은 시간에 늙은 나무의 누런 잎이 한꺼번에 몽땅 떨어져내렸다! 나뭇잎은 날려서 사뿐히 떨어진 것이 아니라 무겁게 땅을 내리눌렀다. 억제할 수 없는 격정을 가지고 대지를 눌렀다.

땅에서 마른 잎이 거대한 파도를 일으켰다. 쿵 하는 소리가 난 후 조용해졌다. 늙은 나무의 모든 나뭇가지가 몸을 드러냈다.

하얀 실주머니가 외롭게 높이 걸려 있다. 독거미는 웬 영문인지 알아채지 못한 것 같았다. 모든 것이 너무 빨리 일어났다. 독거미는 자기 몸에 이상이 생겼다는 것을 알았다. 그녀의 오른쪽 네 발이 마비되었다. 그녀는 머리를 숙이고 자기 발을 내려다보았다. 그녀의 눈길이 네 발에 닿는 순간 그녀는 네 발이 한 꺼번에 떨어져 나가는 것이 보였다. 떨어진 발이 조용히 날려 땅에 떨어졌다. 새까만 발이 공중에서 한 줄기 한 줄기 하얀 빛을 반짝였다. 그 반짝이는 빛들 은 하나하나의 비웃음 같았다.

독거미의 몸은 평형을 잃고 한 쪽으로 심하게 넘어졌다.

나무가 나에게 보복을 하고 있구나, 나의 독 안개에 보복을 하고 있구나.

독거미 배의 그 흰 줄이 살살 아파왔다. 공중에 높이 걸린 실주머니는 그토 록 외롭고 무력해보였다. "저것이 몹시 춥겠지!" 독거미는 남은 네 발로 실주머 니를 향해 다시 기어 올라갔다.

실주머니 안에는 나의 영혼이 있고 나의 희망이 있다. 그것은 나의 신성한 비 밀이다. 그것은 외로워서 추위를 느낄 것이다.

독거미는 몸을 옆으로 가누면서 힘들게 기고 있었다. 그녀는 마침내 실주머 니 곁으로 다가갔다. 그것과 아주 가까워졌다.("이것이 이제는 춥지 않을 거 야.") 실주머니가 부드러운 흰 빛을 뿌려 독거미를 감싸줬다. 독거미는 곤히 잠 이 들었다 …….

독거미는 자기가 얼마나 오래 잤는지 모른다. 1분밖에 안 되는 것 같기도 하 고 또 백년이 지난 것 같기도 했다. 그녀가 깨어나자 첫눈에 보인 것이 그 실주 머니였다. 그런데 바로 이 때 실주머니에 변화가 생기기 시작했다.

그것이 움직였다. 하얀 표면에 헤아릴 수 없이 많은 작은 검은 점이 생겨났다. 그 작은 점들이 기어 다니기 시작했다. 작은 별이 날아 내리는 듯 했다.

그들은 그네를 뛰면서 흩날리듯 날렸다.

작은 점마다 몸 끝에 아주 가는 은줄을 달고 있었다. 그 가느다란 은줄이 햇빛 아래에서 눈부신 빛을 반짝이었다! 독거미는 큰 기쁨에 잠겼다.

나의 비밀은 더 이상 비밀이 아니다. 너희들은 다 나의 자식이다. 나의 자식.

실주머니 안에서 작은 점들이 다 기어 나왔다. 그들은 목적 없이 기어 다녔다. 무엇인가를 찾고 있는 것 같았다.

너희들 배고프지? 어서 이리 와.

모든 작은 점이 독거미의 등에 떨어졌다. 조금도 망설임이 없었다. "아……!"

독거미는 온몸의 모든 부위가, 모든 신경이 다 삽시간에 찢어지는 듯한 아픔을 느꼈다. 그녀의 네 발은 끊임없이 떨리고 있었다. 지금 그녀에게는 발이 네 개밖에 없다. 극도로 아파 그녀는 자기 몸이 폭발할 것 같았다.

작은 점들이 그녀의 몸에 독소를 주입했다. 그 독소가 신속히 그녀의 신경을 마비시켰다.

난 너희들 엄마야. 너희들 몸의 독소가 원래는 내 것이었어.

얼마 안 돼 독소가 독거미 몸에서 작용을 일으켰다. 그녀는 무감각해졌다. 네 발이 이미 자기 것이 아니었다. 아픔이 사라졌다. 그러나 그녀는 아직 의식이 똑똑하고 눈도 보였다.

독거미는 늙은 나무를 힐끗 쳐다봤다. 헐벗은 나뭇가지를 보더니 그녀는 문득 깨달았다. 모든 것을 다 깨달았다.

늙은 나무여, 당신은 옹이자국을 남기고 나는 번개를 남겼어요.

내가 실주머니를 당신의 나뭇가지에 걸어놓았을 때 당신이 왜 큰 바람에도 움직이지 않았는지 알았어요. 내가 당신을 떠나려고 할 때 왜 당신이 눈물을 흘렸는지 알았어요. 내가 더는 실주머니를 지키지 않으려 했을 때 당신이 왜 자기 나뭇잎을 떨어뜨려 외로운 실주머니를 내 눈에 보여줬는지 알았어요.

독거미는 굼뜬 발을 애써 움직였다. 그의 민감한 발끝이 거친 나무껍질 위를 긁었다.

거칠거칠한 나무껍질이 독거미에게 세밀한 감각을 주었다. 이는 독거미에게 남은 마지막 느낌이었다. 작은 점들이 모두 독거미 몸으로 몰려왔다. 독거미는 자기 몸속이 텅 비어가고 있다는 것을 알았다.

너희들이 기억할 수만 있다면, "내가 너희들 엄마였다는 것을……."

독거미는 점차 사라지고 있었다. 아니, 그녀는 극도로 즐겁고 도취되고 승화 되고 있었다…….

나의 그 네 발이 있었더라면 더 좋았을 텐데…….

결국 독거미는 죽었다. 그녀가 사라진 것이다.

너덜너덜한 낡은 깃발과 새잎

서늘한 바람이 불자 가벼운 작은 까만 점들이 바람을 따라 흩어졌다.

늙은 나무는 외롭게 서 있었다. 늙은 나무의 뿌리 곁에서 떠나려고 서두르던 작은 까만 점들이 뭔가 생각난 듯 갑자기 멈추고 몸을 돌려 위를 쳐다보았다.

민둥민둥한 늙은 나무, 나무의 가지 위에서 텅 빈 실주머니가 흔들리고 있었다. 훌쭉해진 실주머니는 전쟁을 겪고 난 너덜너덜한 낡은 깃발처럼 남루했지만 자랑스러웠다.

이 작은 까만 점들은 늙은 나무의 줄기를 타고 위로 기어 올라갔다. 나무줄기에 희미하고 비스듬한 눈물 자국이 있었다. 이는 늙은 나무가 맑은 눈물을 흘린 흔적이었다. 작은 까만 점들은 이 눈물을 따라 위로 올라갔다.

늙은 나무가 가볍게 떨렸다. 해가 나왔다. 강한 햇빛이 작은 까만 점들을 비추어 그들이 현기증이 일으키게 했다. 작은 까만 점들이 마침내 실주머니 곁으로 기어갔다. 그들은 실주머니와 아주 가까워졌다. 작은 까만 점들은 멈춰서서 까딱도 하지 않았다. 그들이 멈춰선 곳은 독거미가 사라진 곳이었다.

늙은 나무의 옹이자국 틈새에서 나지막한 천둥소리가 났다. 천둥소리가 지나간 후 늙은 나무는 갑자기 온 몸에 새잎을 피웠다. 활기에 찬 고목은 늙었지만 아름다웠다. 새잎 한 조각이 마침 작은 까만 점들을 가리고 그에게 서늘한 그늘을 만들어주었다.

하나의 작은 까만 점이 앞으로 한 마리의 독거미가 된다. 적막함 속에 해가 지평선으로 떨어지기 시작했다. 조용하고 뜨거웠다. 저녁 해가 진하고 포근한 석양빛을 고목 위에 칠해놓았다.

흰수염고래의 눈

오렌지색 달 위로 가끔씩 실구름이 스쳐지나간다. 조용하고 단정한 모습이다. 검푸른 밤하늘에 별이 멀리서 차갑게 가득 박혀 있다. 짙푸른 바다에 점차 기복이 생기더니 숨을 쉬기 시작했다. 무엇인가 떠오른다.

평평하고 매끄러운 암초처럼 해면 위에 그것의 등이 드러났다. 청회색 등에는 흰 반점이 가득 나 있고 깊은 빛을 뿌리고 있다. 그 등이 밤하늘을 그토록 꼭 빼닮다니! 바다가 넓지 못해서인가, 그것은 별빛이 총총한 밤하늘을 몸에 뒤집어쓰고 싶었던 것일까?

그것은 거대한 흰수염고래였다. 흰수염고래는 달을 보고 있었다. 흰수염고래는 바다 위에 떠올라 꼼짝도 하지 않았다. 마치 외로운 작은 섬 같았다. 몸에 비해 그의 눈은 매우 작아보였다. 두 눈은 살 속에 깊이 박혀 은은한 푸른빛을 반짝였는데 교활하게 사색에 잠겨있는 듯 했다. 흰수염고래보다 자기 눈을 더 아끼는 생명은 없을 것이다. 흰수염고래는 평생 자기 눈을 열심히 관리한다. 바닷물로 눈을 적시고 씻어주기도 하고 오렌지색 달빛, 은빛 별빛에 늘 목욕시키기도 한다. 특히 그는 녹색 빛의 부유생물을 먹기 좋아한다. 이 모든 것은 다 한 쌍의 눈이 깨끗한 푸른빛을 내게 하기 위함이다.

맑은 푸른빛은 그토록 신비하고 그윽하고 기민해보였다.

그것은 영혼의 빛이었다.

흰수염고래가 숨을 내쉬자 뜨거운 기운이 찬 공기 속에서 안개로 맺혀져 마치 하얀 물기둥 같았다.

그의 눈은 달빛과 별빛에 대한 갈망으로 가득 차 있었다.

한 여자아이가 해안의 높은 암초에 앉아 있다.

여자아이는 머리를 쳐들고 밤하늘을 쳐다보고 있었다.

달빛은 어둡고 별빛은 희미하다. 밤하늘은 짙은 안개에 싸인 듯, 바다는 막연하기만 했다.

여자아이는 눈을 크게 떴다. 그녀의 눈은 매우 아름다웠다. 그러나 그것은 병이 든 눈이었다. 시력이 하루하루 눈에 띠게 약해지고 있었다. 어떠한 약도 쓸모없었고 모든 의사들이 한숨을 쉬면서 고개를 저었다.

이 세상의 빛과 색채가 그녀의 눈에서 하루하루 희미해져갔고 나중에는 결국 그녀는 영원한 어둠 속에 빠져버리게 되었다.

"난 아직 어린데……."

여자아이는 입술을 바르르 떨었고 속눈썹에 이슬이 맺혔다. 그 이슬은 그녀의 눈동자보다 더욱 반짝였다.

"바닷가로 가라, 파도소리를 듣고 바다를 보아라. 이후에 파도소리를 들으면 바다를 본 것 같을 것이다."

할아버지가 그녀에게 말했다. 할아버지는 마을에서 가장 명망 높은 늙은 어부이다. 그는 한평생 짠 바닷물에 몸을 적셨고, 비린내 나는 바닷바람을 맞으며 살았다. 지금 그는 온 몸의 뼈가 다 녹이 쓸어 바다에 나갈 수 없게 됐다.

할아버지는 바다를 사랑했다. 모든 것이 눈에서 사라져버릴 때 바다만이 영원히 기억에 남는다고 생각했다.

여자아이는 캄캄하고 넓은 바다를 경건하게 바라보고 있다.

"바다여, 나의 눈을 좀 밝혀줘라……."

멀리서 나지막한 소라나팔이 나팔을 부는 소리가 들려온다. 돛단배 하나가 바다로 나가는 것이 희미하게 보였다.

왜 밤에 바다로 나갈까? 여자아이는 생각했다. 희미한 배 그림자에 푸른색 등불이 켜져 있었다. 왜 푸른색 등불일까? 여자아이는 생각했다. 푸른 등불은 흔들거리다가 점차 사라졌다. 마치 다른 세계로 가버린 것 같았다.

바닷바람은 살그머니 돛단배를 앞으로 밀어갔다. 배 위에는 젊은 어부가 앉아있었다. 그는 손에 갈고리 창을 꽉 쥐고 있었다. 갈고리 창끝에 달린 날이 차가운 하얀 빛을 뿌렸는데 마치 상어의 이빨 같았다. 돛대 위의 푸른 등불은 알 수 없는 수상쩍은 푸른빛을 뿌렸으며, 그의 얼굴에 청록색으로 비쳐졌다. 그는 매우 긴장하고 있었다. 마음을 심란케 하고 설레게 하는 비밀을 위해 그는 바다에 무례를 범하러 가는 중이었기 때문이다.

"그 한 쌍의 눈은 얼마나 아름다운가! 이번 딱 한 번만 하자!"

그는 돛대 위의 그 푸른 등을 바라보았다. 차가운 빛이 두려움을 느끼게 했지만 또 흥분케 하기도 했다. 그는 목이 말랐다.

여기서 그놈을 기다리자. 배가 멈춰 섰다. 돛을 내리자 돛대 위의 푸른 등이 많이 작아져보였다. 달이 구름 속에서 헤어 나왔다.

"아! 푸른 달이구나!" 젊은이는 놀라 저도 모르게 나지막하게 외쳤다. 그는 푸른 달을 보았던 것이다. 그는 온 몸에 식은땀이 쫙 났다. 다시 하늘을 쳐다보니 그 푸른 달이 보이지 않았다. 오렌지색 달이 위태롭게 걸려 있었는데 마치 곧 떨어지기라도 할 것 같았다. 젊은이의 심장박동이 빨라지더니 메스꺼움을 느꼈다.

"딱 이번 한번만, 딱 이번 한번만……."

흰수염고래는 오랫동안 달과 별을 뚫어지도록 바라보았다. 부드러운 달빛이 그의 희미한 푸른 눈에 흘러들었다. 활기찬 별빛이 그의 어두운 푸른 눈 속에 뛰어들었다. 흰수염고래는 자기가 바다에 살지만 마음은 별이 총총한 하늘에 속하는 것 같다는 것을 알지 못했다.

별안간 흰수염고래는 두 눈이 불에 타는 듯 아팠다. 먼 바다 저편에 조그마한 푸른빛이 떠 있는 것을 보았던 것이다. 달과 별은 순식간에 빛을 잃었다. 달과 별의 빛은 해면에 처음으로 나타난 푸른빛에 흡수되었다. 흰수염고래는 호흡이 가빠지기 시작했으며 넋을 잃은 듯 푸른빛을 향해 헤엄쳐갔다. 그 곳에서 어떤 영혼이 그를 부르는 것 같았다.

"왔다, 왔어!"

젊은이는 온 몸에 긴장감을 느끼면서 정신을 가다듬고 해면을 지켜보았다. 갈고리 창을 잡은 손이 약간 떨렸다. 흰수염고래가 왔다. 마치 떠다니는 섬처럼 큰 고래였다. 흰수염고래는 청년 어부의 아주 가까운 곳에서 멈췄다. 그는 넓은 주둥이를 배 밑에다 들이밀었다. 그는 마치 숨을 멈춘 듯 꼼짝 않고 두 눈으로 돛단배 위의 푸른 등에서 흘러나오는 빛을 들이키고 있었다. 그밖에 모든 것이 존재하지 않는 것 같았다.

젊은이는 그의 눈을 주시했다. 그 곳에는 마치 두 송이의 푸른 색 불꽃이 취한 듯 춤을 추고 있었다. 바로 저것이다. 난 그 중의 하나만 필요하다. 젊은이는 아름답지만 빛을 잃은 두 눈이 또다시 생각났다. 젊은이는 단호하게 갈고리 창을 쳐들었다. 차가운 흰 빛이 번개처럼 흰수염고래의 눈을 찔렀다.

흰수염고래는 짧지만 고통스러운 비명을 질렀고 놀라서 얼이 빠져버렸다. 문득 심한 고통이 그를 현실로 돌아오게 했다. 그는 갈고리 창에 매단 삼밧줄이 뱀처럼 미친 듯이 흔들리는 것이 보였다. 놀라움, 고통, 분노가 흰수염고래의 마음속으로 밀려들었다. 그러나 가장 큰 것은 절망이었다.

"나의 눈!"

흰수염고래는 급히 물속으로 들어가 버렸다. 해면 위에 거대한 굉음이 들렸다. 섬 하나가 요란한 소리와 함께 가라앉았다. 이어 소용돌이 속에서 흰수염고래가 꼬리를 쳐들었는데 마치 복수를 위한 큰 깃발 같았고 분노에 젖은 거대한 손바닥 같았다. 돛단배에 뭔가 큰 것이 부딪친 것 같았다. 또 하나의 굉음이 들리더니 수면에 돛단배의 부서진 조각들이 떠올랐다. 젊은이는 끊어진 돛대를 꼭 끌어안았다. 돛대에는 갈고리 창을 묶은 나일론 끈의 다른 한 끝이 동여져 있었다.

"나는 푸른 눈만 필요해!"

젊은이는 기다란 삼밧줄을 거두어들이기 시작했다. 그런데 거두어들인 것은 빈 삼밧줄이었다. 갈고리 창을 묶은 곳은 굉음이 들릴 때 벌써 끊어졌던 것이다. 내 갈고리 창은? 거기에는 나에게 필요한 푸른 눈이 있는데…….

흰수염고래는 죽어라고 바다 속으로 깊이 들어갔다. 삼밧줄은 그가 급히 잠수할 때 끊어져버렸다. 갈고리 창은 그의 눈에서 떨어져 바다 밑으로 가라앉

앉다. 그것이 갈고리가 달린 창이라 떨어져나갈 때 날이 눈가에서 떨어져 나갔던 것이다.

흰수염고래는 죽어라 하고 바다 속에 깊이 들어갈 수밖에 없었다. 그는 생명보다 더 소중한 눈 하나를 잃었다. 큰 절망이 그를 매장해버렸다. 그는 바다 속으로 들어갈 수밖에 없었다. 바다 속 깊은 곳은 칠흑같이 캄캄했다. 외로운 푸른빛이 아래로 가라앉고 있었다.

바로 그 때 다른 푸른빛이 위로 솟아오르고 있었다. 그는 안개처럼 피어오르는 핏물을 꿰뚫고 다시 위로 떠오르고 있었던 것이다. 어두운 푸른빛이 가물가물 눈에 들어왔다.

밤이 깊었다.

어두운 해면 위에 희미한 푸른빛이 떠 있었는데 마치 망연한 유령 같았다. 이 망연한 유령은 파도에 몸을 내맡기고 있었다. 귀착점은 도대체 어디일까?

여자아이는 여전히 높은 암초 위에 앉아 있었다. 바다는 더욱 어두워졌다. 그녀는 어딘가 불안해졌다. 누군가는 왜 푸른 등을 켜고 밤바다로 나갔을까? 할아버지는 바다에 나갈 때 가장 피해야 할 것이 푸른 등이라고 말씀하신 적이 있었다. 푸른빛은 귀신불이라 액운을 가져다준다고 했다. 누군가 망령의 눈은 푸른빛을 내뿜는다고 말했다.

"그렇다면 망령은 눈이 좋은가 보지. 나처럼 이렇지는 않겠지?"

달은 어둡고 별은 희미했다. 짙은 안개 같은 세계에 갑자기 푸른빛 덩어리가 나타났다. 여자아이는 그것을 보았다.

그것은 해면 위에서 그녀를 향해 다가오고 있었다.

"그 돛단배가 돌아온 것일까?"

여자아이가 그것을 눈여겨보는 사이 그 푸른빛이 샘물처럼 그녀의 눈에 흘러들었다. 시원한 느낌이 몸 안에 스며들었다. 푸른빛 덩어리를 보면서 여자아이는 이상하게도 눈이 맑고 상쾌해졌다. 맑고 투명한 푸른빛이 보였다. 그녀의 심장이 심하게 뛰었다. 푸른빛은 점점 가까이 다가왔다. 파도가 그것을 이리저리 마구 흔들어댔다.

여자아이는 바다에 뛰어들어 그것을 향해 헤엄쳐갔다. 여자아이는 끝내 그것을 잡아 안았다.

그것은 차갑고 매끄럽고 반투명한 수정 구슬이었는데 담담하면서도 사람을 현혹시키는 푸른 빛발을 내뿜고 있었다. 여자아이가 그것을 안는 순간 그녀의 눈이 갑자기 밝아졌다는 것을 알게 되었다.. 이제는 달이 어둡지 않았고 별도 희미하지 않았다. 눈으로 보는 모든 것이 다 또렷했다. 마치 이 수정 구슬의 푸른빛으로 씻어놓은 듯 했다.

여자아이는 그것을 안고 해안으로 올라왔다.

이 기이한 수정 구슬은 가볍지도 무겁지도 않았고 말랑하지도 단단하지도 않았다. 여자아이는 이상하게 그것이 무거워 땅에 떨어뜨릴 것 같기도 하고 또 가벼워 하늘에 날아오를 것 같기도 했다.

"아, 이것은 파도가 키운 진주아닐까?"

하고 여자아이는 생각했다.

조용한 바다가 부드러운 파도를 출렁이고 있었다. 파도에는 푸른 달이 누워 천천히 그리고 가볍게 흔들리고 있었다 …….

여기는 여자아이의 마음속 깊은 바다이다.

젊은이는 끊어진 돛대를 안고 죽을힘을 다 해 헤엄쳤다. 돛대에 묶어놓은 긴 삼밧줄이 맥없이 끌려 다녔다.

바닷물은 살을 에이는 듯 차가웠다. 젊은이는 목마르고 배고프고 추웠다. 두 다리는 헤엄을 치던 끝에 굳어져버렸다. 아마도 해안까지 못갈 것 같았다.

하늘에는 달이 유유히 구름 속을 누비고 있었다. 매우 가뿐해 보였다.

"달은 바다에 빠졌더라도 아주 쉽게 수면으로 떠오르겠지, 달은 헤엄을 치지 않고 떠있으면 되니까 말야. 얼마나 좋겠어!"

하고 생각했다. 별이 반짝이고 있었다.

"그 아름다운 두 눈이 지금은 조용히 감겨져 있겠지? 내가 그 푸른 눈을 얻었더라면 그 두 눈이 더욱 아름다워 질 수 있었는데 ……"

바닷물은 더욱 차가워진 것 같았다.

"바닷물아 제발 얼어붙지 말거라 ……."

하고 기도했다.

여자아이는 수정 구슬을 안고 할아버지를 흔들어 깨웠다. 주름살투성이인 할아버지의 얼굴이 움찔했다. 침침하던 눈에 갑자기 이상하게 정기가 돌았다.

"이건 흰수염고래의 눈이구나!"

"네?"

여자아이는 갑자기 어리둥절해졌다. 그녀는 마치 오래된 기이하고 신비한 깊숙한 골짜기에 빠져버린 것 같았다.

"흰수염고래의 눈, 흰수염고래의 눈 ……."

이건 꿈보다 더 허황된 꿈이라 생각되었다.

할아버지는 담배를 피우기 시작하면서 말했다.

"흰수염고래는 바다의 거대한 용이고 바다의 영혼이야. 그는 우리 어민들의 신이지. 그는 이제까지 나쁘게 한 일이 없고, 해면에서 반짝반짝 빛을 뿌리는 별만 먹는단다."

"그는 자기 눈을 아끼지. 그렇기 때문에 그의 마음은 바로 눈에 있는 거야. 매일 그는 달빛과 별빛으로 눈을 씻거든……. 매일 그렇게 하기 때문에 그의 눈에서는 더러운 것이 씻겨나간 거지."

"눈의 더러운 것이란 무엇인가 하면, 그것은 눈에 보이는 세상의 사악한 것들이다. 흰수염고래의 눈은 더러운 것을 용납하지 못한다. 더러운 것은 씻을수록 적어지게 되기에 그의 눈은 점점 더 푸르게 되는 거지. 그의 눈 안의 더러운 것이 깨끗이 씻어지면 그의 영혼은 하늘로 올라가게 되는 거야."

"흰수염고래는 우리 인간과는 다르다. 그는 동물이 아니라 신이야. 하늘의 신이지. 그가 하늘에서 바다에 내려온 것은 수련하기 위해서란다. 그가 하는 수련은 눈을 씻는 것이야."

"어민들은 누구나 다 알고 있다. 흰수염고래의 눈을 얻으면 광명을 얻을 수 있다는 것을……. 그것이 있으면 눈이 멀어도 빛을 볼 수가 있고, 두 눈이 초롱초롱 빛나게 된단다. 가장 신기한 것은 그것이 사람의 눈을 점점 더 아름다워지게 하고 영원히 늙지 않게 한다는 것이야."

"오랜 세월, 얼마나 많은 사람들이 흰수염고래의 눈을 얻고 싶어 했는지 모른다. 그러나 모든 사람들이 다 실패했어. 흰수염고래를 죽여야만 그의 눈을 얻을 수 있기 때문이지. 그러나 죽은 흰수염고래의 눈은 더 이상 빛나지 않아.

눈이 따라서 죽기 때문이다.

산 흰수염고래의 눈만이 신기한 효과가 있는 거지. 하지만 누구도 살아있는 흰수염고래의 눈을 얻지 못한단다. 흰수염고래에게 인간은 개미와 같은 존재이지. 그래서 멀리서 그의 눈을 한 번 바라볼 수만 있다 해도 행운인 셈이지."

"그…… 그런데, 이건 정말 천고에 보기 드문 기적이구나. 이 흰수염고래의 눈이 왜 푸른빛을 내고 있을까? 그렇다면 흰수염고래가 아직 살아있다는 거구나!"

"흰수염고래의 눈은 감지 능력을 가지고 있어. 이것이 어떻게 너의 품으로 왔지? 네가 매일 바닷가에서 달과 별을 보니까 흰수염고래처럼 됐니? 너도 흰수염고래처럼 자기 눈을 사랑하고 있어서 그러니?"

"넌 이 눈에게 잘해야 한다, 이 눈이 살게 해야 한다. 매일 눈을 데리고 나와 달과 별을 보이고 비린내 나는 바닷바람을 쐬게 해줘야 한다. 이 정도의 푸른색을 띠도록 수련하는 것은 정말 쉽지 않았을 텐데……."

"그런데 흰수염고래야, 너의 눈은 어떻게 빠져나온 거니?"

할아버지의 쪼글쪼글한 주름살에서 위엄이 흘렀고 눈빛은 밤하늘처럼 깊었다.

여자아이는 넋을 잃고 먼 곳을 바라보았다. 마음속 깊은 곳의 그 바다가 더욱 다정해졌다.

흰수염고래의 눈은 부드럽고 황홀한 푸른빛을 내뿜고 있었다.

젊은이는 기계적으로 두 다리를 저었다. 그는 가라앉았다 떠올랐다 하면서 지푸라기처럼 쇠약해졌다.

"내가 미련한 짓을 한 것일까? 그 아름다운 눈이 더 아름다워지는 것이 옳지 않았을까?"

"달아, 나에게 알려다오. 그녀의 두 눈처럼 말없이 나를 쳐다보지만 말고……. 말해다오……."

앞에 컴컴한 해안이 나타났다.

"해안아……, 너는 마치 마귀의 이마와 같구나. 그러나 난 이미 너의 발에서 이마까지 기어올라와 있다……."

젊은이의 발이 모래톱의 보드라운 모래에 닿았다.

"나의 발이 뭔가를 밟을 수 있다니, 정말 우습구나."

그는 썩어 문드러진 나무처럼 모래톱에 쓰러졌다.

멀리에서 유유자적하고 구슬픈 노랫소리가 해면을 따라 들려오는 것 같았다.

푸른 달, 아름다운 한 쌍의 눈. 그런데 모두가 어렴풋하기만 했다.

"아, 할아버지, 그가 깨어났어요."

먼 곳에서 들려오는 것 같은 목소리였다. 아니, 새도 말을 할 줄 아는가?

"젊은이, 말해보게."

할아버지의 목소리는 조용하고 위엄이 있었다.

푸른 번개가 젊은이의 눈을 찔렀다. 그는 그만 몸서리를 치고 말았다.

"흰수염고래의 눈, 세상에나!"

그는 엉겁결에 소리를 질렀다. 여자아이가 그를 바라보았다.

그도 여자아이를 바라보았다.

이것이 바로 그 눈이란 말인가? 너무 예뻐서 감히 쳐다볼 수가 없었다. 그 아름다운 두 눈을 바라보면서 그는 자기가 말라비틀어진 사과로 변하고 있는 것 같았다.

"젊은이, 말해보게."

할아버지가 말했다.

"제가 ……, 제가 갈고리창으로 흰수염고래의 눈을 찔러버렸습니다 ……."

침묵이 흘렀다. 날이 흐렸다. 창살을 통해 비린 바람이 흘러들어왔다. 해면에서 유유자적하고 구슬픈 노랫소리가 들려왔다.

"흰수염고래가 우는 소리다."

할아버지가 말했다. 할아버지의 눈빛은 밤하늘처럼 깊었다. 여자아이의 마음속에 있는 다정한 바다가 점차 기울어지고 있었다. 젊은이는 혼미하게 잠들어버렸다.

흰수염고래는 캄캄한 깊은 바다 속에 오랫동안 머물러 있었다.

어둠 속에 희미한 푸른빛이 켜져 있었지만 그것은 예전보다 퍽 어두웠고 더 이상 움직이지 않았다. 오랜 세월 달빛과 별빛을 꾸준히 들이마시던 그 간절함이 물거품으로 돌아갔다.

그의 상처에서는 더 이상 피가 흐르지 않았고 통증도 무감각해졌다.

왼쪽 눈은 검은 구멍만 남았다. 악의 불꽃이 깊은 바다 밑에서 피어올라 그의 몸에 스며들었다. 그의 마음속은 분노로 이글이글 타올랐다.

그는 급히 위로 솟아올랐다. 그가 해면 위에 떠올랐을 때는 긴 밤이 지나가고 햇살이 눈부시게 비추고 있었다.

먼 곳에 흰 돛단배들이 떠 있었다. 그에게 흰 돛단배는 부드러운 해면 위의 곰팡이자국 같은 것이었다.

흰수염고래는 빠른 속도로 흰 돛을 향해 헤엄쳐 갔다. 가면서 그는 구슬픈 노래를 불렀다.

여자아이는 흰수염고래의 눈을 안고 높은 암초 위에 앉아 있었다.

눈을 가렸던 짙은 안개가 벗겨지니 세상이 얼마나 아름다워졌는지 모른다.

하늘, 햇빛, 하늘을 나는 새, 바다, 흰 파도 …….

투명한 비린 바람이 그녀의 품에 안긴 흰수염고래의 눈을 쓰다듬었다. 그녀의 마음 속 깊은 곳의 바다는 파도가 가벼워지고 부드러워졌다.

"흰수염고래야, 나 여기서 기다리고 있을게, 너 눈을 찾으러 올 거지?"

공포가 회오리바람처럼 어촌 전체를 휩쓸었다.

어촌에서 바다에 나간 모든 어선이 빠짐없이 뒤집혔다.

바다에서 목숨을 건진 어민들이 놀라 허둥지둥 할아버지를 찾았다.

"처음에는 먼 곳에서 흰수염고래의 소리를 들었는데 마치 억울함을 호소하는 것 같았어요. 그 후 흰수염고래가 소리를 내면서 쏜살같이 우리 배들이 있는 곳으로 헤엄쳐오는걸 봤어요. 우린 개의치 않았지요. 흰수염고래는 이전에 나쁜 짓을 하지 않으니까요. 흰수염고래가 가까이 오자 큰 파도가 일면서 모든 배가 심하게 흔들리기 시작했어요.

"갑자기 그는 머리를 물에 박고 꼬리를 쳐든 채 우리 배를 향해 다가왔어요. 그가 한 번씩 꼬리를 칠 때마다 배 하나가 산산조각이 났어요.

우리가 정신도 못 차리고 있을 때 모든 배가 다 부서져버렸고 우리는 몽땅 바다에 빠져버렸어요."

"모두들 허둥지둥 망가진 돛대를 부여잡고 죽을힘을 다 해 해변으로 헤엄쳤어요. 흰수염고래는 따라오지 않고 그 곳에서 까딱도 않은 채 우리를 보고만 있었어요. 계속 소리를 질렀는데 그 소리가 길고 답답해보였어요."

"모두들 죽을힘을 다 해 헤엄치면서 속으로 제발 상어를 만나지 않게 해달라고 하느님께 빌었어요."

"그런데 가장 무서운 일이 생기고 말았어요. 서쪽 해면에서 시커먼 칼날이 우리를 향해 나는 듯이 달려오고 있었어요. 그것은 상어의 등지느러미였지요! 우리가 상어무리를 만난 거예요. 모두들 얼이 나가 소리 칠 힘도 없이 죽기만을 기다렸지요."

"상어가 거의 다가올 무렵 바닷물이 출렁거리더니 집채만 한 파도가 일었어요. 갑자기 뒤에 있던 흰수염고래가 돌진해왔어요. 우리를 거의 따라잡은 후 그는 갑자기 방향을 돌려 상어 떼에게 덮쳤어요. 상어 떼는 한꺼번에 흩어져 허둥지둥 도망갔지요."

"모두들 한숨 돌리고 다시 죽으라고 헤엄을 쳤어요. 머리를 돌려 보니 그 흰수염고래가 우리 뒤에서 천천히 따라오고 있었어요. 이번에는 똑똑히 보았는데 그것은 외눈박이 흰수염고래였어요. 한 눈은 푸른색이고 다른 한 눈은 빈 구멍인 채로였지요."

"그 후 그는 계속 뒤에서 따라왔는데 아마 상어가 또 우리를 먹으러 올까봐 그랬던 것 같아요."

"우리는 겨우 해변까지 헤엄쳐 왔는데 한 명도 빠져 죽지 않았으니 정말 다행인 거죠."

"……그런데 정말 이상해요. 외눈박이 흰수염고래가 미쳤나 봐요. 우리를 해치려 했다가 또 우리를 구해주었으니 말이에요."

침묵이 흘렀다.

할아버지는 담배를 뻑뻑 피우면서 조용히 다 듣고는 무겁게 말했다.

"그 외눈박이 흰수염고래는 보복을 하는 걸세. 내일 또 배 하나를 바다에 내보내야겠네. 그가 또 오는지 시험해보자고요. 어민은 어차피 바다로 나가야 하지 않는가?"

해면에서 구슬픈 노랫소리가 또 들려왔다.

"바로 그 놈일세. 그 놈이 또 울고 있군 그래!"

할아버지는 말하면서 갈고리 창으로 흰수염고래를 찌른 젊은이를 힐끔 쳐다보았다. 젊은이는 그 눈빛이 비수마냥 자기 심장을 찌르는 것 같았다. 그는 절망에 빠졌다.

"나예요, 나란 말이에요. 내가 갈고리 창으로 흰수염고래의 눈을 찔렀어요!"

젊은이는 소리를 지르면서 자기 머리칼을 막 쥐어뜯었다. 너무 후회되어 목 놓아 울었다.

다들 소리 없이 점점 어두워지는 하늘을 바라만 보았다.

여자아이는 흰수염고래의 눈을 안고 높은 암초에 앉아 있었다. 그러고 있는 동안 하늘에 달이 떠오르고 별도 떠올랐다.

"봐, 봐, 이건 달이고, 이건 별이고 ……."

여자아이는 흰수염고래의 눈에게 조용히 말했다.

흰수염고래의 눈에서 푸른빛이 돌기 시작했다. 푸른빛 속에 별과 달이 떠올랐다. 바닷물 속에서 뛰어다니는 빛도 떠올랐다. 이리저리 떠다니는 녹색 빛과 알롱달롱한 물고기 떼들도 떠올랐다 ⋯⋯.

푸른빛 속에는 또 하나의 슬픈 푸른 눈이 있었다.

여자아이는 그것을 머리 위로 높이 쳐들었다.

"흰수염고래야, 흰수염고래야, 어서 오너라, 너의 눈이 여기 있다. 네 눈을 돌려줄게 ⋯⋯."

멀리에서 보면 여자아이가 푸른색 달을 안고 있는 것 같았다.

보복의 불꽃이 흰수염고래의 마음속에 타올랐다. 바닷물도 매우 뜨거워진 것 같았다. 그는 온몸이 폭발할 것 같았다.

그러나 그는 또 부드러운 작은 손이 늘 그의 마음을 살며시 쓰다듬어주고 맑은 두 눈이 그의 눈을 눈여겨보는 것 같은 느낌도 들었다.

그는 또 늘 어렴풋이 자신이 매우 가벼워지고 부드러운 파도 위에 누워서 천천히 흔들리고 있다는 느낌도 들었다 ⋯⋯.

돛단배 하나가 바다로 나갔다. 바다 위에 떠 있는 그 돛단배에는 그 젊은이 한명 만이 타고 있었다.

"내가 저지른 일이니 나 혼자서 책임을 져야해. 내가 미끼가 되어야지. 이후부터 어선이 다시 흰수염고래의 습격을 받지 않도록. 나에게 보복 하라고 해야지. 흰수염고래야! 네가 오기를 기다릴께. 그의 눈이 더 아름답게 변했다. 난 더 이상 다른 것이 필요 없다. 어서 오너라, 흰수염고래야!"

젊은이는 돛단배를 그 자리에 세웠다.

그는 비수 한 자루를 꺼냈다. 칼날에 차가운 빛이 하얗게 번뜩였는데 마치 상어의 이빨 같았고 그때 그 갈고리 창 같았다.

이번에도 흰수염고래가 오기를 기다렸으나 그의 손은 조금도 떨리지 않았다. 그의 자홍색 얼굴은 장엄한 낡은 구리종 같았다.

구슬픈 노랫소리가 들려오기 시작했다. 흰수염고래가 조용히 다가왔다.

젊은이는 눈을 감고 기다렸다.

흰수염고래는 머리를 물속에 박았다. 반드르르하고 아름다운 선을 가진 꼬리를 쳐들더니 돛단배를 무겁게 내리쳤다. 쾅 소리가 나더니 순간 돛단배가 산산조각이 나 공중에 흩날리면서 물에 떨어졌다.

젊은이의 머리가 수면 위에 떠올랐다. 흰수염고래의 외눈이 그를 쌀쌀하게 바라보고 있었다. 수면에 젊은이의 팔이 드러났다. 손에 그 날카로운 비수를 꼭 쥐고 있었다.

"흰수염고래야, 우리 사이에 계산은 끝난 거야!"

젊은이는 비수를 자기 가슴에 박았다. 바닷물이 붉게 물들었다. 젊은이는 머리를 쳐들고 붉은 구름과 같은 핏물 속으로 하늘을 바라보면서 천천히 가라앉았다.

흰수염고래가 놀라서 멍해져 있었다. 그는 아무 기척도 없이 잠자코 움직이지 않았다. 구슬픈 노래도 더는 부르지 않았다. 그의 외눈이 갑자기 짙은 푸른색으로 변하며 가장 깨끗한 푸른빛을 반짝였다.

모든 더러운 것을 깨끗이 씻어낸 고래의 눈만이 그런 깨끗한 푸른빛을 가질 수 있었다.

어촌 전체가 불안에 떨며 젊은이가 돌아오기를 조용히 기다렸다. 나흘이 지났으나 젊은이는 계속 나타나지 않았다. 젊은이가 비수로 흰수염고래에게 빚을 갚은 사실을 누구도 몰랐다.

나흘 동안 흰수염고래는 소리를 낸 적이 없었다. 그의 침묵이 더욱 두려움을 느끼게 했다.

공포가 허리케인처럼 사람의 마음을 습격했다. 다시는 바다에 나갈 수 없게 됐다! 어선은 버려진 신발짝처럼 텅 빈 채로 바다에 누워있었다.

할아버지는 온 마을의 선주들을 자기 집에 불러놓고 생사존망과 관계된 회의를 열었다.

할아버지는 담뱃대를 잡고 느릿느릿 말했다. 그의 눈은 사람들을 보지 않고 먼 곳을 응시하고 있었다.

"흰수염고래의 보복이 심해졌네. 그놈이 계속 우리가 바다로 나가지 못하게 한다면 우리는 바다를 잃게 되네. 하지만 우리는 어민이 아닌가! 이 일을 해결해야겠네, 우린 반드시 그놈을 죽여야 하네!"

그러자 어민들은

"해결? 그것이 말처럼 쉬운가! 상대는 흰수염고래인데?"

하고 말했다. 그러자 할아버지는

"그놈의 한쪽 눈이 내 손녀한테 있네, 그 눈을 죽이면 흰수염고래도 곧바로 죽어버릴 걸세."

선주들은 서로 얼굴만 쳐다볼 뿐이었다. 그 눈을 죽이면 여자아이는 영원히 눈이 멀게 된다. 그러나 그 흰수염고래가 죽지 않으면 어민들은 살 수 없었다.

"오늘 밤에 그 눈을 묻어버리겠네!"

할아버지의 목소리는 조용하고 침착했지만 날벼락 같았다.

선주들은 아무 말도 못했고 집안은 공기마저 얼어붙은 듯 조용했다.

한밤중에 여자아이는 잠들어 있었다. 흰수염고래의 눈은 그의 베개 곁에 놓여 있었다.

할아버지는 살며시 그것을 들고 나갔다.

문밖에서 선주들이 조용히 기다리고 있었다. 할아버지가 두 손에 흰수염고래의 눈을 받쳐 들고 제일 앞에서 걸었고 선주들은 그 뒤를 따랐다. 그들은 마치 말없이 화장터로 가는 발인 행렬처럼 경외심과 슬픔을 품고 있었다.

달은 더욱 창백해보였다.

선주들이 땅에 구덩이를 파놓았다. 할아버지가 직접 흰수염고래의 눈을 구덩이에 넣고 흙을 덮은 후 눌러서 평평하게 만들었다. 그들은 말없이 서서 장엄하게 머리를 숙여 이 눈에게, 이 하늘 신의 눈에게, 묵묵히 애도를 표했다.

달이 구름 속으로 숨어들었다. 이 때 멀리 바다 위에서 짧은 비명소리가 들렸다. 그 소리는 매우 처참했다. 분노와 절망은 조금도 보이지 않고 처참하기만 했다.

처참한 비명소리가 여자아이를 꿈속에서 깨웠다.

베개 곁에 있던 흰수염고래의 눈이 보이지 않았다!

그녀의 두 눈은 다시 침침해졌으며 마치 세상이 짙은 안개에 싸인 것 같았다.

"할아버지, 할아버지!"

여자아이가 날카롭게 소리를 질렀다.

"흰수염고래의 눈이 어디 있어요?"

할아버지가 들어오면서 말했다.

"묻어버렸다."

"네?"

여자아이는 큰 타격을 받아 그 자리에 굳어져버렸다. 할아버지가 낯선 사람으로 보였다.

"그걸 묻어버리면 어떡해요? 그건 흰수염고래의 눈이란 말이에요. 그건 살아 있는 거예요, 산거란 말이에요, 할아버지!"

여자아이는 눈물이 쏟아졌다. 할아버지는 귀가 멀었는지, 벙어리가 되었는지 여자아이의 울음소리를 듣지 못하는 듯 했다.

"제가 매일 그걸 안고 달을 보이고, 별을 보이고, 바닷바람을 쐰 것은 그것이 살라고 그런 거예요. 저는 매일 그걸 안고 해변에서 흰수염고래를 기다리면서 눈을 돌려주려 했어요. 흰수염고래는 자기 눈을 아낀단 말이에요, 눈이 없으면 안 돼요, 할아버지……."

여자아이는 무릎을 꿇고 할아버지를 애타게 흔들었다.

"할아버지가 그랬잖아요, 흰수염고래는 하늘의 신이라고, 어민들이 막 대해서는 안 된다고요!"

해면 위에서 처참한 비명소리가 간간이 들려왔다. 여자아이는 온통 눈물범벅이 됐다. 할아버지는 얼굴을 실룩거렸다.

"너에게 알려줄 수 있는 건……."

할아버지가 무덤덤하게 말했다.

"그걸 마을 어귀에 묻었으니 찾아가 보거라. 그런데 서둘러야 한다. 눈이 곧 숨 막혀 죽을 수도 있으니까……."

여자아이는 두 팔을 벌리고 장님처럼 밖을 더듬으면서 비틀비틀 어둠속에 뛰어들었다. 할아버지는 깊은 눈빛으로 밤하늘 쳐다보며 혼자 중얼거렸다.

"내가 착한 일, 악한 일 다 했어. 저 아이가 거의 앞을 못 보니 푸른 눈을 찾을 수 있을지는 신의 의지에 달렸겠지……."

하늘의 달이 점차 푸르러지는 것 같았다.

마을 어귀는 명확한 경계가 없는 넓은 곳이었다. 눈이 거의 멀어버린 그녀에게 희미한 달빛은 아무 소용이 없었다.

땅에 묻힌 푸른 눈을 그녀가 어떻게 찾는단 말인가!

그녀는 땅을 더듬기도 하고 기기도 하며 수없이 많이 넘어지기도 했다. 그녀는 가느다란 손가락으로 흙을 마구 팠다. 빨간 피가 검은 땅 속에 방울방울 스며들었다.

여자아이는 거의 절망에 빠졌다.

"흰수염고래의 눈아, 너 어디에 있느냐? 알려다오, 난 눈이 보이지 않아……."

그녀의 눈에서 갑자기 미약한 푸른빛이 튀어나왔다. 그녀는 그 푸른빛을 따라 급급히 기어갔다. 기고 또 기다 보니 푸른빛이 마을 어귀의 커다란 바니안나무[02] 아래로 뛰어가 빽빽하게 매달린 공기뿌리 속으로 사라져버렸다. 커다란 바니안나무 아래의 땅에서 푸른 빛 무리가 보였다. 여자아이는 조심스레 그 곳을 팠다.

그러자 해면 위에서 들려오던 처참한 비명소리가 점차 낮아졌다.

---

02) 바니안나무 : 뽕나무과에 속한 교목으로 잎은 크고 달걀 모양이며, 가지나 줄기에서 공기뿌리가 나와 이것이 닿아서 받침뿌리가 된다. 단 한 그루가 숲을 이룰 수 있다. 인도가 원산지로, 신성한 나무로 여겨진다. 일명 벵골보리수라고도 불린다.

……끝내 여자아이는 그것을 다시 품에 안았다. 그것은 시커먼 흙이 가득 묻은 흰수염고래의 눈이었다. 그것은 아직 살아있었다.

여자아이가 흘린 기쁨의 눈물이 흰수염고래의 눈에 방울방울 떨어져 흙을 씻어주었다.

흰수염고래의 눈은 또 다시 푸른빛을 뿜기 시작했었다. 여자아이의 눈도 다시 맑아졌다.

흰수염고래가 낮은 소리로 신음했다. 고통스러운 숨 막힘이 사라졌다. 공기가 다시 그토록 청신해졌다. 그는 마치 자기가 또다시 푸른 달이 된 것처럼 부드러운 바다에 누워 천천히 가볍게 흔들거렸다.

여자아이는 높은 암초 위로 달려갔다. 아래에서 파도가 절벽을 때리면서 하얀 거품을 만들었다.

그녀는 흰수염고래의 눈을 높이 들고 바다를 향해 외쳤다.

"흰수염고래야, 흰수염고래야, 어서 와서 네 눈을 가져가렴!"

먼 곳에 푸르스름한 잿빛 섬이 떠다니고 있었다. 섬에는 은회색별이 가득 박혀 맑고 푸른빛을 반짝이고 있었다.

"아, 흰수염고래가 왔다!"

편안한 노랫소리가 여자아이의 마음속에 서서히 흘러들었다. 그것은 흰수염고래가 그녀를 위해 부르는 노래였다.

여자아이가 받들고 있던 푸른 눈이 갑자기 밝아졌다. 깨끗한 푸른빛이 바다를 밝게 비추고 어촌을 밝게 비추고 이 세상을 밝게 비추었다…….

여자아이는 푸른 달을 바다에 던져 넣었다. 그것은 해면에 떠서 가볍게 흔들거렸다. 바닷물이 온통 맑은 푸른빛으로 변했다. 편안한 노래가 다시 들려왔다. 노랫소리가 들려오는 가운데 푸른 눈이 갑자기 보이지 않았다. 떠다니던 섬도 갑자기 보이지 않았다. 마치 별빛이 찬란한 밤하늘에 스며들 듯 노랫소리가 점점 멀어져갔다. 바다는 더없이 조용하고 부드러웠다.

쉰 목소리가 여자아이의 뒤에서 들려왔다.

"흰수염고래의 눈은 모든 더러운 것을 씻어버렸고 영혼은 하늘로 올라갔다."

할아버지가 여자아이의 뒤에 서 있었던 것이다.

여자아이의 눈은 그토록 맑고 밝고 상냥하고 깨끗했다.

"흰수염고래가 너에게 눈을 남겨주었구나! 얘야……."

할아버지가 말했다.

"그리고 바다, 달, 별, 그리고…… 돌아오지 못한 그 젊은이도……."

여자아이의 속눈썹에 투명한 별이 두 개 맺혔다.

"이 세상의 모든 아름다운 것으로 매일 너의 눈을 씻어라."

할아버지가 말했다. 그의 주름살투성이인 얼굴이 떨리고 있었다.

달빛하래의 뚜드랑(肚肚狼)

달빛아래의 뚜드랑(肚肚狼)

1
뚜드랑을 불쌍히 여겨주세요

《위수이(玉碎)[03] 선생 일기》

4월 22일

나에게는 꿈이 있다. 이 꿈을 이뤄야겠다. 난 매일 자신에게 이렇게 말한다.

가문을 다시 일으켜 세우자! 이것이 바로 내 꿈이다.

뚜드랑은 거의 온종일 땅에 앉아있었다.

"자기가 한평생 가장 많이 말하는 한마디가 무엇인지 말해보세요, 시―작!"

뚜드랑은 심심해서 자기에게 이런 문제를 냈다. 그는 텔레비전에서 나오는 퀴즈 프로그램을 흉내 내고 있었다.

그는 손가락으로 땅을 누르면서 입으로 벨 소리를 냈다. "삐―" 이는 그가 대답할 기회를 얻었음을 의미한다.

"제가 평생 가장 많이 말하는 말"은 물론 뚜드랑은 숨을 들이마시고 나서 말했다.

"뚜드랑을 불쌍히 여기시어 선심을 베풀어 주십시오."

---

03) 위수이(玉碎): 옥처럼 아름답게 부서진다는 뜻으로, 명예나 죽음을 위해 깨끗이 죽는 것을 비유함.

그는 이 말을 단숨에 다섯 번이나 하고 나서 숨을 돌렸다.

"이 문제는 누구도 나보다 빨리 대답 못할꺼야, 헤헤, 이건 내 특기거든……."

하고 뚜드랑이 말했다.

뚜드랑은 그걸 잘할 수밖에 없었다. 뚜드랑은 거지니까……

그는 매일 아침 제 시간에 맞춰 이곳으로 와서 벽 모퉁이에 기대어 앉아서는 모자를 거꾸로 놓고 일을 시작한다.

"뚜드랑을 불쌍히 여기시어 선심을 베풀어 주십시오."**04**

이것은 그가 한평생 가장 많이 해온 말이고 또 앞으로 계속 해야 할 말이기도 하다.

뚜드랑은 재미가 있었던지 또 자기에게 문제를 냈다.

"자기가 평생 가장 많이 본 것이 무엇인지 말씀하세요, 시―작!"

그는 또 대답할 기회를 얻은 척 했다. "삐―"

"제가 한평생 가장 많이 본 것은 당연히 저의 앞에서 왔다 갔다 하는 발들이지요."

바로 그랬다. 뚜드랑은 늘 머리를 숙인 채 바쁜 걸음으로 지나가는 발들을 보면서 사람들이 걸음을 멈추기를 바랐다. 만약 정말 누군가가 그의 앞에 멈춰 선다면, 그는 또 이런 소리를 기대했다.

"짤랑!"

그것은 동전이 모자 안에 던져지는 소리였다. 뚜드랑은 눈으로 보지 않고 소리만 들어도 방금 던져진 것이 1원짜리인지 50전짜리인지를 구분할 수 있었

---

04) 이 글에서 이런 글자체의 문장은 "강조한다"는 의미이다.

다. 뚜드랑은 그 소리가 미묘하게 느껴졌다.

"짤랑!"

이때 그 소리가 났다. 누군가 그의 모자 안에 동전을 던졌던 것이다.

뚜드랑은 만족스럽게 생각했다.

"이제 하나만 더 있으면 퇴근해도 되겠군 그래!"

갑자기 한 쌍의 발이 천천히 걸어오더니 뚜드랑과 매우 가까운 곳에 멈춰 섰다. 그것은 빨간 헝겊신이었는데 매우 작았다.

어린 여자아이인 것이 분명했다.

뚜드랑은 머리를 들었다. 그 어린 여자아이가 그를 보고 있었다.

"무슨 일이지?"

뚜드랑이 물었다. 여자아이는 머리를 흔들었다.

"그래도 내 앞에 섰으니 뭔 일이라도 있는 거 아니냐?"

뚜드랑은 어떻게 물었으면 좋을지 몰랐다.

그는 속으로 여자아이가 자기 가게 앞을 막아섰다고만 생각했다.

"배고프세요?"

여자아이가 갑자기 물었다.

"배가 고프냐고?"

뚜드랑은 잠깐 생각하더니 말했다.

"배가 고프기도 하고 고프지 않기도 하지. 배가 안 고프다면 왜 여기 앉아서 비럭질을 하겠니? 배가 고프다고 하자니 아직 밥 먹을 시간은 안 됐고, 그러니 내가 어찌 감히 먹을 생각을 하겠니?"

"그럼 아저씨는 다른 사람들이 자기를 불쌍하게 생각하기를 바라는가요?"

여자아이는 또 물었다.

"그건……."

뚜드랑은 그만 말문이 막혔다. 그는 매일 "뚜드랑을 불쌍히 여겨주세요" 라고는 말했지만 마음속으로도 정말 남들이 동정하기를 바랐을까?

여자아이는 땅에 있는 모자를 힐끗 보더니 말했다.

"저 갈게요. 다음에 또 뵈러 올게요. 그때는 제게 돈이 있을 수도 있어요. 안녕!"

여자아이는 뚜드랑을 향해 손을 저었다

"'빨간 신' 꼬마아가씨, 안녕."

뚜드랑도 손을 저었다.

"저에게 이름이 있어요. 제 이름은……."

뚜드랑이 여자아이의 말을 가로챘다.

"아니다, 나는 널 '빨간 신'이라고 부르고 싶구나. '빨간 신' 안녕."

여자아이는 머리를 끄덕이더니 또 손을 흔들고는 앞으로 갔다.

뚜드랑은 여자아이의 뒷모습이 보이지 않을 때까지 지켜보았다.

2
위수이 선생

《위수이 선생 일기》

4월 7일

나는 자기 안목을 확신하고 있다. 오늘은 그 어느 때보다도 더욱 확신한다. 뚜드랑은 절대 보통 늑대가 아니다. 그러나 그는 나의 도움이 필요하다.

뚜드랑은 망연자실하여 땅을 보았다.

또 한 쌍의 발이 총망히 걸어와 그와 몇 걸음 떨어진 곳에 멈춰 섰다.

뚜드랑은 고개를 쳐들었다.

그의 앞에 선 것은 '비단털 쥐'인 위수이 선생이었다. 그는 뚜드랑의 친구로 지금 뚜드랑과 함께 낡은 집에 살고 있다.

"이 봐,"

위수이 선생은 두 손으로 허리를 짚은 채 불만스럽게 말했다.

"당신 혹시 잊었어?"

"뭐…… 뭘 잊었다는 거지?"

위수이 선생은 손가락으로 뚜드랑의 이마를 가리켰다.

"오늘 밤이 보름날 밤이잖아!"

"그러게, 또 보름날 밤이 됐네……, 지금 몇 시지?"

뚜드랑이 물었다. 위수이 선생은 손으로 반원을 그리면서 과장된 동작으로 손목시계를 들여다보았다.

"그게, 빠르면 5시 30분이고, 6시 30분이 아니면, 7시일 수도 ……."

위수이 선생은 눈을 깜박이며 매우 어려운 문제를 생각하는 듯 했다.

"당신 그게 무슨 뜻이야?"

"시계가 5시30분을 가리키고는 있지만 사실 5시 30분이 아닐 수도 있어."

위수이 선생은 미안한 표정으로 말했다.

"이 시계가 자주 서곤 해서, 지금도 멈춰있네만 ……."

"뭐 그따위 시계가 다 있어 ……."

뚜드랑이 중얼거렸다.

"그따위 시계라니? 이봐, 당신이 뭘 안다고, 그런 말을 해!"

위수이 선생이 말했다.

"이건 금시계야, 내 손에 오기까지 여덟 세대를 거쳤어. 이 시계는 흔들면 또 가거든……. 이봐! 우리 가문이 물려준 물건이 나쁠 리가 없어. 우리 가문이 예전에 얼마나 뜨르르했다고! 이것 봐, 내 등에 있는 검은 무늬를 보면 알 수 있을 거야."

위수이 선생은 그렇게 말하면서 팔을 휘둘렀다. 그러면 손목시계가 계속 가게 된다.

"그렇다면 9대까지 갔으면 좋겠군 그래."

뚜드랑이 중얼거렸다. 위수이 선생은 명문귀족 출신으로 매우 고귀한 혈통을 가졌다. 등에 한 갈래 검은 무늬가 있었으니까 말이다. 일반적인 '비단털 쥐'는 꼬리가 좀 짧을 뿐(쥐류는 꼬리가 짧을수록 출신이 고귀하다) 등에 검은 무늬가 없다. 그러나 위수이 선생은 꼬리가 짧은데다가 가장 중요한 것은 등에 한 갈래 검은 무늬가 있었던 것이다.

이런 '비단털 쥐'를 '비단털 등줄쥐'라고 부른다. '비단털 등줄쥐'가 '비단털 쥐' 중의 귀족이라는 것은 모든 '비단털 쥐'들은 다 알고 있는 사실이다. 그러나 '비단털 쥐'가 아닌 동물들은 모를 수가 있다. 때문에 위수이 선생은 늘 이 문제를 설명하곤 했다. 위수이 선생의 가문은 이전에는 매우 뜨르르했지만 후에 점차 몰락했으며, 위수이 선생 세대에 와서는 아무 것도 남은 게 없었다.

가문을 부흥시키는 것은 위수이 선생이 오랫동안 품어왔던 꿈이었다. 이 꿈을 이루기 위해 그처럼 고귀한 '비단털 쥐'가 억울한 대로 이 거지와 함께 살고 있는 것이다.

뚜드랑과 함께 살면 가문을 부흥시킬 수 있다니 그게 무슨 말일까?

뚜드랑의 몸에는 매우 기이하고 신비한 현상이 있는데 그것은 하늘의 달과 관계되는 현상이었다. 위수이 선생은 그 비밀을 알고 있으나 그 비밀을 파악하지는 못했다. 그가 이 비밀을 파악하고 그것을 공개하는 날에는 반드시 세상을 깜짝 놀라게 할 것이 틀림없다.

뚜드랑마저 멍청하게도 그러한 사실을 모르고 자기가 거지인줄만 알고 있다. 오직 위수이 선생만이 그게 아니라는 것을 알고 있다.

위수이 선생이 멍하니 생각을 하고 있는 동안 뚜드랑은 계속 일을 했다.

"뚜드랑을 불쌍히 여기시어 선심을 베풀어 주십시오. 뚜드랑을 불쌍히 여기시어 선심을 베풀어 주십시오……."

위수이 선생은 뚜드랑을 보면서 속으로 생각했다.

"저 멍청한 뚜드랑은 보통 거지가 아니야, 언젠가는 세계 명인이 될게 틀림없어. 물론 내가 모든 걸 도와줘야 되겠지만 말이야……. 그가 세계적인 명인이 되면 우리 '비단털 등줄쥐' 가문은 또다시 휘황찬란해지겠지……. 그러니까 내가 좀 참아야 지……."

위수이 선생은 넋을 놓고 생각에 잠겼다.

갑자기 그가 정신을 차렸다.

"오늘이 보름날 밤이다, 자, 자, 어서 집으로 가자!"

위수이 선생은 재촉하면서 뚜드랑을 끌고 집으로 갔다.

"그런데 난 아직 저녁밥을 못 먹었는데……."

뚜드랑이 말했다.

"됐다, 됐어, 무슨 걸신이 들었나."

"아니, 밥 먹는 건 걸신이 든 게 아니잖아……"

뚜드랑이 변명하려 했다.

"됐다, 됐어, 밥 먹는 것보다 더 중요한 일이 있어."

위수이 선생은 들은 척도 안하고 뚜드랑을 끌고 집으로 갔다.

3
아름다운 것을 생각하다

《위수이 선생 일기》

4월 22일

현실 속의 뚜드랑과 꿈속의 뚜드랑은 차이가 너무나 많다.
난 그런 차이를 줄이고 나중에 둘을 하나로 합치게 할 것이다.

뚜드랑과 위수이 선생은 그들의 집으로 돌아왔다.

그것은 매우 낡은 집이다. 원래 단칸방 집이었는데 대나무 자리로 가로막아 방을 두 개로 만들었으며, 뚜드랑과 위수이 선생이 각각 한 쪽을 사용했다. 이 집은 가을과 봄에는 살기가 괜찮지만 겨울에는 몹시 추웠다. 벽과 창가에 모두 구멍이 나 있어 찬바람이 쌩쌩 들어오기 때문이었다. 여름에는 또 너무 더웠다. 역시 벽과 창가에 구멍이 있어 열기가 확확 들어왔던 것이다.

"야! 우리 집은 햇빛이 잘 들어오는구나."

위수이 선생이 말했다.

"그럼, 벽과 창가에 다 구멍이 나 있으니까 그렇지."

뚜드랑이 말했다. 지난달 보름날 밤처럼 위수이 선생은 뚜드랑에게 벽을 마주하고 앉게 했다.

"마음속으로 세상에서 가장 아름다운 것을 생각해봐. 이 명상은 대단히 중요한 거야. 이건 너의 미래와 관계가 있어."

위수이 선생이 당부했다.

"알았어······."

뚜드랑은 벽을 마주하고 앉았다. 밖에서 온종일 앉아있던 뚜드랑은 지금 집에 와 또다시 땅에 앉았다. 그는 골똘히 생각하기 시작했다.

명상이란 모든 잡념을 집어치우고 조용히 생각하는 것이다.

"가장 아름다운 것, 가장 아름다운 것······."

뚜드랑은 눈을 감고 나지막하게 중얼거렸다.

머릿속에 제일 먼저 떠오른 아름다운 것은 고기만두였다. 뚜드랑은 머리를 흔들면서 고기만두를 쫓아버리고 다시 명상에 잠겼다. 이어 그의 머릿속에 떠오른 두 번째로 아름다운 것은 두 개의 고기만두였다. 뚜드랑은 또 머리를 흔들며 두 개의 고기만두를 쫓아버리고 다시 명상을 시작했다. 계속해서 그의 머릿속에는 세 번째로 아름다운 것으로 세 개의 고기만두가 떠올랐다. 뚜드랑은 이번에는 머리를 흔들지 않고 얼굴을 돌려 미안한 표정으로 위수이 선생을 보았다.

"미안해……"

뚜드랑이 낮은 소리로 말했다.

"어떤 아름다운 풍경이 보였어?"

위수이 선생이 관심을 가지고 물었다.

"고기만두가 보였어, 처음에는 하나, 다음에는 두 개, 그 다음에는……"

뚜드랑은 침을 꼴깍 삼켰다. 위수이 선생은 크게 실망했다.

"이 촌뜨기가 고기만두밖에 모르는구나!"

"나도 몰라, 고기만두뿐이야, 더운 김까지 훌훌 나는……"

뚜드랑은 스스로도 이상하게 생각됐다.

"혹시 내가 온종일 밥을 먹지 못해서, 그런가?"

위수이 선생은 한숨을 쉬더니 만두를 사러 거리로 나갔다. 뚜드랑을 배불리 먹인 다음 명상을 하게 해야지 그렇지 않으면 더 많은 고기만두를 생각해낼 테니까…….

위수이 선생은 고기만두 네 개를 사와 자기가 하나 먹고(귀족들은 일반적으로 많이 먹지 않는다) 뚜드랑에게 두 개 주고 나머지 하나는 야식으로 남겨두었다.

뚜드랑은 고기만두 두 개를 후닥닥 먹어버리고 계속 벽을 마주했다.

이번에는 명상해 낸 물건이 달라졌다.

뚜드랑의 눈이 점차 희미해졌다. 그러다가 또 점차 또렷해졌다.

그의 앞은 더는 구멍이 생긴 벽이 아니었다. 그는 푸르른 잔디밭을 보았다. 잔디밭에는 매우 영준하고 멋진 왕자가 서있었다. 왕자는 손과 팔을 펴고 있었는데 노래를 부르는 것 같았다. 이 때 새 몇 마리가 날아오더니 그 왕자를 둘러싸고 날았다. 잔디밭에는 꽃들이 가득 피어 있었다…….

뚜드랑은 또 점차 정신을 차렸다. 방금 꿈을 꾼 것 같았으나 그는 자기가 잠들지 않았다는 것을 잘 알고 있었다.

"참 이상하지, 명상이란 아마도 이런 건가봐."

뚜드랑이 혼자 중얼거렸다. 위수이 선생은 뚜드랑이 멍하니 넋을 놓고 있는 것을 보고 물었다.

"무엇을 명상해냈어?"

뚜드랑은 방금 자기가 본 것을 이야기했다. 위수이 선생은 매우 흥분하였다.

"그런 다음에는?"

위수이 선생이 물었다.

"새가 왕자의 어깨에 날아와 앉았어."

"그 다음에는?"

"햇빛이 더욱 밝아졌어, 금빛의 햇빛이었어."

"그 다음에는?"

"없어……."

위수이 선생은 기뻐서 다리를 내리쳤다.

"많이 좋아졌어, 많이 좋아졌어!

지난 보름날 밤에 너 뭘 명상해냈던지 기억나?"

"기억 안 나."

뚜드랑이 말했다.

"내가 말해줄게, 지난번 네가 명상해서 본 것은 돼지 한 마리가 배불리 먹고 나무 아래에 누워 흥얼흥얼 노래를 부르는 것이었어, 노랫소리가 점차 코고는 소리로 변했다고 했지."

"아, 기억났어. 그런데 이거랑 뭐가 다르지?"

"이런 촌뜨기 같으니, 둘이 많이 다르지, 돼지가 나무아래에서 노래를 부르는 것과 왕자가 잔디밭에서 노래 부르는 것은 격이 완전하게 다른 거야."

위수이 선생이 말했다. 뚜드랑은 별로 다른 점이 없다고 생각했다. 다 생각해 낸 것이지 진짜가 아니니까.

"위수이 선생이 귀족이라 안목이 독특한 것일까?"

뚜드랑이 속으로 생각했다. 이 때 날이 완전하게 어두워졌다. 달이 솟아올랐는데 매우 동그랗고 밝았다. 지금은 밤 여덟시, 밤 열두시가 되면 달이 더욱 동그래지고 더욱 밝아질 것이다.

주위는 조용했다. 뚜드랑은 달을 보면서 긴장감을 느꼈다.

"오늘 당신이 생각해낸 풍경이 너무 좋았어, 이번에는 희망이 큰 것 같아."

위수이 선생은 갑자기 가볍게 부드럽게 말했다.

"그 다음에는 아무 것도 생각나지 않았어?"

뚜드랑은 잠시 생각했다.

"생각났어, 후에 계속 생각하니까 눈앞에 또……."

"뭐가?"

위수이 선생이 다급하게 물었다.

"고기만두 네 개가."

"……."

"이번에도 뜨거운 것이었어."

뚜드랑이 한 마디 보충했다.

"……."

위수이 선생은 그 말에 기가 막혀 하마터면 쓰러질 뻔 했다.

"이봐, 내가 어쩌다 당신 같은 촌뜨기를 다 만났지? 참 품위가 없어."

위수이 선생이 원망을 했다.

"어쩜 온종일 고기만두 생각만 하냐?"

뚜드랑은 이상하다는 듯이 말했다.

"나도 모르겠어, 고기만두가 저절로 튀어나왔어."

"고상하고 우아한 것은 안 보였어? 매화, 난초, 대나무, 국화라든가 남녀 간의 애정이라든가 이런 거."

"그건……."

뚜드랑은 뭐라 말했으면 좋을지 몰라

"그래도 고기만두가 더 현실적이지 않나."

라고 말했다. 뚜드랑은 테이블 위에 놓여 있는 고기만두를 몰래 훔쳐봤다. 위수이 선생은 한숨을 쉬더니 남아있는 그 고기만두를 뚜드랑에게 가져다주었다.

"먹어라 먹어, 배나 터져버려라!"

오늘은 특별한 날이잖아, 30일이나 기다렸던 보름날 밤이니 뚜드랑이 고기만두를 세 개 먹게 하자. 그러나 내일은 여전이 두 개다. 뚜드랑이 너무 사치를 부리게 하면 안 되지. 위수이 선생은 속으로 이렇게 생각했다.

뚜드랑은 고기만두를 한꺼번에 먹어버리고 손가락까지 빨았다.

"고기만두가 세상에서 가장 맛있는 것이 틀림없어!"

뚜드랑이 말했다.

4

보름날 밤

《위수이 선생 일기》

4월 23일

왜 그냥 18분일까? 세 번이나 18분이다! 변신 시간을 연장시킬 수 있는 원인을 꼭 찾아야겠다!

밤 열시쯤에 뚜드랑과 위수이 선생은 낡은 집에서 나왔다.

"먼저 시내로 가서 손목시계를 맞춰야겠어."

위수이 선생이 말했다.

"오늘밤에는 손목시계가 서면 안 돼."

그들은 얼마 안 가 높은 빌딩을 보았다. 그것은 시정부 청사였는데 뾰족한 지붕 위에 커다란 시계가 있었다. 이 시계가 매우 정확해서 시민들은 늘 그것으로 시간을 맞추곤 했다.

"밤 열시 7분이다. 됐어, 다 맞췄어."

위수이 선생이 말했다.

"이젠 고산(孤山)으로 가자."

고산은 도시와 가장 가까운 작은 산이다. 도시 주변에 이 산 하나만 외롭게 있어 고산이라고 불렀다. 비록 작은 산이지만 도시에 있기 때문에 매우 높아 보였다. 그들의 목적지는 고산 꼭대기였다. 가는 길에 위수이 선생은 걸으면서 손목시계를 찬 왼손을 끊임없이 휘둘러 시계가 서지 않게 했다.

서지만 않으면 시계는 매우 정확했다. 조상이 물려준 것이니까. 산꼭대기에 올랐을 때는 밤 열한시가 채 안 되었다. 위수이 선생은 땅에 수건을 한 장 깔 아놓았다. 그들은 그 위에 앉았다. 위수이 선생은 주머니에서 땅콩 한 봉지를 꺼냈다. 이건 그가 제일 좋아하는 것이다.

"난 왼손이 쉬지 않고 흔들리게 하기 위해 땅콩을 먹는 거야, 그러면 손목시 계가 서지 않으니까."

위수이 선생은 뚜드랑에게 설명했다. 그는 매번 땅콩을 한 봉지만 가져왔던 것이다. 뚜드랑은 대답이 없었다. 위수이 선생의 말을 아예 못들은 것 같았다. 그는 거기에 앉아 머리를 쳐들고 하늘에 있는 달을 쳐다보고 있었다. 그는 허 리를 곧게 펴고 앉아있었다. 목구멍에서 "꾸르륵꾸르륵" 소리가 나지 않았더 라면 조각상인줄 알았을 것이다.

달은 매우 동그랗고 밝았다. 그의 눈에서 특별한 빛이 흘러나왔다. 우울한 것 같기도 하고 깊은 정이 흐르는 것 같기도 했다. 평소의 뚜드랑과는 사뭇 달랐 다. 위수이 선생은 가끔씩 손목시계를 들여다보았다. 그는 밤 열두시가 되기를 기다렸다. 땅콩을 다 먹고 나서 위수이 선생은 일어나서 제자리에서 뜀박질을 했다. 손목시계가 서지 않게 하기 위해서였다.

밤 열두시가 마침내 되었다!

바로 그때, 하늘의 달이 가장 동그랗고 가장 밝게 변했다.

기적이 나타났다. 수건 위에 앉아 달을 쳐다보던 뚜드랑이 갑자기 사라져버렸다. 그리고 먼 곳에 다른 늑대 한 마리가 나타났다. 그는 매우 예쁜 예복을 차려입었는데 마치 영준하고 멋진 왕자 같이 풍채가 늠름하게 걸어오고 있었다. 그가 너무 빨리 나타나서 어디에서 왔는지 알 수 없었다.

꼭 마치 달에서 날아 내려온 것 같았다.

그는 고귀한 왕자를 너무 닮았다. 그래서 잠시 왕자라고 부르고자 한다. 멋진 등장이라는 말이 있는데 바로 지금 나타난 왕자를 표현하기에 가장 적합하다. 늑대의 주위에 있는 모든 것이 밝게 변했다. 마치 하늘에서 특별히 아름다운 빛이 내려와 그를 비추는 것 같았다. 그는 풀밭에 서있었는데 예복의 금단추가 반짝반짝 빛을 뿌렸다. 그의 곁의 한 포기의 풀, 한 그루의 나무마저 평소보다 더 푸르렀고 땅 위의 작은 꽃도 평소보다 더욱 산뜻했다.

위수이 선생은 긴장감과 기대감을 가득 품은 채 왕자를 보고 있었다. 그러나 그는 놀라는 기색이 조금도 보이지 않았다. 왕자를 처음 본 것이 아님이 틀림없었다.

위수이 선생은 더는 제자리에서 뛰지 않고 아예 손목시계를 팔목에서 벗어 손에 쥐고 끊임없이 흔들었다. 그러면 손목시계가 절대 멈춰 서지 않기 때문이었다.

"시작한다, 시작한다……."

위수이 선생은 나지막하게 중얼거리며 시계와 왕자를 번갈아보았다.

왕자는 얼굴에 웃음을 지은 채 영준하고 멋진 얼굴을 들고 노래를 부르기 시작했다.

미풍은 나의 머리칼

달은 나의 눈

내 노래를 가지고 그대를 보러 왔네

이전에 그대가 나를 자주 보았듯이……

왕자의 노랫소리는 그토록 듣기 좋았다. 그는 노래를 너무 잘 불렀다. 그 목소리는 그가 부른 것이 아니라 듣는 사람의 마음속에서 흘러나오는 것 같았다.

이 시각, 위수이 선생은 노랫소리에 완전히 빠져버리고 말았다.

두 줄기의 눈물이 위수이 선생의 눈에서 흘러내렸다. 한동안 그는 손목시계를 흔드는 것을 잊을 뻔 했다.

왕자는 드디어 노래를 멈추었다. 주위의 밝은 빛이 천천히 어두워졌다. 그리고 왕자는 사라져버렸다. 왕자가 사라진 순간 뚜드랑이 나타나 원래 있던 수건 위에 앉은 채 머리를 들고 달을 쳐다보고 있었다.

뚜드랑이 사라질 때 왕자가 나타났고, 왕자가 사라지자 뚜드랑이 곧 나타났다. 그러나 왕자와 뚜드랑은 얼마나 다른가? 그들은 차이가 너무 컸다. 위수이 선생은 방금 보았던 왕자가 뚜드랑이 변한 것이라는 것을 정말 믿고 싶지 않았다. 그러나 매달 보름날 밤 12시에 뚜드랑이 변신한다는 사실을 위수이 선생은 믿지 않을 수가 없었다.

지금 모든 것이 원래대로 돌아왔다.

위수이 선생은 급히 손목시계를 들여다보았다.

"18분이다! 왕자가 18분 동안 나타났다. 18분……"

위수이 선생은 갑자기 낙담한 표정을 지었다.

"왜 그냥 18분일까? 지금 연거푸 3개월째나 18분이야, 시간이 조금도 늘지 않았어……."

위수이 선생은 혼잣말로 중얼거렸는데 매우 실망하고 피곤해보였다.

이때 뚜드랑은 방금 꿈에서 깨어난 듯이 말했다.

"그럴 리 있나? 또 18분이야? 이전에는 시간이 늘곤 했지 않나?"

"딱 18분이야, 내가 잘못 볼 리가 없어."

"혹시 손목시계가 섰던 건 아니구?"

뚜드랑이 또 물었다.

"그럴 리 없어, 내가 계속 흔들고 있었거든……."

위수이 선생은 풀이 죽었다. 그는 땅에 앉아서 일어설 기운마저 없어보였다.

이 일은 위수이 선생에게 매우 큰 타격이었다.

여기에는 이유가 있었다.

위수이 선생이 제일 먼저 뚜드랑이 변신한다는 것을 발견했다. 그는 또 뚜드랑이 변신할 수 있을 뿐만 아니라 매번 변신하는 시간이 길어진다는 것을 발견했다. 처음에는 5분, 두 번째는 8분, 세 번째는 11분, 그 후에는 16분, 그 후에는 18분이었다.

이런 전설이 있다. 출신이 매우 특별한 늑대가 매번 보름날 밤이 되면 변신을 하는데 변신하는 시간이 끊임없이 길어진다. 변신 시간이 24시간으로 즉 하루로 길어지면 늑대는 더 이상 원래 모습으로 돌아가지 않고 변신한 모습으로 쭉 살아간다는 것이다.

원래 이건 전설일 뿐이었다. 누구도 변신한 모습의 늑대가 현실세계에 살고 있는 것을 보지 못했기 때문이었다.

그러나 위수이 선생은 몰래 대담하고 기이한 계획을 세웠다. 뚜드랑을 왕자 같은 늑대로 변하게 만들고 다시 원 모습으로 돌아가지 못하게 하는 것이었다.

어떤 방법을 써야 뚜드랑의 변신 시간을 점점 더 늘릴 수 있을까? 전설에는 전해지는 것이 없었다. 이 위대한 계획을 실현하려면 반드시 변신을 연장시키는 방법을 찾아야 했다. 그것이 바로 위수이 선생이 해야 할 일이었다.

위수이 선생의 위대한 계획은 뚜드랑의 변신 시간이 18분간이나 지속되면서 시작되었다. 변신하는 동안에 뚜드랑이 아름다운 것을 생각하고 있으면 변신 시간을 늘리는데 도움이 된다고 위수이 선생은 굳게 믿었다.

그러나 오늘 위수이 선생은 실패했다. 지금까지 세 번째로 뚜드랑의 변신 시간이 길어지지 않고 여전히 18분이었던 것이다.

5
신비한 벙어리저금통

《위수이 선생 일기》

4월 23일

오늘 신비한 벙어리저금통(撲滿)을 찾았다.

나는 슬기로움과 경험으로 그것이 뚜드랑의 변신 시간과 관계된다고 판단했다.

이상한 것은 뚜드랑이 왜 이제야 그것을 보여주었을까?

　뚜드랑은 위수이 선생을 부축해 집으로 돌아갔다. 날이 거의 다 밝았다.
　위수이 선생은 온몸의 맥이 탁 풀려 손목시계를 찬 왼손을 휘두르지 못했다.
지금은 손목시계가 서든 말든 상관없었다.
　"내 변신 시간이 연장되지 않았다고 그가 더 괴로워할 줄 몰랐네."
　뚜드랑은 속으로 생각했다. 갑자기 곁에 있는 위수이 선생이 위대해보였다.
　"혹시,"
　뚜드랑이 조심스레 말했다.
　"보름날 밤의 명상이 아무런 쓸모가 없는 것이 아닐까?"
　"그럴 수도 있지."
　위수이 선생이 주저하며 말했다.
　"그러나 명상이 나쁜 건 아니잖아."
　"그렇지 않으면……."
　뚜드랑이 갑자기 말끝을 흐렸다.
　"그렇지 않으면 뭐? 말해 봐."
　"아니 아무 것도 아니야, 허튼 생각이야, 말 안 하는 게 좋겠어……."
　위수이 선생이 급해졌다.
　"어서 말해봐!"
　"그렇지 않으면……. 고기만두를 많이 먹으면 좀 좋아지지 않을까?"
　"김치국도 참 잘 마시네."
　위수이 선생은 언짢아졌다.

"이봐! 당신 이런 수작에 내가 넘어갈 것 같아? 우리에게 그렇게 많은 고기만 두를 살 돈이 어디 있어? 당신 꿈 깨!"

"내가 말하지 않겠다는데 말해라 해놓고서는……."

뚜드랑이 중얼거렸다.

뚜드랑은 위수이 선생이 그토록 괴로워하는 것을 차마 볼 수가 없었다. 뚜드랑은 한참 걷다가 말했다.

"나에게 뭔가가 있는데 쓸모가 있는지 모르겠어……."

"뭐야?"

"잘 모르겠어, 어떤 상자인 것 같은데."

위수이 선생은 갑자기 기운이 생겨나

"빨리 집으로 가자, 꺼내 보여줘."

라고 말했다.

"응……."

위수이 선생이 어찌나 빨리 걷는지 뚜드랑은 따라가기도 힘들었다.

집에 와서 위수이 선생은 뚜드랑을 침대 아래로 밀면서

"빨리 찾아봐."

라고 재촉했다. 침대 밑은 뚜드랑이 소중한 것을 간직하는 곳이라는 걸 그는 잘 알고 있었다.

뚜드랑은 침대 밑에서 나무상자 하나를 끄집어냈다. 상자 위에 먼지가 가득 앉아 있었다. 상자를 열자 안에서 퀴퀴한 곰팡이냄새가 났다. 뚜드랑은 안에서 보자기를 꺼냈다. 그것을 헤치자 철제 상자가 나왔다. 위수이 선생은 얼른 상자를 손에 들고 보았다. 상자가 그리 크지 않았으나 매우 정교했으며 겉면에 매우 정교한 구리조각이 박혀있었다. 손에 묵직한 느낌이 들었다. 가볍게 흔들어보니 안에서 맑은 사락사락 하는 소리가 났다. 안에 단단한 입자 모양의 물건이 들어있는 것이 분명했다.

"안에 뭐가 들어있어?"

위수이 선생이 물었다.

"몰라, 한 번도 열어본 적이 없어."

"왜 열어보지 않았어?"

"이건 열지 못하는 거야."

뚜드랑이 말했다.

"뭐? 열지 못하는 상자라고?"

위수이 선생은 말하면서 다시 자세히 상자를 관찰했다.

상자들은 다 몸통과 뚜껑으로 나뉘어져 있지만, 이 상자는 뚜껑이 아예 없고 상자 전체에 틈 하나 없었다. 다만 상자 꼭대기에 동그란 작은 구멍이 하나 있었다. 이 구멍은 바깥이 크고 안은 작았다. 상자 내부는 리드(簧片, 목관 악기의 리드 ─ 역자 주)를 달아놓은 것 같은데 아마 물건이 밖으로 새지 말라고 그런 것 같았다.

"아, 알았어!"

위수이 선생이 갑자기 소리를 질렀다.

"이건 신비한 벙어리저금통이야. 물건을 넣을 수만 있고 꺼낼 수는 없지."

그런데 뚜드랑은 이상하게 생각했다.

"안의 것이 돈은 아닌 것 같아. 벙어리저금통은 돈을 넣는 거잖아."

"그래서 내가 신비하다고 했잖아!"

위수이 선생은 매우 흥분했다.

"이 벙어리저금통은 반드시 특별한 의미가 있을 거야. 이건 당신 집에서 조상 때부터 대대로 물려받는 거지?"

"그래, 우리 아버지가 돌아가실 때 직접 주신 거야. 아버지는 대대로 물려주어야 한다고 했어. 그래서 내가 이걸 침대 밑에 놓은 거야. 난 좋은 물건만 침대 밑에 두거든……."

뚜드랑이 말했다.

"알았어,"

위수이 선생이 뚜드랑의 말을 가로챘다.

"물려줄 건 이 벙어리저금통이 아니라 벙어리저금통 안에 모아둔 물건이겠지, 당신 이걸 침대 밑에 처박아두면 아무 쓸모도 없잖아?"

뚜드랑은 위수이 선생에게서 욕을 먹고 어리벙벙해졌다.

"지금 이 안에 무엇이 들어있는지 알아야겠어."

위수이 선생이 말했다. 바깥이 크고 안이 작은 이 구멍으로 무엇을 들여다본다는 것은 매우 어려운 일이었다. 바로 이 때 바깥에 해가 떠올랐다. 위수이 선생은 벙어리저금통을 가지고 밖으로 나가 햇빛의 도움을 받으려 했다. 그는 구멍을 햇빛에 대고 벙어리저금통을 천천히 돌리면서 햇빛이 구멍에 가장 많이 들도록 적합한 각도를 찾았다. 그는 끝내 그 각도를 찾아냈다. 한 갈래의 햇빛이 마침 구멍 안으로 흘러들어 벙어리저금통의 바닥을 비추었다. 가느다란 햇빛이었다. 위수이 선생은 가까이 다가가 보았다. 뚜드랑이 급히 물었다.

"안에 뭐가 들어있어?"

"쉿—"

위수이 선생은 소리를 내지 말라고 손시늉을 했다.

조금 지나 위수이 선생은 길게 한숨을 내쉬었다.

"똑똑히 보았어, 안에 흑요석(黑曜石)[05]이 들어 있어."

"흑…… 무슨 석?"

뚜드랑은 알아듣지 못했다.

"흑요석, 흑보석이라고도 하는데 보석의 일종이야. 이런 보석은 태양, 달과 별을 대표하지. 사람들은 흑요석을 지혜의 상징으로 보거든. 너의 조상들은 흑보석을 모으면서 지혜를 저축하려 했던 거야……"

위수이 선생은 거침없이 술술 이야기했고 뚜드랑은 머리만 연거푸 끄덕였는데 도대체 그가 알아들었는지는 알 수 없었다.

위수이 선생은 얘기를 하는 동안 표정이 점점 더 성스러워졌다.

"뚜드랑, 당신은 계속해서 흑보석을 모아야 해. 당신의 변신 시간이 연장되는 것은 틀림없이 흑보석이 증가하는 것과 관계가 있을 거야."

말하면서 위수이 선생은 벙어리저금통을 흔들어 맑은 사락사락 소리를 내었다.

"봐, 요 것 뿐이지, 거기에다 이것들은 다 당신 조상이 모은 것이니 당신의 변신 시간이 길어질 수 있겠어?"

뚜드랑은 급히 머리를 끄덕이었다.

"그래그래, 그런 것 같아, 그런데…… 어떻게 모아야 하지? 어디에 흑보석이 있

---

05) 흑요석(obsidian , 黑曜石) : 매혹적이고 다채로운 색의 흑요석은 준보석으로 이용된다. 흑요석은 점성질 용암이 급속히 냉각되어 형성되며 유리광택이 있고, 창유리보다 덜 단단하다. 대부분의 흑요석은 화산암이며 유문암질 용암류의 분출에 의해 생성된다. 원시인들이나 아메리카 인디언들은 무기·기구·도구·장신구로, 고대 마야인들에게는 거울로 사용되었다.

지? 난 매일 길거리로 출근을 하러 나가야 하는데……."

뚜드랑은 어쩔 바를 몰랐다.

"멍청아! 어서 돈을 모아야지, 돈을 모아야 흑보석을 살 수 있는 것 아냐?"

"오!"

뚜드랑이 그제야 알아들었던 모양이다.

"이후엔 고기만두를 적게 먹고 돈을 많이 모아야지……."

위수이 선생은 가타부타 말이 없었다. 뚜드랑의 말을 아예 못들은 것으로 하는 게 좋을 것 같았다.

"내가 또 틀린 말을 했나봐……."

뚜드랑은 혼잣말로 중얼거렸다.

"하지만 난 방법을 생각해서 돈을 많이 벌 거야."

6
첫 번째 실패

《위수이 선생 일기》

4월 26일

나에게 돈을 더 많이 벌 방법이 있는데 뚜드랑에게 어떻게 알려줘야 할지 모르겠다. 뚜드랑이 돈을 충분히 벌지 못하면 꿈을 이루기 매우 어려울 것이다.

며칠이 지났지만 뚜드랑은 특별한 돈벌이 방법을 생각해내지 못했다.

"뚜드랑을 불쌍히 여기시어 선심을 베풀어 주십시오……"

그는 목소리를 높여보기도 하고 말끝을 길게 끌어보기도 하고 또 울음이 섞인 소리로 말해보기도 했다. 그런데 다 소용이 없는지 모자안의 동전은 많아지지 않았다.

이날 날이 거의 저물 무렵, 그는 머리를 숙이고 땅에 놓인 모자를 보면서 생각에 잠겼다.

갑자기 눈앞이 환해지더니 묘한 생각이 떠올랐다.

"이 방법을 쓰면 내일 수입이 열배는 늘어날 테지. 먼저 위수이 선생에게 말하지 말고 성공한 다음에 알려주자."

뚜드랑은 매우 흥분했다.

이튿날, 벽 모퉁이에 나타난 뚜드랑의 앞에 모자 열 개가 한 줄로 놓여 있었다. 한꺼번에 모자 열 개를 수집하는 것이 쉬운 일이 아니기 때문에 모자의 모양은 각양각색이었다.

가죽모자도 있고, 헝겊으로 된 모자도 있고, 밀짚모자와 차양모도 있었다. 가장 특별한 것은 해진 오토바이 안전모자도 있었다는 것이다.

"모자 열 개를 놓으면 수입이 열 배로 늘어나지 않을까?"

뚜드랑은 자기 아이디어에 자부심을 느꼈다.

"뚜드랑을 불쌍히 여기시어 선심을 베풀어 주십시오……"

뚜드랑은 소리를 지르기 시작했다. 그러나 이상하게도 누구도 모자에 동전을 던져 넣지 않았다. 뚜드랑은 오랫동안 생각하다가 갑자기 다리를 탁 쳤다.

"그렇지, 모자가 너무 많아 사람들이 동전을 던질 때 혼란스러워 진 거야."

뚜드랑은 주머니에서 분필 토막을 꺼냈다.

"이런 것들을 잘 알게 써놓아야지."

그는 모자 열 개를 정연하게 배열해놓고 번호를 매기기 시작했다.

첫 번째 모자 아래에 "1번 공덕(功德)모자", 두 번째 모자 아래에 "2번 공덕
모자"…….

이렇게 모자 열 개에 다 번호를 매겨놓았다. 그런 다음 모자마다 위에다 설명
을 써놓았다.

1번 공덕모자 10전짜리 동전구역

2번 공덕모자 50전짜리 동전구역

3번 공덕모자 1원짜리 동전구역

4번 공덕모자 1원짜리 지폐구역

5번 공덕모자 5원짜리 지폐구역

6번 공덕모자 10원짜리 지폐구역

7번 공덕모자 20원짜리 지폐구역

8번 공덕모자 50원짜리 지폐구역

9번 공덕모자 100원짜리 지폐구역

10번 공덕모자 외화구역

이 설명문을 보면 곧바로 알 수 있었다. 어떠한 돈이든지 맞는 모자를 찾아
넣을 수 있게 되었던 것이다.

"이렇게 하면 돈을 던지는 사람들이 어느 모자에 던졌으면 좋을지 몰라 곤란
해지는 일이 없겠지."

뚜드랑은 분필이 가득 묻은 손을 털었다. 뚜드랑이 금방 다 쓰고 나자 한 쌍의 작은 '빨간 신'이 앞에 와 섰다. 뚜드랑은 머리를 쳐들었다.

"'빨간 신'! 너구나!"

'빨간 신'은 그를 향해 다정하게 손을 흔들며 말했다.

"안녕."

"아저씨 지금은 모자를 팔아요?"

'빨간 신'이 물었다.

"모자를 팔다니?"

뚜드랑이 말했다.

"아닌데! 내가 모자를 파는 것 같아 보였어?"

뚜드랑은 스스로 주위를 훑어보더니 말했다.

"'빨간 신', 네 말이 맞아, 이건 모자를 팔고 있는 것 같구나……."

'빨간 신'은 호주머니 속을 이리저리 뒤지더니 10전짜리 동전을 꺼냈다.

그 아이는 1번 공덕모자 앞으로 가서

"이걸 여기에 넣어야겠지요?"

라고 말했다.

"그래그래, 고맙다 고마워."

뚜드랑이 말했다.

그는 '빨간 신'이 자기에게 돈을 던져줄 줄은 생각지도 못했다.

"제가 저번에 말했잖아요. 제가 다시 올 때는 돈이 있을 수도 있다고요. 그럼 갈게요, 안녕."

'빨간 신'은 이렇게 말하면서 지난번처럼 귀엽게 손을 흔들어보였다.

"안녕."

뚜드랑도 그 아이를 향해 손을 흔들었다. '빨간 신'이 앞으로 몇 걸음 가더니 다시 돌아왔다.

"배가 고프면 잊지 말고 돈으로 밥 사드세요."

뚜드랑은 고개를 끄덕였다.

"알았어, 알았어……."

오늘 이렇게 고생했지만 돈은 오히려 평소보다 적게 벌었다. 당연히 이번은 큰 실패였다.

그러나 웬 일인지 뚜드랑은 별로 기분이 나쁘지 않았다. 그에게는 '빨간 신'이 준 돈 10전이 있었기 때문이었다.

이 돈은 뚜드랑의 마음속에 큰 무게를 차지했다.

"'빨간 신'이 나에게 배가 고플 때 밥 사먹는 것을 잊지 말라고 했어……."

뚜드랑은 '빨간 신'의 이 말을 되새겨보았다.

7

돈을 많이 버는 방법

《위수이 선생 일기》

4월 27일

내가 머리를 좀 썼더니 뚜드랑이 그만 믿어버렸다. 그는 지금 돈을 빨리 버는 계획을 실행하고 있다.

난 계속 잠을 잘 것이다. 하지만 그가 성공하기를 바란다.

위수이 선생은 오랫동안 아무 말도 없이 벽에 뚫린 구멍을 바라보고 있었는데 뭔가를 생각하는 것 같았다.

"당신도 명상을 하고 있어?"

뚜드랑이 조심스레 물었다.

"속담 한 마디를 생각하고 있어."

위수이 선생이 말했다.

"'아낄 줄 아는 것보다 벌 줄 아는 것이 낫다'는 말이 있는데, 돈을 아끼는 것보다 버는데 머리를 더 많이 써야 한다는 뜻이야."

"정말?"

뚜드랑은 그 말을 듣고 매우 기뻐했다.

"그럼 고기만두를 먹어도 된단 말이지?"

위수이 선생은 갑자기 얼굴을 돌렸다.

"뭔 헛소리야? 어서 나가서 더 많은 돈을 벌란 말이야!"

"그얼지만, 그렇지만 말이야…."

뚜드랑은 억울하다는 듯이 말했다.

"그 사람들이 돈을 많이 주는지 아닌지에 달렸지, 내가 노력한다고 무슨 소용이 있어……."

"사람들이 돈을 더 많이 주게 하는 방법을 생각하면 되잖아?"

"해봤는데 소용없었어."

뚜드랑이 말했다.

"어제 내가 땅에 모자 열 개를 놓았는데 돈이 오히려 적게 들어 왔어."

"아니 그건 쓸데없는 짓이지. 자, 내가 힌트를 좀 주지."

위수이 선생이 말했다.

"당신 매일 구걸할 때 뭐라고 말하지?"

"'뚜드랑을 불쌍히 여기시어 선심을 베풀어 주십시오'라고 말하지."

"좋아, 다른 사람들이 당신을 불쌍하게 여겼으면 좋겠지? 그래, 물어보자, 사람들이 현재의 당신을 보고 불쌍하다고 여길 수 있을까? 당신이 자신을 불쌍히 보이게 만들어야 하는 것 아냐?"

위수이 선생이 말했다.

"오!……."

뚜드랑은 자기 몸을 보더니 말했다.

"그럼 내 몸을 좀 더럽혀볼까?"

위수이 선생이 머리를 흔들었다.

"그것만으로는 부족해."

"그럼 이 머리칼을 헝클어버릴까?"

위수이 선생이 또 머리를 흔들었다.

"그것도 부족해."

"그럼 이 겉옷 하나만 입고 추위에 떨어볼까?"

위수이 선생은 여전히 머리를 흔들었다.

"그것도 부족해."

뚜드랑은 그만 짜증이 났다.

"더 생각이 안 나. 당신이 알면 좀 말해줘."

위수이 선생이 말했다.

"그건 안 되지, 자기 일은 자기가 해야지. 우리 집은 분업이잖아, 당신이 돈을 벌고 내가 그 돈을 관리하는 것. 이건 머리를 써야 하는 일이란 말이야. 어휴! 당신 천천히 생각해봐, 난 자야겠어."

말하면서 위수이 선생은 기지개를 크게 켜더니 자기 방으로 자러 들어가 버렸다.

위수이 선생은 곧바로 잠이 든 것 같았다. 뚜드랑은 그가 코고는 소리를 들었다.

이어 위수이 선생이 잠꼬대를 하기 시작했다.

"난 만 살 되는 생일날에 케이크 10개를 먹을 거야……."

뚜드랑은 그 말에 웃었다.

"만 살 생일이라니, 하하, 잠꼬대가 틀림없구나."

계속해서 위수이 선생이 또 잠꼬대를 했다.

"사람들이 내 몸에 온통 상처가 난 것을 보면 불쌍하게 여길 거야……."

그 말에 뚜드랑은 귀가 번쩍 뜨였다.

"온 몸에 상처? 그렇지, 그렇지!"

뚜드랑은 저도 몰래 소리를 냈다.

위수이 선생은 몸을 한번 뒤척이더니 더는 잠꼬대를 하지 않았으며 코도 골지 않았다. 아마 더 깊이 잠든 것 같았다. 뚜드랑은 이렇게 생각했다.

"그래, 온몸을 상처투성이인 것처럼 꾸며야지. 온몸에 상처를 입은 사람이라면 누구나 다 불쌍히 여길 테니까. 모자가 몇 개든 상관없어……. 위수이 선생이 참 똑똑하기는 해, 꿈에 생각해낸 방법도 나보다 더 좋으니까 말야……."

밤을 새워 고민하느라 잠도 자지 못했기에 뚜드랑은 원래 졸렸으나 분장을 하고 구걸을 할 것을 생각하니 그만 정신이 번쩍 났다. 연극을 하는 것처럼 도전적이라 생각되었다. 그는 바삐 움직이기 시작했다. 먼저 머리에 붕대를 가득 감고 붕대에 빨간 약(머큐로크롬)을 뿌렸다. 한 곳에는 특별히 많이 뿌렸다. 그래야만 그의 머리에 구멍이 뚫린 것처럼 보일 테니까. 그런 다음 익은 국수발 몇 개를 가슴에 붙이고 국수발에도 빨간 약을 발랐다. 그러니 정말 흉터 같아 보였다. 마지막으로 다리에 붕대를 가득 감는 것을 잊지 않았다. 다리를 저는 척 하기가 제일 쉽기 때문이었다.

그 다음에는 뭘 할까?

"아, 맞다, 목소리를 분장해야지, 막 떨리고 높아졌다 낮아졌다 하는 목소리로 말이야……"

그리고 말도 떠듬거려야 한다. 그래서 막 숨이 끊어질 것처럼 보여야 한다. 뚜드랑은 영화에서 본 것을 떠올렸다.

일하는 것이 노는 것 같으면 얼마나 재미있을까? 지금 뚜드랑은 바로 그런 기분이었다.

뚜드랑은 집을 나섰다.

그는 길가에서 나뭇가지를 주어 지팡이로 삼고 절룩거렸는데 정말 그럴듯했다.

"내 연기가 장난이 아니네……"

뚜드랑은 속으로 이렇게 생각했다.

8
크게 성공하다

《위수이 선생 일기》

4월 27일

뚜드랑이 어찌 되었는지 계속 걱정된다. 정말 가보고 싶었지만 그 멍청이가 또 실패
하는 걸 보게 될까봐 두렵다. 어? 지금 내 눈꺼풀이 뛰기 시작한다. 그것도 왼쪽 눈
꺼풀이! 좋아진다는 느낌이 든다!

뚜드랑은 늘 가던 곳으로 갔다. 그곳은 담 모퉁이인데 세 발자국 떨어진 곳에
맨홀 뚜껑이 있었다. 다니는 사람이 많아서 맨홀 뚜껑의 무늬가 반짝반짝 빛
이 났다. 여덟 발자국 떨어진 곳에 가로등 하나가 있었는데 뚜드랑이 밤에 야
근하기에 딱 안성맞춤이었다. 불빛이 너무 밝지도 어둡지도 않아 지나다니는
사람들이 그가 어디에 있는지는 알 수 있지만 그의 얼굴은 똑똑히 볼 수 없었
다. 네 발자국 떨어진 곳에 쓰레기통이 하나 있었다. 뚜드랑이 맨홀 뚜껑에 달
라붙은 껌을 떼거나 과일껍질 같은 쓰레기를 주워 버리기 편리하였다.

가장 중요한 것은 이곳이 번화하면서도 조용한 곳이라는 점이다. 지나다니
는 사람이 많고 돈 많은 사람의 비례도 다른 곳보다 컸다. 뚜드랑이 기대고 있
는 담은 이 도시에서 가장 큰 은행 것이었다.

아무튼 직업 거지에게 이렇게 좋은 곳을 찾기란 쉬운 일이 아니었다. 뚜드랑
은 먼저 주변을 정답게 둘러보고 나서 일을 시작했다. 그는 모자를 거꾸로 땅
에 놓고는 떨리는 목소리로 말했다.

"뚜드랑을 불쌍히 여기시어 선심을 베풀어 주십시오……."

과연 목소리가 떨리고 떠듬떠듬 막 죽어가는 것 같았다.

"짤랑, 짤랑."

바로 동전 두 개가 모자 안으로 던져졌다. 보지 않고 소리만 들어도 그것이 10전짜리나 50전짜리가 아니라 1원짜리라는 것을 뚜드랑은 알 수 있었다.

뚜드랑은 계속 소리쳤다.

"뚜드랑을 불쌍히 여기시어 선심을 베풀어 주십시오……."

"짤랑, 짤랑, 짤랑, 짤랑짤랑짤랑……."

정말 기적이었다. 동전이 연이어 모자 안으로 떨어졌다. 가장 중요한 것은 동전 중에 10원짜리 동전이 있었다는 것이다. 뚜드랑은 그곳에 엎드려 사람들을 향해 "쾅쾅쾅" 절을 했다.

갑자기 뚜드랑의 눈앞이 캄캄해지더니 아무 것도 모르게 되었다. 그가 지나치게 흥분해 힘 조절을 제대로 못하면서 땅에 박는 바람에 그만 머리를 세게 박고 까무러쳤던 것이다.

그가 깨어나 보니 맘씨 착한 두 사람이 그를 들고 걷고 있었다. 그중 한 사람은 그의 두 다리를 들고 다른 한 사람은 어깨를 들고 있었다.

뚜드랑은 얼른 자기 모자를 찾았다.

"모자, 모자, 내 모자!"

그를 들고 있는 한 사람이 말했다.

"당신 머리에 쓰고 있잖아……."

뚜드랑이 급히 모자를 벗어보니 안에는 텅텅 아무 것도 없었다.

"돈, 내 모자 안의 돈이 어디 갔지?"

그를 들고 있던 두 사람이 웃었다.

"우린 모자안의 돈과 땅에 떨어진 돈을 다 주워서 당신 주머니에 넣어주었네."

뚜드랑이 손으로 만져보니 주머니가 두둑하고 무거웠는데 몽땅 절렁거리는 동전이었다. 물론 그중에 있는 10원짜리 한 잎도 만져졌다.

흥분과 갑자기 찾아온 편안함 때문에 그는 또 한 번 기절할 뻔 했다. 하지만 몸에 돈을 많이 지녔기 때문에 경각심이 생겨 정신을 똑바로 차렸다.

"당신들 왜 이래요?"

뚜드랑은 갑자기 성난 소리로 물었다.

"날 납치하는 거예요?"

그를 들고 있던 두 사람은 깜짝 놀라더니 곧바로 웃었다.

"무슨 소리인가! 우리는 당신을 들고 있는 것이지 납치하는 것이 아니네."

뚜드랑은 두 손으로 동전을 넣은 호주머니를 누르면서 경각심을 높였다.

"내게 돈이 없을 때는 왜 들어주지 않고, 지금은 돈이 있으니까 찾아와서 들어주고 있는 거지요. 도대체 어쩌자는 거지요?"

그 두 사람은 외계인을 만난 줄 알고 너무 이상해서 서로를 쳐다보았다. 그들은 뚜드랑에게 뭐라고 말해야 오해를 풀어줄 수 있는지를 몰랐다.

"우린 당신이 불편한 것 같아서 이렇게 들어주고 있는 거라네⋯⋯"

"아니, 당신들이 들 필요가 없어요. 나 혼자 걸어서 집으로 갈 수 있어요."

"무슨 소리인가?"

두 사람이 언짢아져서 말했다.

"누가 당신을 들어서 집으로 간다고 했는가? 당신이 뭔데?"

"그럼 나를 들고 어디로 가는 건가요?"

뚜드랑은 호주머니를 더욱 꼭 눌렀다.

"병원에 간다. 왜!"

그들은 화가 나서 소리를 질렀다.

"당신이 이렇게 다친 데다 쓰러지기까지 해서 우리가 당신을 살리려는 거야! 알겠어?"

'병원'이라는 말을 듣자 뚜드랑은 깜짝 놀랐다. 병원에 가면 몸의 상처가 몽땅 가짜라는 것이 들통 나고 말 것이 아닌가? 뚜드랑은 몸에다 기운을 쓰면서 발버둥을 쳤다.

"사람 살려요! 병원에 안 갈래요! 사람 살려요!"

뚜드랑은 큰 소리로 외쳤다. 갑자기 심하게 발버둥 쳤기 때문에 그를 들고 있던 두 사람이 그만 넘어지고 말았다.

그들은 온 몸에 상처가 난 사람이 이렇게 힘이 셀 줄을 몰랐다.

뚜드랑도 꼿꼿하게 땅에 떨어졌다. 그는 땅에 누워서도 소리쳤다.

"사람 살려요! 다들 저를 살려주세요!"

몇 사람이 달려와서 뚜드랑은 보는 척도 안하고 그를 들어주던 두 사람에게 물었다.

"어쩐 일이예요? 도움이 필요한가요? 저 사람이 정신병원으로 가지 않으려고 해요?"

그 두 사람은 일어나 화가 잔뜩 나서 말했다.

"저놈을 상관하지 맙시다. 이젠 저놈이 정신병원으로 가고 싶다 해도 들고 가지 않을 거예요. 갑시다!"

그 두 사람은 화가 나서 씩씩거리면서 갔다. 그들은 속으로 오늘 별난 놈을 다 봤다고 생각했다!

뚜드랑은 천천히 일어나 다른 사람의 기색을 살폈다. 그는 멀리서 누군가가 자기를 살펴보면서 손시늉으로 몰래 무슨 말을 하는 것을 보았다. 그가 머리를 숙이고 자기 가슴을 보니 흉터가 몇 개는 사라져 버렸다. 방금 크게 발버둥 칠 때 가슴에 흉터라고 붙인 국수발이 떨어져나갔던 것이다. 머리에 감은 붕대도 느슨해져서 한쪽 끝이 길게 내려왔으니 빨간 약을 가득 바른 이마가 곧 드러나게 될 판이었다.

"오늘은 야근을 못 하겠구나……"

뚜드랑이 생각했다. 그는 일부러 절룩거리면서 담 모퉁이로 와서 지팡이로 삼던 나뭇가지를 주었다. 그는 나무 지팡이를 짚고 집으로 돌아오기 전에 땅 위의 담배꽁초와 사탕종이를 주어 쓰레기통에 넣는 것을 잊지 않았다.

"근무환경의 청결을 유지하는 건 나의 습관이지."

뚜드랑은 속으로 이렇게 말하면서 매우 흡족해 하며 집으로 갔다.

가는 길에 호주머니 안의 동전이 계속 짤랑짤랑 소리를 내면서 그의 몸에 묵직하게 부딪혔다.

9
내일은 더 좋아질 것이다

《위수이 선생 일기》

4월 27일

이 계책이 큰 성공을 이루었다. 그가 그토록 우쭐대는 걸 보고 난 그 계책이 내가 알려준 것이라고 말하고 싶어졌다. 그러나 말하면 안 된다.

조심성은 나의 신조다. 며칠 지나면 벙어리저금통 안의 흑보석이 많아질 것이다. 참 잘 됐다!

그는 집 근처까지 와서 주위에 사람이 없다는 것을 확인하고 나서 지팡이를 버리고 나는 듯이 집으로 달려갔다.

"위수이 선생, 위수이 선생!"

뚜드랑은 소리치면서 집 문을 향해 달려갔다.

"성공했어, 성공했어……."

"위수이 선생……."

마지막 '생' 자를 말하기도 전에 '쾅'하는 소리가 들렸다.

문어귀까지 와서 막 손으로 문을 밀려는 순간, 그의 머리가 손보다 먼저 문에 닿았다. 머리가 문에 부딪히면서 문이 열렸다.

사실은 그의 다리에 흘러내려온 붕대에 걸려 넘어졌던 것이다.

머리가 문에 부딪힌 다음 관성에 의해 계속 넘어지면서 '쾅!' 소리를 냈다.

이번에는 머리가 테이블 모퉁이를 박았다.

뚜드랑의 이마가 부딪혀 구멍이 생겼다. 구멍이 크지는 않지만 피가 줄줄 흘러내렸다.

위수이 선생이 허둥지둥 달려와 급히 뚜드랑을 돌보려 했다.

뚜드랑이 손을 저었다.

"괜찮아 괜찮아, 머리만 남아있으면 돼!"

위수이 선생이 상처를 살펴볼 때도 뚜드랑은 이렇게 말했다.

"괜찮을 테니까? 속담에 '내 머리가 있는 한, 땔감 걱정은 하지 않는다'고 했어"(중국 속담에 "푸른 산이 있는 한, 땔감 걱정은 하지 않는다[留得靑山在, 不怕没柴烧]는 말이 있는데 뚜드랑은 '푸른 산'을 '내 머리'라고 말한 것임.)

"그래?"

위수이 선생은 교활하게 웃으면서 상처를 싸매려고 했다.

"싸매지 마, 싸매지 마, 몸에 생채기가 나지 않은 곳도 다 싸맸는데, 어쩌다 난 생채기인데 뭘, 싸매지 안 아도 돼."

뚜드랑이 말했다.

"그래도 피는 닦아야지 않겠어?"

위수이 선생이 피를 닦으려 하자 뚜드랑이 당부했다.

"피를 닦았던 붕대를 버리지 마, 이건 진짜 피야, 빨간 약보다 더 진짜 같지."

이어 뚜드랑은 흥분해서 오늘 하루 겪은 일들을 이야기했다.

"……사람들이 나한테 몰려와 앞 다투어 모자 안에다 돈을 던져 넣었어……. 돈만 준 것이 아니라 다른 방법으로 나에 대한 동정을 표하기도 했지……. 어떤 사람은 내게 100원짜리를 주고 싶었지만 마침 가지고 있지 않아 미안해하며 10원짜리를 주었어……. 물론 돈을 주지 않고 가버린 사람도 있었지만, 아마 그 사람은 나에게 줄 생화를 사러 갔을 거야……."

뚜드랑은 청산유수같이 이야기했다.

"듣고 보니 영웅 같구나……."

위수이 선생이 말했다.

"천만에 천만에. 후에 두 사람이 자발적으로 와서 나를 들어주었어. 나는 매우 기민하게 단번에 그들을 차 넘어뜨렸지. 내가 그들에게 들려가서는 안 되지, 내 몸에 거금이 있었거든. 그래서 나는 날 들지 않아도 된다고 하면서 혼자서 집으로 가겠다고 했어. 돌아오면서 보니 많은 사람들이 멀리서 나를 복잡한 표정으로 지켜보고 있더군……."

"듣고 보니 더 영웅 같구나……."

위수이 선생이 말했다. 위수이 선생은 머리를 흔들면서 미소를 지을 뿐 이번에는 '천만에'라는 말은 하지 않았다.

"돈 버는 방법을 생각해내기란 어렵기도 하고 쉽기도 해, 네가 어떻게 하는가에 달렸어……."

뚜드랑이 오늘 일을 정리했다.

"그래?"

위수이 선생은 뚜드랑을 보면서 교활하게 웃었다.

"내가 평소에 너무 머리를 쓰지 않았어……."

뚜드랑은 계속 이야기하려 했다.

"그만 좀 하지?"

위수이 선생이 말했다.

"돈이나 내놔!"

그제야 뚜드랑은 매일 돌아오면 돈을 몽땅 위수이 선생에게 바쳐야 한다는 사실이 생각났다. 위수이 선생이 장부 관리를 맡았으니까. 뭘 사고 뭘 사지 말아야 할 지 다 위수이 선생이 결정했다. 뚜드랑은 주머니 안에 든 모든 동전과 지폐 한 장을 책상 위에 와르르 몽땅 쏟았다. 이 시각, 뚜드랑은 큰 성취감을 느꼈다.

"먼저 이만큼 줄게, 아직 더 있어!"

뚜드랑이 말했다.

"어때? 오늘은 고기만두를 샀어?"

"어머, 깜박했네."

위수이 선생은 돈을 세면서 말했다.

"좀 있다 나가 사올게."

"그래, 좀 뜨거운 걸로 사."

뚜드랑이 말했다.

"오늘은 고기만두를 다섯 개 먹을 수 있을 것 같아."

"뭐라고? 다섯 개?"

위수이 선생이 펄쩍 뛰었다.

"어림도 없어, 이전처럼 두 개야."

"하지만 오늘 이렇게 많이 벌었잖아 ……."

뚜드랑이 깜짝 놀랐다.

"이건 너에게 고기만두를 살 돈이 아니라 흑보석을 살 돈이야!"

위수이 선생이 화를 내며 말했다.

"이 돈에 이전에 모은 것을 합쳐도 흑보석을 살 수 있을지 말지인데 고기만두를 다섯 개나 먹겠다니."

"알았어, 두 개만 먹을 게, 어휴 잔소리……."

뚜드랑이 한 마디 중얼거렸다.

위수이 선생이 돈을 다 셌다.

"나 은행 갔다 올게. 올 때 고기만두도 사오고……."

위수이 선생이 말하고 나서 집을 나섰다. 이 때 뚜드랑은 이마가 몹시 아팠다. 상처가 쿡쿡 찌르는 것처럼 아팠으며 집안이 빙글빙글 돌았다. 그는 침대에 쓰러지고 말았다. 잠이 든 것인지 또 정신을 잃은 것인지 알 수 없었다.

그가 다시 눈을 떠보니 위수이 선생이 그를 흔들어 깨우고 있었다.

"정신 차려, 이것 봐, 내 손에 뭐가 있나?"

위수이 선생의 손에는 까맣고 반짝반짝 빛나는 것이 있었다.

"이게 흑보석인가?"

뚜드랑이 물었다.

"맞아! 이게 바로 흑보석이야! 우리가 끝내 사냈어!"

위수이 선생이 기뻐하며 말했다.

"네가 사낸 것이지, 우리가 아니고……."

사실 그렇게 많은 돈으로 흑보석을 산 것에 대해 뚜드랑은 불만이었다.

위수이 선생은 뚜드랑의 말에 대답하지 않고 그 신비한 벙어리저금통을 가져와 뚜드랑의 앞에 놓았다. 그리고는 흑보석을 그에게 주었다.

"자, 위대한 시각이 왔다. 당신이 흑보석을 넣어봐."

위수이 선생이 정중하게 말했다.

뚜드랑은 흑보석을 받아서 벙어리저금통의 구멍에 밀어 넣었다.

"딸까닥."

흑보석은 안에 떨어지면서 작고 맑은 소리를 냈다.

"우리는 꿈을 향해 또 앞으로 한 걸음 나갔어. 뚜드랑, 우리 내일은 더 좋아질 거야!"

위수이선은 격정에 넘쳐 말했다.

뚜드랑이 물었다.

"흑보석을 얼마나 많이 넣어야 내가 하루 종일 변신할 수 있는 거지?"

"이 벙어리저금통은 특별한 의미가 있는 게 틀림없어."

위수이 선생이 말했다.

"우리가 이것을 꽉 채우는 날이 바로 네가 새로 탄생하는 날일 거야!"

"오, 알았어."

뚜드랑은 무덤덤하게 대답했다.

"고기만두나 이리 줘, 좀 있으면 식겠어."

뚜드랑은 고기만두를 먹으면서 생각했다.

"하느님 맙소사, 흑보석으로 그것을 꽉 채워야 한다니, 어느 세월에?"

뚜드랑은 갑자기 너무 힘들어졌다.

그리고 오늘의 고기만두가 아무 맛도 없었다.

10
"빨간 신"의 아침밥

《위수이 선생 일기》

5월 4일

일주일이 지났다. 뚜드랑이 가져오는 돈이 하루하루 적어졌다. 나는 당연히 원인을 알고 있었지만 그것을 까밝히지는 않겠다. 그는 한번 철저한 실패를 겪어봐야 한다. 어떠한 목적이든 달성하려면 쉬운 일이 아니라는 것을 알게 해야겠다.

"뚜드랑을 불쌍히 여기시어 선심을 베풀어 주십시오······."

뚜드랑은 여전히 며칠 전처럼 소리쳤다. 목소리는 여전히 떨리고 떠듬거렸다. 그러나 사람들은 듣고도 급히 지나갈 뿐이었으며 어떤 때는 쳐다보지도 않았다. 동전이 모자 안에 떨어지는 아름다운 소리가 점점 적어졌다.

뚜드랑은 매우 이상하게 생각했다. 왜 사람들의 동정심이 사라져버렸을까? 멀지 않은 곳에서 두 남자아이가 그를 가리키면서 뭐라고 하며 키득거렸다. 뚜드랑은 그들이 눈에 익었다. 처음 보는 애들이 아니었기 때문이었다. 뚜드랑은 그들을 향해 손을 저으면서 우호적으로 웃었다.

"꼬맹이, 이리 와."

그 두 남자아이는 서로 쳐다보더니 걸어왔다.

"꼬맹이, 너희들 방금 내 얘기 했어?"

뚜드랑이 물었다.

"네."

그중 한 남자아이가 말했다.

"아저씨께 알려드리고 싶은 게 있었는데······"

"그런데 아저씨가 기분 나빠할까 봐 말 안 했어요."

다른 아이가 말했다.

"그러니? 어서 말해봐, 난 괜찮으니까······."

뚜드랑은 가능한 한 부드러운 목소리로 말했다.

"우린 아저씨가 영화배우인 줄 알았어요······"

한 남자아이가 말했다.

"그런데 아저씨를 찍는 카메라가 보이지 않았어요."

다른 남자아이가 말을 이었다.

뚜드랑은 그 말을 듣고 매우 기뻐했다.

"하하, 너희들은 내가 어디가 영화배우 같았어? 내가 특별하게 생겼어? 너희들이 내게 말해주려던 것이 이거였어?"

한 남자아이가 말했다.

"아니에요, 오늘 붕대를 잘 못 동였다고 말하고 싶었어요."

"잘못 동였다고?"

뚜드랑은 어리둥절해졌다.

"그게 무슨 말이니?"

"빨간약을 바른 이 붕대는 어제 저쪽 다리에 동여맸던 거예요."

다른 남자아이가 말을 이었다.

"그리고 가슴의 흉터도 잘못 붙였어요. 어제 흉터가 좀 더 길었어요. 그리고 어제는 세 갈래였는데, 오늘은 두 갈래 뿐이에요."

뚜드랑은 그 자리에 굳어져버렸다. 두 아이는 할 말을 다 하고는 깔깔 거리며 뛰어갔다.

"망했다, 망했어, 어린아이들까지 다 알아차렸으니……."

뚜드랑은 하늘이 빙빙 돌고 머릿속이 하얘지는 것 같았다. 바로 이 때, '빨간 신'이 다시 그의 앞에 나타났다. 뚜드랑이 머리를 쳐들어 보니 '빨간 신'이 말없이 서서 그를 보고 있었다.

"빨…… '빨간 신', 난……."

뚜드랑은 무슨 말을 했으면 좋을지 몰랐다.

'빨간 신'은 눈물을 흘리고 있었다.

"빨…… '빨간 신', 난……."

뚜드랑은 무슨 말을 했으면 좋을지 더 이상은 몰랐다. 이 모든 것을 어떻게 '빨간 신'에게 해석해 준단 말인가? 내가 돈을 더 벌겠다고 다친 척 했다고 어찌 말할 수 있단 말인가?

"뚜드랑,"

'빨간 신'이 겨우 말을 꺼냈다.

"아저씨, 아저씨가……."

"내가 뭐?"

"아저씨가 어쩌다 이리 많이 다쳤어요?"

'빨간 신'은 겨우 이 말을 마치고는 참지 못하고 엉엉 울었다. 뚜드랑은 깜짝 놀랐다. 얘가 내 몸의 상처가 몽땅 가짜라는 것을 모르는구나. 누구나 다 가짜라는 것을 알아차렸지만 '빨간 신'은 몰랐던 것이다. 아무도 그를 믿지 않을 때 '빨간 신'만이 그를 믿어주었던 것이다.

"난, 난……."

뚜드랑은 지금 이 사실을 '빨간 신'에게 알려주는 게 좋을지를 생각했다. '빨간 신'은 모자 앞으로 가서 꼭 쥐고 있던 손을 폈다. 반짝반짝 빛나는 동전 두 개가 모자 안으로 떨어지면서 "짤랑 짤랑" 소리를 냈다.

뚜드랑은 그것이 1원짜리 두 개라는 것을 알아차렸다.

"'빨간 신'아 돈은 왜 주는 거야?"

뚜드랑은 당황했다.

"뚜드랑, 다친 데가 많이 아프세요?"

빨간 신은 뚜드랑의 물음에 대답하지 않았다.

"피를 그리 많이 흘렸으면 집에 누워 있어야 되는 것 아니에요? 하지만 아저 씨가 집에 누워있으면 사람들이 돈을 주지 않으니 여기에 이러고 있는 게 아니 에요?"

말하면서 '빨간 신'이 또 울었다.

"난 괜찮아, '빨간 신'아!"

뚜드랑이 '빨간 신'을 위로했다.

"이 뚜드랑은 천한 팔자라 안 아파, 하나도 안 아파, 이봐—"

뚜드랑은 가짜 상처를 두드렸다.

"아?"

'빨간 신'은 깜짝 놀랐으나 뚜드랑이 정말 안 아파하는 것을 보고 마음을 놓 았다.

"뚜드랑은 정말 용감해요!"

"아냐, 아니야……."

뚜드랑은 모자 안의 동전 두 개를 꺼내 '빨간 신'에게 돌려주었다.

"이 돈은 도로 가져가거라, 나 돈 있어."

"아니에요, 이건 내 돈이에요, 아저씨 줄게요."

'빨간 신'의 표정은 아주 확고했다.

"그럼 내 받을게."

뚜드랑은 돈을 호주머니에 집어넣었다.

"이 뚜드랑이 결코 안 잊을게."

뚜드랑은 빨간 신의 얼굴이 창백해진 것을 발견했다.

"너 어디 아파? '빨간 신' 아?"

뚜드랑이 물었다.

"말 안 할래요."

빨간 신은 몸을 돌렸다.

"이젠 갈게요, 안녕."

"안녕."

뚜드랑은 '빨간 신'이 앞으로 가는 것을 지켜보았다. '빨간 신'이 얼마 못 갔는데 할머니 한 분이 급히 쫓아와 '빨간 신'을 잡았다. 뚜드랑은 마침 그들이 말하는 소리를 들었다.

"너 어디 갔댔어? 걱정했잖아."

할머니가 말했다.

"아침밥은 먹었어?"

'빨간 신'은 머리를 끄덕이었다.

"네, 외할머니."

"돈 2원을 아침 먹는데 다 썼어?"

할머니가 물었다.

'빨간 신'이 또 머리를 끄덕이며 말했다.

"네, 외할머니."

"그럼 됐어, 너 안색이 너무 안 좋구나."

외할머니는 '빨간 신'의 손을 끌었다.

"어서 집으로 가서 쉬자꾸나!"

'빨간 신'은 몇 발자국을 걷다가 몰래 머리를 돌려 뚜드랑에게 익살맞은 표정을 짓고 또 손을 흔들었는데 "안녕"이라고 말하는 것 같았다. 뚜드랑은 그 자리에 굳어져 있었다.

오늘 아침 그는 두 번째로 그 곳에 굳어져버려 아무 말도 못했다. 처음에는 가짜 상처가 애들한테 들켰을 때였고, 두 번째는 지금이었다. 그는 '빨간 신'이 자기에게 준 것이 아침밥 값이라는 것을 그제야 알았다. 그리고 그 아이의 안색이 창백한 것을 보아 무슨 병이라도 있는 것 같았다.

"난 정말 몹쓸 놈이야!"

한참을 멍하니 있다가 뚜드랑은 자기를 호되게 후려쳤다. 뚜드랑은 눈앞이 캄캄해지고 뭔가 번쩍거리더니 너무 아파 정신을 잃었다. 이번에 그는 이마를 때렸는데 그 곳에는 책상에 부딪쳐 생긴 진짜 상처가 있었던 것이다.

11
도둑맞은 맨홀 뚜껑

《위수이 선생 일기》

5월 6일

오늘 뚜드랑에게 밥을 가져다주었다. 뚜드랑은 참 재수 없다. 맨홀 뚜껑이 도둑맞았는데 그는 그것을 부담스럽게 생각한다. 그 길이 그의 것도 아닌데……. 그러나 뚜드랑은 때로는 어수룩하고 멍청해서 귀엽다.

날이 거의 어두워질 무렵, 위수이 선생은 때에 맞춰 거리에 나가 고기만두 네 개를 샀다. 위수이 선생은 고기만두를 보온병에 넣었다. 이렇게 하면 30분을 놔두어도 고기만두가 뜨끈뜨끈한 채로 있었다.

위수이 선생이 자기 몫을 먼저 먹을 때도 있었으나 오늘은 먹지 않았다.

"뚜드랑이 돌아오면 같이 먹어야지."

위수이 선생이 생각했다.

그는 집에 돌아가면 뚜드랑이 와있을 것이라고 생각했다.

위수이 선생은 금시계를 들여다보았다. 시계가 또 섰다. 오후 5시 30분에 서 있었다. 그러니까 지금은 오후 5시 30분이 지난 시간이었다.

위수이 선생이 집에서 30분간을 기다렸으나 뚜드랑은 돌아오지 않았다. 또 30분 기다렸으나 뚜드랑은 여전히 돌아오지 않았다.

"오늘 뚜드랑이 야근을 하는가?"

위수이 선생은 생각했다.

"가봐야겠는 걸. 뚜드랑이 야근을 한다면 내가 밥을 가져다줘야지."

그는 보온병을 들고 뚜드랑을 보러 갔다.

바깥은 어두워져 있었다.

"내 손목시계가 선지 오래됐나봐, 어두운 걸 보니 밤 9시는 된 모양인데……."

위수이 선생은 그런 생각을 하면서 걸음을 다그쳤다. 뚜드랑이 일하는 곳에 도착한 위수이 선생은 깜짝 놀랐다. 첫째, 뚜드랑은 원래 그 담 모퉁이에 앉아 있지 않고 앞으로 세 발자국이나 옮겨져 있었다. 둘째, 뚜드랑 앞에는 모자가 보이지 않았다. 그는

"뚜드랑을 불쌍히 여기시어 선심을 베풀어 주십시오"라고 외치는 것이 아니라 "조심하세요! 떨어지지 않게 조심하세요!"라고 외치고 있었다. 셋째, 그의 몸에 감겼던 모든 피 묻은 붕대와 가짜 상처가 보이지 않았다.

아무튼 그의 모습이 야근을 하는 것이 아니라 규찰을 서는 것 같았다.

"이봐, 뚜드랑!"

위수이 선생이 씩씩거리며 뚜드랑의 앞에 섰다.

뚜드랑은 위수이 선생을 보더니 미안한 표정으로 웃었다.

"방금 내가 자신을 때려 정신을 잃었었어. 깨어나 보니 이런 사건이 일어난 거야……."

뚜드랑은 손가락으로 앞의 땅을 가리켰다.

땅에는 커다랗고 시커멓고 깊은 구멍이 둥그렇게 나 있었다.

"맨홀 뚜껑을 도둑 맞았어."

뚜드랑이 말했다.

"이봐, 맨홀 뚜껑을 잃어버린 것이 당신하고 무슨 상관이야?"

"상관이 있지, 내가 지키고 있지 않으면 누군가 빠질 테니까 말야."

뚜드랑이 말했다.

"여기는 내 근무지이니 내가 상관하지 않으면 누가 상관하겠어?"

"……."

위수이 선생은 말없이 고기만두 하나를 꺼내고는 보온병을 넘겨주었다.

"먹어, 원래대로 두 개만 먹어, 어서."

뚜드랑은 너무 배가 고파서 입이 미어지게 먹다가 그만 목이 멨다.

"당신 계속 여기서 지키고 있을 거야? 잠도 안자고?"

위수이 선생이 물었다.

"아니, 나 방법을 생각해냈어."

뚜드랑은 주위를 둘러보더니 신비하게 다가와 위수이 선생의 귀에 속닥거렸다.

"밤이 깊어져 아무도 여기를 지나지 않을 때 다른 곳에 가서 맨홀 뚜껑 하나를 가져올 거야……."

"가져온다고?"

위수이 선생이 말했다.

"당신 말은 다른 곳에 가서 하나 훔쳐다가 여기에 덮는다는 거지?"

"……맞아,"

뚜드랑은 계면쩍게 웃었다.

"좀 이기적이지만, 어쩔 수 없잖아……."

뚜드랑은 보온병을 위수이 선생에게 넘겨주었다. 규칙을 잘 준수하는 뚜드랑은 고기만두 하나를 그대로 남겨두고 먹지 않았다.

"어휴, 나도 잘 모르겠다,"

위수이 선생이 가려고 일어섰다.

"당신 혼자 조심해."

"걱정 마, 나 혼자 잘 처리할게."

뚜드랑은 위수이 선생의 뒷모습에 대고 말했다.

멀리 갔던 위수이 선생이 다시 돌아와 보온병을 뚜드랑에게 넘겨주었다.

"이것도 먹어."

위수이 선생이 말했다.

"야식은 내가 따로 살게. 당신이 돌아온다면."

뚜드랑은 기뻐 어쩔 줄 모르며 받자마자 먹었다. 또 하마터면 목이 멜 뻔 했다. 뚜드랑은 고기만두 세 개가 더 있어도 어렵지 않게 먹어치울 수 있었을 것이다.

위수이 선생은 갔다.

멀리까지 가서 돌아보니 뚜드랑은 여전히 거기서 손짓몸짓하면서 오고가는 행인들에게 말을 하고 있었다.

"아마 뚜드랑은 '조심하세요, 빠지지 않게 조심하세요.'라고 말하고 있을 거야."

위수이 선생이 생각했다. 빈 보온병을 든 그는 아까보다 마음이 좀 놓였다.

"다음부터는 고기만두를 하나씩 더 사야겠군……"

위수이 선생이 생각했다.

12

상금보다 맨홀 뚜껑

《위수이 선생 일기》

5월 8일

세상에 이런 사람이 어디 있단 말인가? 상금을 주니 싫다며 맨홀 뚜껑을 달라고 하는데, 그 사람이 바로 뚜드랑이다. 이 뚜드랑에 대해 나는 다시 생각하고 있다…….

 행인이 점점 드물어졌다.

 때는 밤 11시쯤. 뚜드랑은 똑같은 맨홀 뚜껑을 훔쳐오는 계획을 실행하기 시작했다.

 자리를 뜨기 전에 뚜껑이 없는 맨홀이 마음에 걸렸다.

 "그럼 이렇게 하자, 모자를 여기에 놓아두자. 여기를 지나던 사람들이 땅에 모자가 있는 것을 보면 주의를 돌려 한 번 보겠지, 그럼 뚜껑 없는 맨홀이 보일 거야……. 내 모자를 가져갈 사람은 없겠지……."

 뚜드랑은 이렇게 생각하면서 모자를 벗어 맨홀 곁에 놓았다.

 몇 걸음 갔다가 머리를 돌려 보더니 마음이 놓이지 않는지 다시 돌아와 모자를 몇 번 밟아 구겨버렸다.

 "이렇게 해놓으면 내 모자를 주어가지 않겠지."

 뚜드랑이 자기에게 말했다.

 "이건 내 밥줄이란 말이야."

 그는 나일론 끈을 꺼내 맨홀 뚜껑을 쟀다.

"좀 있다가 뚜껑을 훔쳐올 때 사이즈가 같지 않으면 안 되지."

뚜드랑은 자기에게 말했다. 뚜드랑은 손에 나일론 끈을 쥐고 두리번거리며 걸었다. 속으로는 매우 긴장해 있었다. 그는 맨홀 뚜껑을 볼 때마다 다가가 나일론 끈으로 재면서 사이즈가 같은지를 재보았다.

그는 많은 맨홀 뚜껑을 보았으나 모두가 마음에 들지 않았다.

어떤 것은 사이즈가 맞지 않았고, 어떤 것은 좀 얇았다. 도둑맞은 것은 두껍고 무거운 특제 모델이었던 것이다. 어떤 것은 사이즈는 같았으나 너무 더럽고 녹이 쓸었다. 너무 낡은 것도 있었다. 관건은 잃어버린 맨홀 뚜껑처럼 위에 박힌 꽃무늬마저 반짝반짝 빛나는 것이 없었다.

뚜드랑이 맨홀 뚜껑을 하나하나 들여다보고 있을 때 어떤 한 사람이 그를 지켜보고 있었다. 그 사람은 멀지도 가깝지도 않은 곳에서 그를 따라왔다.

뚜드랑은 전혀 눈치 채지 못하고 있었다. 뚜드랑이 또 하나의 맨홀 뚜껑을 보면서 몸을 구부렸을 때 그 사람이 다가와 어깨를 쳤다. 뚜드랑은 깜짝 놀라서 하마터면 넘어질 뻔 했다. 그는 경찰이 온줄 알았다. 그 사람은 경찰이 아니었고 입은 옷도 뚜드랑보다 별로 낫지 않았다.

"저기, 당신도 이런 일을 하는가?"

그 사람이 묘한 표정을 지었다.

"내, 내가 뭘 하는 사람이라고?"

뚜드랑은 그 사람의 말뜻을 알아차리지 못했다. 그 사람은 또 뚜드랑의 어깨를 치고 나서 말했다.

"당신을 오래 따라다녔어, 척 보고 알았어, 당신도 이런 일을 하는 사람이지?"

그 사람은 말하면서 손으로 맨홀 뚜껑을 가리켰다.

"어떤 일? 난…… 그래도 모르겠는데……."

뚜드랑이 말했다.

"모르는 척 하기는, 당신을 오래 따라다녔어."

그 사람이 말했다.

"굳이 말하라고 한다면, 당신은 맨홀 뚜껑을 팔아 돈벌이하는 사람이 아닌가? 나도 똑같은 일을 하는 사람이야!"

"어?"

뚜드랑은 갑자기 두려움이 공습했다.

알고 보니 내가 있는 곳의 맨홀 뚜껑을 이자가 훔쳐갔구나!

"나 지금 일손이 모자라는데……"

그 사람이 다가와 말했다.

"내일 밤, 우리가 큰 거 하나 해먹으려 하는데, 함께 해보는 게 어때?"

"응? 어……오……."

뚜드랑은 어정쩡하니 확실하지 않은 소리를 냈다.

"내일 밤, 바로 이 시간에 여기에서 모이세, 때가 되면 아는 친구들을 다 불러 온 시내의 맨홀 뚜껑을 다 훔칠 거야!"

"아……어……오……."

"그래, 내일 밤이야. 꼭 와야 돼."

그 사람은 말을 마치고 빠른 걸음으로 어둠 속으로 사라져버렸다. 뚜드랑은 멍청하니 그 곳에 서있었다. 심장이 마구 빨리 뛰었다. 이어 뚜드랑도 빠른 걸음으로 그 곳을 떠났다. 그는 어둠 속에 사라진 것이 아니라 밝은 붉은 등이 켜져 있는 경찰 당직실로 갔다.

그는 방금 일어났던 일을 전부 경찰에게 알렸다.

이튿날 일어난 일은 상상할 수 있을 것이다.

보이지 않는 그물이 조용히 펼쳐져 있었다. 많은 경찰들이 사복을 입고 각양각색의 사람들로 분장을 한 채 여러 곳에 흩어져 있었다. 정확하게 말하면 맨홀 뚜껑이 있는 곳마다 찾아가 멀지 않은 곳에서 지키고 있었다.

뚜드랑은 어제 그 사람을 만났던 곳에 서 있었다. 맨홀 뚜껑을 훔치려는 무리가 놀라지 않게 하려면 반드시 그 곳에 서 있어야 했다.

"너무 무서워, 너무 긴장돼, 심장이 너무 빨리 뛰는 구나……."

뚜드랑은 다리가 막 떨렸다. 트럭 하나가 달려와 뚜드랑의 곁에 멈춰 섰다. 어제 만났던 그 사람이 트럭에서 뛰어내려 뚜드랑의 어깨를 치며 말했다.

"잘했어, 왔네 그려. 일이 성사되면 당신 몫도 챙겨줄게."

이어 그 사람이 차를 탄 모든 사람들에게 말했다.

"한 곳에 한 명씩 내려놓을 테니 다들 서둘러야 해!"

뚜드랑은 너무 무서웠다. 그는 이들이 트럭까지 몰고 와 맨홀 뚜껑을 훔칠 줄은 생각도 못했다.

"경찰님들, 당신들 나 잘 지켜 줘야 해요, 너무 무서워요……."

뚜드랑은 속으로 이렇게 말했다. 트럭이 어둠 속에 사라졌다. 한동안 달리다가 한 사람씩 내려놓곤 했다.

"이봐 친구, 어서 도와줘, 나 혼자 못 따겠어."

그 사람이 말했다. 그 사람이 지렛대로 맨홀 뚜껑을 뜯어 올리려 할 때 뚜드랑은 갑자기 두 손을 들고 높이 소리쳤다.

"사람 살려요, 내 배가 감기 걸렸어요!"

이건 경찰과 약속한 것이었다. 뚜드랑이 후에 그 사람의 보복을 당하지 않도록 보호하기 위해서였다. 외침 소리에 경찰이 달려와 범행을 저지르고 있는 그 사람을 단번에 붙잡았다. 다른 맨홀 뚜껑 주변의 상황도 이와 비슷했다. 다른 곳에서도 도둑이 맨홀 뚜껑을 따다가 출동한 경찰에 잡혔다. 유독 다른 것은 다른 곳은 "사람 살려요, 나의 배가 감기에 걸렸어요."라고 말하는 소리가 없어 경찰이 정확한 시간에 달려가는데 조금 어려움을 겪은 것이었다.

이 사건이 해결되자 경찰국장은 너무 기뻐 코에서 연신 땀을 흘렸다. 사건을 해결하기 전에 그는 맨홀 뚜껑이 없어졌다는 보고를 많이 받았던 것이다. 심지어 노인이나 어린 아이가 맨홀 안에 떨어져 다쳤다는 보고를 받기도 했다.

"이전엔 경찰국이 맨홀 뚜껑을 보내는 발송역이 될 뻔 했지……."

경찰국장이 말했다.

"이제 됐어."

이 때 경찰국장은 그의 앞에서 불안하게 손을 비비고 있는 뚜드랑을 발견했다.

"그렇지, 규정에 따라 중대한 정보를 제공한 사람에게는 장려금을 줘야지."

경찰국장은 이렇게 말하면서 책 하나를 펼치고 장려의 기준이 무엇인지를 찾았다.

"이게 어디 있더라 …… 오라, 찾았군 찾았어,"

경찰국장이 말했다.

"규정에 따르면 당신은 2천원의 상금을 탈 수 있습니다. 축하합니다, 뚜드랑…… 선생."

경찰국장은 잠시 망설이더니 끝내 뚜드랑의 이름 뒤에 '선생'이라는 두 글자를 붙였다.

"저는 상금이 싫습니다."

뚜드랑이 말했다.

"뭐가 싫다구요?"

경찰국장은 자기가 잘못 들은 줄 알았다.

"저는 상금이 싫습니다."

뚜드랑이 다시 한 번 말했다.

"다른 것으로 바꾸면 안 될까요?"

"뭘로 바꾸렵니까?"

"저는 맨홀 뚜껑이 하나 필요합니다."

뚜드랑이 말했다.

"아? 또 맨홀 뚜껑이야!"

경찰국장의 코에서 또 땀이 흐르기 시작했다. 그러나 이번에는 기뻐서 그런 것이 아니었다.

"맨홀 뚜껑이 떡도 아니고, 그걸 해서 뭘 합니까?"

경찰국장은 전혀 이해할 수가 없었다.

"제가 아는 곳에 뚜껑이 없어서 그걸 덮으려고 그럽니다."

경찰국장은 그제야 뚜드랑의 뜻을 알아차리고 즉시 경찰 한 명을 불러 뚜드랑을 데리고 창고에 가서 맨홀 뚜껑 하나를 내주라고 했다. 뚜드랑은 창고 안을 이리저리 뒤지면서 오랫동안 골랐다. 그를 데리고 갔던 경찰은 매우 귀찮아했다. 마침내 뚜드랑은 매우 좋은 맨홀 뚜껑 하나를 골랐다.

꽃무늬가 분명하고 끊어진 곳이 없었으며 표면이 완전하고 울퉁불퉁한 곳이 없었다.

"꽃무늬가 빛나지 않지만 내가 잘 닦아주면 차차 빛이 날 거야."

뚜드랑은 만족스레 생각했다.

"아무튼 이건 비교적 완벽한 맨홀 뚜껑이야……."

13

또 보름날 밤

《위수이 선생 일기》

5월 21일

요즘 뚜드랑은 불안한 모습이다. 물어봐도 말을 안  한다. 오늘 또 보름날이다. 한 달 사이에 많은 일들이 일어났고 흑보석도 몇 개 많아졌다. 나는 기적이 일어나기를 바란다. 뚜드랑의 변신 시간이 길어져라, 길어져라…….

이튿날, 이 도시의 가장 큰 일간지에 뉴스 한 편이 실렸는데 거기에는 경찰국장의 인터뷰가 다섯 단락 적혀 있었다. 경찰국장은 매우 겸손하게 자기는 맨홀뚜껑 도난사건 전반에 대한 검거계획을 주도면밀하게 짰을 뿐 주요 공로는 모두 경찰들에게 있다고 말했다. 이어 여섯 번째 단락에 경찰들이 어떻게 용감하고 슬기롭게 출동했는지도 적혀 있었다. 그중에 이런 한 마디가 있었다.

"그날 밤, 한 시민이 경찰국의 이번 행동에 적극 협조하였기 때문에 맨홀 뚜껑 절도집단을 일거에 체포할 수 있었다……"

뚜드랑은 신문을 보고 몹시 감동되었다.

"봤지? 봤지? '시민이 적극적으로 협조를 하였기 때문에……' 그 '시민'이 바로 나야. 내 이름을 쓰지는 않았지만 그게 나란 말이야!"

뚜드랑이 위수이 선생에게 말했다.

"또 여기 봐, '일거에 검거했다', 나를 두고 하는 말이야."

"그럴 리가……"

위수이 선생이 말했다.

"그것이 어떻게 당신을 두고 하는 말이지?"

"그 때 내가 손을 들고 이렇게 외쳤어. '사람 살려요, 내 배가 감기에 걸렸어요!' 그래서 절도 집단을 검거할 수 있었던 거야. 그래서 이 문장은 일거('일거'라고 하는 '一擧'는 '(손을) 들다'라는 뜻으로 사용되기도 함) 라고 강조를 한 거야……"

"하지만 그게 당신이라는 걸 누가 증명할 수 있어? 당신은 상금도 못 탔잖아."

위수이 선생이 빈정거렸다.

"그건……"

뚜드랑은 삽시에 김빠진 공이 되어버렸다.

"아무튼 난 그것이 나라는 걸 알아, 그게 제일 중요한 것이지……"

며칠이 지났다.

거의 매일, 오고가는 행인이 드물 때면 뚜드랑은 걸레를 꺼내들고 맨홀 뚜껑을 세심하게 닦았다. 그는 뚜껑을 닫으면서 시름에 잠겼다.

최근 뚜드랑에게 걱정거리가 생겼다.

뚜드랑의 걱정거리란 '빨간 신'이 보고 싶어진 것이다. 왜 '빨간 신'이 이토록 보고 싶어지는 걸까? 뚜드랑은 '빨간 신'에게 두 가지를 알려주고 싶었다. 한 가지는 자기가 이전에 나쁜 짓을 했다는 것이었다. 예를 들면, 다친 척 하며 사람들의 동정심을 산 것이다, 다른 한 가지는 자기가 후에 좋은 일도 하나 했다는 것이다. 예를 들면 그의 제보로 '일거'에 맨홀뚜껑 절도집단을 체포할 수 있었다는 것이다.

'빨간 신'은 자기 아침밥을 살 돈 2원을 뚜드랑에게 준 이후로 다시는 나타나지 않았다. 뚜드랑은 '빨간 신'과 마지막으로 만났을 때 그 아이의 안색이 창백했던 것이 그냥 마음에 걸렸다.

"혹시 얘가 병에 걸린 건 아닐까?"

뚜드랑은 늘 이렇게 생각하며 안절부절 못했다. 뚜드랑이 안절부절 못하는 데는 또 다른 이유가 있었다. 그것은 오늘이 또 보름날 밤이기 때문이었다.

"오늘 밤에 내가 또 변신을 하게 된다. 이번에는 변신 시간이 길어질까?"

뚜드랑이 생각했다. 날이 거의 어두워질 무렵 뚜드랑은 집으로 돌아왔다. 위수이 선생은 집안에서 이리저리 왔다 갔다 했다. 한편 그는 무엇인가 중얼거리면서 끊임없이 손을 휘젓고 있었는데 손목시계가 서지 않게 하기 위해서였다. 오늘은 손목시계가 서지 않는 것이 매우 중요했다.

지난번처럼 그들은 밤 열시쯤 출발해 고산으로 갔다. 또 지난번처럼 위수이 선생은 먼저 시내 시정부청사로 가서 시계를 맞추었다

그들이 고산 산꼭대기에 이른 후 위수이 선생은 수건 한 장을 깔고 뚜드랑을 그 위에 앉혔다. 그리고 자기는 그 곁에서 땅콩을 먹었다. 위수이 선생은 매우 긴장해하는 것 같아보였다. 그는 끊임없이 땅콩을 입안에 집어넣었다. 얼마 안 돼 땅콩을 다 먹어버렸다. 땅콩을 다 먹고 난 위수이 선생은 일어나서 제 자리에서 뜀박질을 하면서 손목시계를 찬 손을 휘둘렀다.

그동안 뚜드랑은 헝겊 위에 앉아 계속 달을 쳐다보고 있었다. 밤 열두시가 마침내 다 되었다.

달이 최고로 동그래지는 순간 뚜드랑이 변신을 했다.

영준하고 멋스럽고 예쁜 예복을 차려입은 왕자가 풍채 늠름한 모습으로 걸어왔다. 왕자는 얼굴에 미소를 지은 채 자신만만한 영준한 얼굴을 들고 또 노래를 부르기 시작했다.

미풍은 나의 머리칼

달은 나의 눈

내 노래를 가지고 그대를 보러 왔네

이전에 그대가 나를 자주 보았듯이……

왕자가 노래를 부를 때 위수이 선생은 계속 시계를 들여다보았으며 팔을 끊임없이 휘둘러 시계가 서지 않게 했다. 그러다가 왕자의 모습이 점점 옅어지더니 갑자기 보이지 않게 되었다. 수건 위에는 머리를 들고 달을 쳐다보는 뚜드랑이 또다시 나타났다. 위수이 선생은 얼른 손목시계를 들여다보았다.

"24분, 왕자가 24분간 나타났다!"

위수이 선생이 환성을 질렀다.

"연장되었다! 6분이나 연장되었다!"

위수이 선생의 환호소리에 뚜드랑은 몽롱한 상태에서 깨어났다.

"정말? 위수이 선생? 시간이 진짜 6분 연장되었어?"

뚜드랑이 물었다.

"그럼! 내 금시계가 알려주었어! 시계가 서지 않았어. 물론 섰더라면 더 좋았지, 시간이 더 길다는 것을 설명할 테니까!"

위수이 선생은 소리치다시피 말했다.

"좀 소리를 낮추는 게 어때? 위수이 선생?"

뚜드랑이 귀띔했다."

남들이 들으면 새벽에 닭이 우는 줄 알겠어."

위수이 선생은 드디어 마음이 차분해졌다.

"이봐, 내 판단이 틀림없었어. 신비한 벙어리저금통 안의 흑보석이 증가되면 당신이 변신하는 시간이 길어져."

위수이 선생은 득의양양해서 말했다.

"오늘은 내가 한턱 낼 테니 우리 야식 먹으로 가세."

"좋지, 좋아!"

뚜드랑이 높이 소리를 질렀다.

14
'빨간 신'이 사라졌다

《위수이 선생 일기》

5월 22일

뚜드랑은 '빨간 신'이라는 여자아이를 만나더니 얼이 나간 것 같다. 뚜드랑이 왜 그 아이를 찾고 있을까? 나는 흑보석을 찾는 것이 제일 중요하다고 생각하는데.

그들은 땅에 폈던 헝겊을 거두고 하산할 준비를 했다.

바로 이 때 그들은 가벼운 목소리를 들었다.

"뚜드랑."

그 소리는 매우 가늘었는데 한밤중에 들으니 으스스했다. 누가 부르는 걸까?

"뚜드랑."

그 소리가 또 들렸다.

"나예요."

이때 나무그늘 아래에서 작은 그림자가 걸어나왔다.

"아? 빨간 신?"

뚜드랑이 놀라 소리를 질렀다.

"이 한밤중에 너 왜 여기 왔어?"

뚜드랑은 '빨간 신'의 눈에서 눈물이 반짝이는 것을 보았다. 그 아이가 울고 있었다.

"제가 방금 저쪽에서 달을 보고 있었어요."

'빨간 신'이 산의 남쪽을 가리켰다.

"후에 저는 이곳이 환해지고 또 아름다운 노랫소리가 나기에 얼른 달려 왔어요……."

"뭐?"

뚜드랑과 위수이 선생은 서로 마주보았다. 그들은 이 비밀을 말해버리면 안 된다는 것을 알고 있었다.

"그럴 리가, '빨간 신'"

뚜드랑이 말했다.

"네가 잘 못 봤을 수도 있잖아."

"아니, 잘못 보지 않았어요."

'빨간 신'이 말했다.

"방금 그 노랫소리가 아직도 저의 가슴속에서 울리고 있어요, 바로 여기에 있었는데…… 아저씨들은 보지 못했어요?"

"우……우린……."

뚜드랑은 떠듬거리면서 무슨 말을 했으면 좋을지 몰랐다.

"그래, 우리는 못 보았어, 얘야."

위수이 선생이 뚜드랑의 말을 이었다.

'빨간 신'은 위수이 선생을 아는 척도 안 하고 머리를 돌려 뚜드랑을 보았다.

"뚜드랑, 방금 아저씨가 노래 부른 거 맞죠?"

'빨간 신'이 물었다.

"난…… 난…… 아니……"

뚜드랑이 말을 얼버무렸다.

"저는 어쩐지 아저씨가 노래를 부르는 것 같기도 하고 또 아닌 것 같기도 했어요."

'빨간 신'이 희미하게 말했다.

뚜드랑이 곧바로 말머리를 돌렸다.

"'빨간 신' 아, 방금 내가 물었잖아, 이렇게 늦은 밤에 네가 어찌 여기에 왔어?'"

"내일 저는 입원을 하게 돼요, 제가 병에 걸렸대요. 외할머니가 그러는데 제가 아주 오랫동안 병원에 입원해서 마음대로 나오지 못할 거래요. 오늘이 마지막 밤이라 달도 보고 이 도시도 보려고……."

'빨간 신'은 아래에서 점점이 빛나는 등불들을 바라보았다.

그렇다, 고산 꼭대기에서는 도시 전체가 보였다.

뚜드랑도 '빨간 신' 곁에 서서 도시의 촘촘히 빛나는 등불을 바라보았다.

위수이 선생은 심심해서 돌 위에 앉아 멍하니 있다가 그만 잠이 들아버렸다.

잠시 후 뚜드랑이 머리를 돌려 보니 '빨간 신'이 사라지고 보이질 않았다.

"'빨간 신' 아, '빨간 신'아!"

뚜드랑이 소리를 쳤다.

"'빨간 신'이 어디 있어?"

위수이 선생이 눈을 뜨고 말했다.

"난 '빨간 신'이라고 불리지 않아."

"누가 당신을 부른댔어!"

뚜드랑은 얼이 빠진 것 같았다.

"'빨간 신'아, 너 어디 있니?"

뚜드랑은 위수이 선생과 함께 하산하는 도중에 계속 혼자 중얼거렸다.

"내가 방금 불빛을 보면서 그만 넋을 잃었어······. 걔가 아직 어느 병원이라고 말도 안 했는데······."

위수이 선생은 뚜드랑을 데리고 떡 가게로 가 고깃국물이 들어간 찐만두 2인분을 샀다.

"자, 이건 당신이 가장 좋아하는 거야!"

위수이 선생이 말했다.

"응."

뚜드랑은 입으로 대답하면서 속으로는 다른 생각을 하고 있었다.

"위수이 선생, 물어볼 게 있는데, 내가 변신한다는 사실을 왜 다른 사람에게 알려주면 안 되지?"

"쉿, 조용히 해!"

위수이 선생이 신비하게 말했다.

"이봐, 당신의 변신 시간이 24시간으로 연장된다면 다시는 지금 모양으로 돌아오지 않을 거야. 그러니까 당신은 영원히 아름답고 눈부신 왕자로 되고 가왕(歌王)이 될 거야. 당신은 세계적인 기적을 일으키게 될 꺼야······."

"그렇다고 뭐가 달라지지?"

"세계 가왕이 과거에 거지였다니? 당신의 출신은 미스터리가 돼야 해."

"과거에 거지였는데 뭐가 어때서?"

뚜드랑이 물었다.

"그럼 당신의 몸값이 크게 떨어지거든!"

위수이 선생이 말했다.

"내 체면도 떨어지고 말이야……. 이봐, 난 귀족이거든, 내 어찌 거지하고 다닌 다는 말을 들을 수가 있어?"

이렇게 말하면서 위수이 선생은 뚜드랑을 머리끝부터 발끝까지 훑어보았는 데 경멸하는 눈빛이 어렸다.

"그러니까 당신은 변신에 관한 말을 절대 남들에게 해서는 안 돼! 그렇지 않 으면 당신은 끝장이야!"

위수이 선생이 경고했다.

"그렇게 하긴 정말 어려운데……"

뚜드랑이 중얼거렸다. 뚜드랑은 처음으로 자기 몫의 고기만두를 다 먹지 못 했으며 계속 안절부절 못했다.

뚜드랑이 갑자기 말했다.

"내가 '빨간신'을 찾아봐야겠어!"

위수이 선생은 이 말을 듣더니 갑자기 경각심을 가졌다.

"당신 혹시 그 애에게 변신에 대해 알려주려는 거 아니지?"

"난…… 그 애가 나에게 돈을 주었어……"

"당신에게 돈을 준 사람은 많거든……"

"하지만 그 애가 나에게 준 돈은 자기 아침밥을 살 돈이었어, 그리고 지금 그 애는 병에 걸렸어."

뚜드랑이 말했다.

"그 애는 내 가짜 상처를 보고 그만……"

뚜드랑은 매우 괴로워보였다.

"아무튼 다른 건 다 말해도 되지만 변신에 대해서는 절대 말하면 안 돼!"

위수이 선생이 말했다. 위수이 선생은 좀 화가 났다.

"뚜드랑의 꼴을 보면 정말 안타까워 죽겠어……."

그러나 뚜드렁은 혼잣말로 중얼거렸다.

"내 꼭 그 아이를 찾아내고 말아야지!"

15
열세 번째 병원

《위수이 선생 일기》

5월 29일

여러 날이 지났다. 어찌된 일인지 뚜드랑이 가져오는 돈이 점점 적어지고 있다. 집으로 돌아올 때마다 매우 피곤한 모양이다. 이러다가는 흑보석을 모이는 일이 너무 오래 걸릴 것 같다…….

최근 일주일간 뚜드랑은 여전히 아침에 일찍 나가 늘 가던 곳으로 출근했다.

그는 모자를 땅에 내려놓았으나 예전처럼 "뚜드랑을 불쌍히 여기시어 선심을 베풀어 주십시오……." 라고 말하지 않고, 그저 호주머니에서 지도 한 장을 꺼내 한없이 들여다 보고 있었다. 그 모습은 거지가 아니라 꼭 마치 관광객 같았다. 그러니 누구도 그의 모자에 돈을 던져 넣지 않았던 것이다.

뚜드랑의 수입이 점점 더 적어졌다.

뚜드랑은 시내지도를 보고 있었다. 이 지도 위에 이미 열두 곳의 기호가 그려져 있었다. 이곳들은 다 적십자 모양의 표시가 있는 곳이다. 우리가 알다시피 지도 위에 적십자로 표시된 곳은 병원을 가리킨다.

"지금까지 병원 열두 개를 가보았지만 '빨간 신'을 찾지 못했어."

뚜드랑이 혼자 중얼거렸다.

"오늘의 임무는 열세 번째 병원에 가보는 거야."

뚜드랑이 가보았던 열두 번째 병원은 이 도시에서 가장 큰 병원이었다. 열세 번째 병원은 작은 병원인데 '아이신(愛心)병원'이라고 부르며 고산 산기슭에 있었다.

"이 곳은 내가 잘 알지, 지금 바로 가자."

뚜드랑은 땅에 있던 모자를 들고 아이신병원으로 갔다. 얼마 안 돼 뚜드랑은 귀찮은 일에 부딪혔다. 병원의 경비원이 그를 들여보내지 않았던 것이다.

"가! 저리 안 가, 거지는 들어오면 안 되는 곳이란 말야!"

뚜드랑은 경비원에게 대들지 않고 몸을 돌려 가버렸다.

"어쩔 수 없지, 이 방법을 쓰는 수밖에."

뚜드랑은 담 모퉁이의 사람이 없는 곳에 가서 머리에 싸맨 붕대를 풀어 이마에 난 상처자국을 드러냈다. 그 상처자국은 아직 낫지 않고 있었다. 그는 그 상처를 주먹으로 힘껏 쳤다.

"아이쿠!"

뚜드랑은 큰 비명소리를 냈으며 너무 아파 하마터면 기절할 뻔 했다. 그는 일어서지 못하자 아예 땅에 앉아 아픔이 가라앉기를 기다렸다. 그는 뜨끈뜨끈한 피가 흘러내린다는 것을 느꼈다.

"됐다, 이 정도면 병원에 들어갈 수 있겠지?"

뚜드랑은 비틀거리며 일어나서 다시 병원으로 들어갔다. 경비원은 그의 이마에 피가 흐르는 것을 보더니 과연 막지 않았다. 병원에 들어간 후 뚜드랑은 풀었던 붕대를 다시 싸맸다. 이마가 너무 아팠다.

"이 정도 아픈 게 뭐가 대수라고, 중요한 건 내가 들어왔다는 거야."

뚜드랑은 직접 입원 병동을 찾아갔다. 병동 로비에서 그는 표지판을 자세히 훑어보았다.

"음, 2층, 6층과 8층은 가보지 않아도 되겠구나. 다른 층은 더 자세히 찾아봐야지……."

뚜드랑이 중얼거렸다.

2층은 남성 질환 병실, 6층은 산부인과 병실, 8층은 노인 병실이었다.

뚜드랑은 한 층 한 층 찾았고, 한 병실 한 병실씩 찾았으며, 한 침대 한 침대씩 다 찾아다녔다.

"가짜는 하나라도 누명을 씌우지 말고, 진짜는 하나라도 놓치지 말아야지……."

뚜드랑이 생각했다.

어떤 층에서는 자그마한 시끄러움에 부딪히기도 했다.

예를 들면 그가 4층에 갔을 때 간호사 한 명이 그에게 물었다.

"선생님, 누구를 찾으세요?"

뚜드랑은 이렇게 대답했다.

"난 누구를 찾는 것이 아니라 내 침대를 찾고 있어요."

그리고 자기도 입원환자라는 듯 이마의 피 묻은 붕대를 가리켰다.

간호사는 이상하다는 듯이 말했다.

"여기에는 선생님의 침대가 없을 텐데요, 여기는 비뇨기과예요……"

뚜드랑은 어물어물 대답했다.

"그래요? 비뇨기과예요? 비뇨기과에 입원한 환자가 머리를 다칠 수도 있는 거 아닌가요?"

그는 기어이 4층의 모든 침대를 하나하나 다 훑어보았다.

최고층인 12층의 혈액내과에서 다섯 번째 병실에 들어갔을 때 뚜드랑은 눈이 반짝 빛났으며 하마터면 소리를 지를 뻔 했다.

"빨간 신!"

틀림없었다. 침대에 누워 있는 어린 여자아이는 바로 '빨간 신'이었다.

"빨간 신!"

"뚜드랑!"

"내가 널 얼마나 오랫동안 찾아다녔는지 알아?"

뚜드랑이 말했다.

"이건 열세 번째 병원이야, 이제야 찾았네, 헤헤."

'빨간 신'도 뚜드랑을 보고 매우 기뻐했다. 그는 뚜드랑이 자기를 찾아올 줄은 전혀 생각지도 못했다.

"왜 저를 찾아다녔어요?"

'빨간 신'이 물었다.

"너에게 돈을 갚으려고."

뚜드랑이 대답했다.

뚜드랑은 특별히 간직했던 1원짜리 새 동전 두 개를 빨간 신의 손바닥에 놓았다. 동전은 따뜻했다.

그것이 지금까지 뚜드랑의 안주머니에 있었기 때문이다.

"이 돈 2원을 갚으려고 저를 여태까지 찾은 거예요?"

'빨간 신'이 물었다.

"…… 그리고 너에게 말할 중요한 일이 있어서."

'빨간 신'은 즐겁게 웃으면서 말했다.

"그래요? 그럼 말하세요."

"이건…… 그게…… 음……."

뚜드랑은 미리 '빨간 신'에게 할 말을 생각해두었다. 혼자 연습할 때는 마음속으로 말이 잘 나갔지만 지금 그만 몽땅 잊어버려 무엇부터 말했으면 좋을지 몰랐다.

"이건…… 그게…… 오늘 날씨가…… 아 참!"

뚜드랑은 여기까지 말하다가 갑자기 매우 중요한 것이 생각나 물었다.

"너 도대체 무슨 병이냐? 왜 혈액내과에 입원한 거지?"

방금까지 기뻐하던 '빨간 신'은 갑자기 안색이 흐려졌다.

"백혈병이래요……."

"뭐?"

뚜드랑은 하마터면 펄쩍 뛸 뻔 했다.

"백혈병? 그건…… 그건 고칠 수 없는 병이잖아?"

"맞아요……."

'빨간 신'은 말하면서 눈물을 흘렸다. 뚜드랑은 그 자리에 굳어져버렸다. 그는 자기가 가짜 상처로 남의 동정심을 얻는 나쁜 짓을 했었고, 또 맨홀 뚜껑 절도 집단을 '일거'에 적발하는 좋은 일도 했다고 말하려고 했었다…… 그러나 지금 그런 것을 말하는 것이 아무런 의미도 없게 됐던 것이다.

16

노래 연습을 하고 싶어

《위수이 선생 일기》

5월 28일

정말 이상한 일이다. 뚜드랑은 어디가 잘못 되었는지 노래를 배우겠다고 한다. 그 목소리로 노래를 부르다니, 자기가 변신한 왕자인줄 아는 모양이지? 가장 한심한 것은 그가 흑보석을 살 돈을 억지로 가져간 것이다. 기타인가 뭔가 사겠다고…….

"나 노래를 배우고 싶어!"

뚜드랑은 오랫동안 우물쭈물하더니 겨우 한마디 내뱉었다.

"노래는 왜 배우려 해요?" '빨간 신'이 물었다.

"왜, 왜……."

뚜드랑은 스스로도 이유를 생각하고 있었다.

"네가 내 노래를 좋아하잖아."

"아저씨 노래를요?"

뚜드랑은 그만 자기가 말실수를 했다는 것을 알아차렸다.

"내가 노래를 잘 배워내면 넌 내 노래를 좋아하게 될 거야."

뚜드랑이 얼른 말을 시정했다.

"아참! 그날 고산 꼭대기에서 노랫소리를 들었다고 했지?"

그날 밤 고산 꼭대기에서 있던 일을 꺼내니 '빨간 신'의 표정은 금방 밝아졌다.

"그건 제가 전에 들어보지 못했던 노래예요. 저는 아직도 노래가사를 기억하고 있어요. 미풍은 나의 머리칼/ 달은 나의 눈/ 내 노래를 가지고 그대를 보러 왔네/ 이전에 그대가 나를 자주 보았듯이……."

'빨간 신'은 그날 밤 광경을 회상하면서 도취되어 버렸다.

"저는 그 노래가 저를 위해 부른 것 같았어요."

'빨간 신'이 말했다.

"그는 왕자였어요……. 그런데 그는 왜 제가 똑똑히 보기도 전에 갑자기 사라져버렸을까요?"

"아마 집에 갔겠지."

뚜드랑이 말했다.

"그럴 리가 없어요. 전 그가 걸어가는 것을 보지 못했어요. 그는 갑자기 사라져버린 거예요."

'빨간 신'이 말했다.

"그의 노래를 꼭 다시 한 번 듣고 싶어요……."

뚜드랑은 한동안 말없이 있었다.

"사실 나도 그 노래를 부를 줄 알아."

뚜드랑이 말했다.

"아저씨도 알아요?"

'빨간 신'은 그만 기분이 확 좋아졌다.

"정말이에요?"

뚜드랑은 멋지게 고개를 끄덕이었다.

그는 마음속으로 이렇게 생각했다. 그 노래는 내가 부른 것인데 왜 부를 줄 모르겠느냐?

"에헴……"

뚜드랑은 목소리를 가다듬고 나서 노래를 부르기 시작했다.

모자는 나의 밥그릇

고기만두는 나의 맛있는 음식

텅텅 빈 주머니를 가지고

나는 동냥을 하네

나는 즐거운 가난뱅이…….

뚜드랑은 노래를 부르고나서 얼른 입을 막았다.

어찌된 일이지? 분명 변신해서 불렀던 노래를 부르려고 했으나 입 밖으로 나온 가사와 목소리가 달라졌다.

"하하하, 뚜드랑 아저씨, 정말 재미있어요!"

'빨간 신'이 갑자기 큰 소리로 웃었다.

"그런가……."

"아저씨가 어떻게 왕자의 노래를 부를 줄 안다고 생각했죠. 가사랑 목소리랑……. 하하하, 정말 웃겨요……."

"헤헤헤……."

뚜드랑은 따라서 웃을 수밖에 없었다.

"노래를 잘 못 부르니까 노래 부르는 걸 배우겠다고 하는 거야……"

"배워도 왕자처럼 부르지는 못할 거예요."

'빨간 신'이 말했다.

"이 세상 그 누구도 그런 노래는 못 불러요……"

"그야 당연하지."

뚜드랑은 맞장구를 치면서 속으로는 무척 기뻤다.

"그 왕자가 바로 나니까. 헤헤헤."

"'빨간 신', 다음 보름날 밤에도 노래 들으러 가는 거야?"

뚜드랑이 물었다. 그러자 '빨간 신'이 고개를 흔들었다.

"왜 안 가? 그 노래를 좋아한다며?"

'빨간 신'이 말했다.

"저는 지금 힘이 없어서 고산 꼭대기까지 올라가지 못해요……"

갑자기 뚜드랑은 한 가지 계획이 떠올랐다.

"'빨간 신', 내가 비밀 하나를 알려주지. 다음 보름날 밤에는 왕자가 고산 꼭대기가 아니라……"

뚜드랑은 여기까지 말하고는 '빨간 신'의 표정을 살폈다.

"어디에서요? 어디에서요?"

'빨간 신'이 급히 물었다.

"따라 와, 내가 알려줄게."

뚜드랑은 말하면서 '빨간 신'을 부축해 천천히 창문 곁으로 갔다. 이 창문 맞은쪽은 마침 병원 대문이고 대문 앞에는 원형 분수대가 있었다.

분수대 중간은 아름다운 동산이고, 그 위에는 조그마한 평지가 있었다. 그것은 병원에서 조각상을 놓으려고 마련한 곳이었다.

뚜드랑은 조각상을 놓으려고 마련한 곳을 가리키면서

"다음 보름날 밤에는 왕자가 저곳에 나타날 거야. 때가 되면 넌 그의 노랫소리를 들을 수 있어."

"정말이에요?"

'빨간 신'은 믿기 어려워했다.

"정말이야, 내가 장담할게."

뚜드랑이 말했다.

"내 말이 거짓말이라면 여기에서 뛰어내리겠어!"

…….

뚜드랑은 '빨간 신'과 작별인사를 하고나서 입원병동에서 나와 분수대 곁을 지나면서 걸음을 멈추고 자세히 살펴보았다. 그는 이곳의 지형을 익혀둘 필요가 있었다.

"뚜드랑, 그 비밀을 어떻게 안 거예요?"

그 문제는 대답하기가 너무 어려웠다. 뚜드랑은 자기 귀를 가리키며 '빨간 신'의 말이 잘 안 들리는 척 그 아이를 향해 손만 연신 흔들었다. 아무 것도 묻지 말고 얼른 병상으로 돌아가라는 뜻이었다.

뚜드랑이 집으로 돌아왔을 때는 날이 이미 어두워 있었다.

위수이 선생이 불만스레 물었다.

"어디에 갔던 거야? 당신 일하는 곳에서 당신을 못 보았어."

"그게…… 음…… 아마 화장실 갔었나 봐."

뚜드랑이 얼버무렸다. 위수이 선생은 뚜드랑에게 손을 내밀며 말했다.

"오늘 번 돈 이리 줘!"

뚜드랑도 위수이 선생에게 손을 내밀며 말했다.

"아니 나에게 돈을 좀 줘!"

"뭐라고? 오늘 번 돈도 안 바치면서 나에게 돈까지 달라고?"

위수이 선생은 하마터면 펄쩍 뛸 뻔 했다.

"당신이 왜 돈이 필요해?"

"기타를 살래."

뚜드랑은 계속 손을 내밀고 있었다.

"기타를 산다고?"

"그래, 나 노래를 배울래."

"노래를 배워?"

위수이 선생은 점점 더 놀랐다.

"이봐, 당신 그 쉬어빠진 목소리로 노래를 배운다고?"

"그거야 내 특색인데 뭐."

뚜드랑이 말했다."

"그리고 노래 배우는 것도 업무상 필요한 거 아닌가, 얼른 돈 줘."

"그 말도 일리가 있지······."

위수이 선생은 잠시 생각하다 말했다.

"노래를 부르는 것이 '뚜드랑을 불쌍히 여겨주세요'라고 웅얼거리는 것보다 효과가 좋을 거야······."

위수이 선생은 내키지 않는 대로 돈을 꺼내 뚜드랑에게 주었다.

"오늘은 돈을 벌지 못하고 가져만 갔으니 흑보석을 어떻게 사들인단 말이지……."

이번에는 위수이 선생이 중얼거렸다.

17

쉰 노랫소리

《위수이 선생 일기》

6월 7일

열흘쯤 된 것 같은데 뚜드랑은 매일 기타를 쳤다. 정말 시끄러워 죽을 지경이다. 그러나 자주 듣다보니 그의 목소리에서 특별한 멋이 느껴지기도 한다.

이튿날, 뚜드랑은 아침 일찍 나갔다가 기타 하나를 들고 일찍 돌아왔다.

"가게 주인에게 기타를 치면서 동냥을 하겠다고 말했더니 절반 가격에 주었어. 하하."

뚜드랑은 우쭐해서 말하고는 남은 돈을 위수이 선생에게 돌려주었다. 그리고는 앉아서 기타를 치기 시작했다.

"아니, 오늘 일하러 안 가?"

위수이 선생이 물었다.

"안 가."

뚜드랑은 머리도 들지 않고 말했다.

"오늘은 업무를 위한 훈련이야."

뚜드랑은 현 맞추기, 포지션, 리듬 같은 것을 연습했다. 그의 손가락이 기타 줄을 이리저리 훑었다.

기타가 듣기 싫은 소리를 냈다.

뚜드랑은 "이상하지, 다른 사람이 기타를 치면 듣기 좋은데 내가 치면 왜 이리 듣기가 싫지?" 라고 생각했다.

위수이 선생은 짜증이 나 방안에서 왔다 갔다 했으며 귀안에 솜을 틀어막기까지 했다.

뚜드랑은 처음 며칠은 기타 연습만 했으나 며칠이 지나니 기타 연습에 노래 연습까지 했다. 위수이 선생은 더더욱 견디기 어려워 귀안에 솜을 두 배나 틀어넣었다.

연속 열흘이나 위수이 선생은 그렇게 지냈다. 고귀하고 조용한 것을 좋아하는 위수이 선생에게 이건 너무 고통스러운 일이였다. 위수이 선생은 온종일 귀를 솜으로 틀어막고 있었으며 머리가 터질 것 같았다. 온종일이라고 한 것은 밤에 뚜드랑이 코 고는 소리가 너무 높아 잘 때에도 귀를 틀어막아야 했기 때문이다. 뚜드랑의 기타 연주와 노래 실력은 매우 빠르게 늘었다. 보이지 않는 곳에서 어떤 선생님이 그를 가르치고 있는 것 같았다. 그는 곧바로 기타를 잘 치게 됐다. 리듬도 잘 타고 음악적 감정도 매우 좋았으며 반주 소리가 유창하고 힘이 있었다.

뚜드랑은 허스키한 쉰 목소리로 노래를 불렀다.

하느님, 하느님이시여

바람 속에 떨고 있는 나에게

기댈 수 있게 나무를 주세요.

하느님, 하느님이시여

산속에서 헤매는 나에게

갈 길을 가리켜주세요.

아아…….

이러한 가사에 허스키한 목소리, 뚜드랑이 직접 창작한 곡이 어울려 너무 자연스럽고 진실해보였다.

뚜드랑은 노래를 다 부르고나서 눈을 깜박이며 위수이 선생을 쳐다보았다. 욕먹을 각오를 한 것이다.

"…… 어땠어?"

뚜드랑이 물었다.

"어땠는가 하면,"

위수이 선생이 말했다.

"난 지금부터 낮에는 솜으로 귀를 틀어막지 않을 거야."

"그게 무슨 뜻이지?"

뚜드랑은 어리둥절해졌다.

"당신이 노래를 너무 잘 부르고 듣기 좋다는 얘기야."

위수이 선생이 말했다.

"진짜?"

"하지만,"

위수이 선생은 계속 말했다.

"밤에는 계속 솜으로 귀를 막아야겠어. 당신 코고는 소리가 너무 듣기 싫거든."

그러면서 위수이 선생은 귀안의 솜을 뽑았다.

뚜드랑은 너무 좋아 춤을 추었다.

"다른 사람도 들어보게 해야지!"

뚜드랑은 말하면서 밖으로 뛰어갔다.

뚜드랑이 뛰어가는 것을 보고 위수이 선생이 뒤에서 소리쳤다.

"누구에게 들려주려고 그래?"

뚜드랑은 못 들은 척 하며 속으로 생각했다.

"누구에게 들려줄지 알려주지 않을 거야."

그는 기타를 안고 아이신병원으로 달려갔다.

그는 '빨간 신'에게 노래를 들려주고 싶었다.

병원 문어귀에서 경비원이 또 그를 막아섰다.

"여기는 병원이야, 거지와 길거리 악사는 들어가면 안 돼!"

뚜드랑은 아무 말도 안 하고 물러갔다. 그는 어느 구석에 가서 또 자기 이마의 상처를 주먹으로 쳤다.

눈앞에서 번개가 번쩍이더니 상처에서 피가 흘러 나왔다.

그는 다시 병원 대문으로 걸어갔다.

경비원은 더 이상 그를 막을 수가 없었다. 그런데 갑자기 경비원이 기억해 났다. 병원에 들여보내지 않으니 지난번에 그랬던 것처럼 지금도 스스로 머리를 다치게 했다는 것이 생각났던 것이다.

"내 저놈을 기억해 둬야겠구나, 다음번에는 막지 말아야지." 경비원이 혼 잣말을 했다. "다음에 저놈이 내 머리를 내리치면 큰일이지, 암 큰일이고 말 고……."

뚜드랑은 몸에서 낡은 붕대를 꺼내 머리를 싸맸는데 마치 일본 사무라이 같 았다. 그는 기뻐하며 '빨간 신'의 병실로 달려갔다.

"'빨간 신'아, 내가 너에게 노래를 불러줄게 잘 들어봐……."

뚜드랑이 큰 소리로 말했다. 온 병실안의 사람들이 뚜드랑의 꼴을 보고 어릿 광대 같다고 배를 끌어안고 웃었다. 그러나 뚜드랑은 전혀 개의치 않고 사람들 을 따라 웃었다. 그는 기타 줄 몇 개를 튕기고 나서 말했다.

"시작해도 될까?"

'빨간 신'이 즐거워하며 말했다.

"히히, 시작하세요."

"그럼 뚜드랑이 작곡, 작사한 《하느님》을 감상하시겠습니다."

뚜드랑은 정색을 하면서 연주를 하기 시작했다. 그러자 사람들이 또 한바탕 웃어댔다. 뚜드랑은 머리 위의 붕대를 바로잡고 나서 익살스럽게 전주를 쳤다.

하느님, 하느님이시여

바람 속에 떨고 있는 나에게

기댈 수 있게 나무를 주세요.

하느님, 하느님이시여

산속에서 헤매는 나에게

갈 길을 가리켜주세요.

아아…….

뚜드랑의 노래를 들으며 사람들은 처음에는 웃었으나 점차 웃음을 거두었다. 사람들은 바람 속에서 홀로 떨고 있는 사람, 홀로 산 속을 헤매는 사람, 도움이 필요한 사람을 눈앞에 보는 것 같았다.

뚜드랑이 노래를 다 부르자 박수 소리가 울렸다. 병실안의 모든 사람들이 다 감동을 받았다. '빨간신'의 눈에서는 눈물이 흐르고 있었다.

"고맙습니다, 고맙습니다."

뚜드랑이 사람들에게 허리 굽혀 인사했다.

사람들은 뚜드랑이 붕대로 싸맨 이마에서 피가 배어나오는 것을 보았다.

18

"흑보석을 팔자!"

《위수이 선생 일기》

6월 8일

점점 더 한심한 노릇이다! 뚜드랑은 돈을 가져다주지 않았을 뿐만 아니라 기타를 사겠다고 나에게서 돈을 가져갔다. 그것도 모자라 흑보석을 달라고까지 한다. 팔아버리겠다고. 그걸 팔면 절반 값밖에 못 받는다는 걸 모른단 말인가? 그가 미친 것은 아닐까?

"뚜드랑이 노래를 이렇게 잘 부를 줄 몰랐어요!"

'빨간 신'은 얼굴에 홍조를 띠고 병상에 앉아 매우 기뻐했다.

"그래? 그럼 이담부터 매일 와서 노래를 불러줄게."

뚜드랑은 '빨간 신'이 좋아하는 걸 보고 자기도 기분이 좋았다.

"그리고 아저씨 지금 너무 멋져 보여요."

'빨간 신'이 말했다.

"아니야, 아니야."

뚜드랑은 기타 줄 위에서 손을 이리저리 옮기면서 손을 어디에 놓았으면 좋

을지를 몰랐다. 많이 쑥스러운 모습이었다.

갑자기 '빨간 신'이 문을 향해 불렀다.

"외할머니!."

병실 문어귀에 '빨간 신'의 외할머니가 서 있었다. 외할머니는 무덤덤한 표정

으로 '빨간 신'의 침대까지 오더니 아무 말 없이 손녀를 와락 끌어안았다.

"외할머니, 왜 이러세요?"

'빨간 신'이 걱정스레 물었다. 갑자기 외할머니가 눈물을 흘렸다.

"홍아, 우리 집에 가야겠다……."

외할머니가 목이 메어 말했다.

"'빨간 신'의 이름이 홍이었구나!"

뚜드랑이 생각했다.

"왜요? 제 병이 다 나았대요?"

'빨간 신'이 외할머니를 흔들며 말했다.

"아니다, 홍아, 우린…… 돈이 다 떨어졌단다……. 이젠 더 이상 입원을 할 수 없

게 됐어…….”

“돈이 얼마나 필요한데요? 얼마나요?”

뚜드랑이 말했다.

“돈은 제가 낼게요.”

외할머니는 머리를 흔들더니 말했다.

“당신이 바로 은행 문 앞에 있던…… 그…….”

외할머니는 말을 잇지 못했다.

“구걸을 하던 놈이지요.”

뚜드랑이 외할머니의 말을 이었다. 외할머니는 또 머리를 흔들었다.

“정말 고맙네, 하지만 돈이 많이 필요해서 자넨 어림도 없을 걸세…….”

외할머니는 나지막한 소리로 뚜드랑에게 자신들의 불행한 사정을 이야기했다. ‘빨간 신’은 부모를 일찍 여의고 외할머니와 함께 단둘이서 살았다. 그들은 외할머니의 퇴직금으로 빠듯하게 살고 있었다. 그런데 홍이가 뜻밖에도 그만 백혈병에 걸리게 된 것이다…….

말을 마친 후 외할머니는 ‘빨간 신’을 끌어안았고, ‘빨간 신’도 외할머니를 끌어안고 둘이서 함께 울었다. 뚜드랑은 손을 비비기도 하고 이리저리 왔다 갔다 하기도 하면서 어쩔 줄을 몰랐다. 갑자기 뚜드랑이 ‘빨간 신’ 앞으로 가서 큰 소리로 말했다.

“‘빨간 신’, 하루만 더 기다려라, 내일 밤까지 내가 안 오면 그 때 가도 돼…….”

이렇게 말하고 나서 뚜드랑은 곧 몸을 돌려 병실 문을 나섰다. 문을 나설 때까지 그는 ‘빨간 신’을 돌아보지 않았다. 뚜드랑은 그럴 수가 없었다. 눈에 눈물이 가득 고였으니까…….

뚜드랑은 집으로 돌아왔다. 위수이 선생은 몹시 놀랐다.

"오늘 왜 이렇게 일찍 돌아왔어?"

뚜드랑은 대답이 없었다.

위수이 선생은 뚜드랑의 눈이 벌겋게 된 것을 보았다.

"어머, 눈이 왜 그래? 울었던 것처럼."

위수이 선생은 더욱 놀랐다.

"그런가?"

뚜드랑은 일부러 눈을 비볐다.

"방금 눈에 모래가 들어가서 그래……."

"두 눈에 다 모래가 들어간 건 아니겠지? 저쪽 눈도 뻘건데……."

"마침 모래 두 알이 두 눈에 들어갔어."

뚜드랑은 손을 휘두르면서 화제를 바꾸려 했다. 그는 위수이 선생에게 손을 내밀었다.

"돈 줘."

"뭘 하려고?"

위수이 선생은 깜짝 놀라 뒤로 물러섰다.

"또 웬 돈이야?"

"쓸 데가 있어."

"두말하면 잔소리지, 돈이 쓸 데가 없을 리 있나, 그걸 말이라고 해?"

위수이 선생은 계속 미루려 했다.

"오늘은 고기만두를 몇 개 먹고 싶어?"

"돈 줘!"

뚜드랑은 손을 내밀고 꼼짝을 안 했다. 얼굴에는 웃음기가 전혀 없었다. 위수이 선생은 두려워지기 시작했다.

"……돈 없어!"

위수이 선생이 말했다.

"마지막 몇 푼까지 다 흑보석을 사는데 썼어……."

위수이 선생은 이러면 한 고비 넘길 수 있을 줄 알았다. 그런데 뜻밖에 뚜드랑이 더욱 끔찍한 소리를 했다.

"그럼 흑보석을 이리 내놔."

"뭘? 흑보석을 내놓으라고?"

위수이 선생은 하마터면 펄쩍 뛸 뻔 했다.

"흑보석은 당신 목숨 줄이야, 당신 그걸로 팔자를 바꿔야 하는 거 알지?."

"난 몰라, 흑보석을 이리 줘!"

위수이 선생은 뚜드랑이 자기를 뚫어지게 쳐다보자 다리맥이 풀렸다. 그는 아직 벙어리저금통 안에 넣지 않은 흑보석 두 개를 건네줄 수밖에 없었다.

"두 개만으로는 부족해."

뚜드랑은 흑보석을 호주머니 안에 넣고 나서 벙어리저금통을 가져와 이쑤시개로 구멍 안을 후벼댔다.

"뚜드랑, 지금 뭐하는 거야? 벙어리저금통 안의 흑보석까지 꺼내려고?"

위수이 선생은 급해서 소리를 질렀다.

"그래 맞아."

뚜드랑은 계속 후벼댔다. 뚜드랑의 모습에 위수이 선생은 몹시 두려웠다. 얼마나 어렵게 모은 흑보석인데…… 그것이 있으면 뚜드랑의 변신 시간을 연장시킬 수 있고, 뚜드랑을 세계적인 스타로 만들 수 있는데……. 그런데 지금 뚜드랑이 미쳤나? 딸깍 하는 소리가 들리더니 보석이 하나 떨어졌다. 또 딸깍 하는 소리가 나더니 또 하나 떨어졌다. 잠시 후 뚜드랑 앞에는 흑보석이 자그마치 한 무더기가 쌓였다. 보석 마다 반짝반짝 빛을 뿌렸다.

뚜드랑은 그것들을 몽땅 호주머니에 넣고 밖을 향했다. 위수이 선생은 기를 쓰고 막아섰다.

"뚜드랑, 아무리 그래도 나에게는 말해줘야지. 우리가 얼마나 힘들게 모은 흑보석인데, 그걸 가져다가 어디에 쓸려고 그래?"

위수이 선생이 애걸복걸했다.

"흑보석을 팔아 버리려고!"

"팔다니? 그걸 팔면 절반 값밖에 못 받는 걸 몰라?"

"그래도 괜찮아."

뚜드랑이 말했다.

"당신이 괜찮아도 난 안 괜찮아, 팔지 마!"

위수이 선생이 문을 막아섰다.

바로 이 때, 힘 센 뚜드랑이 위수이 선생을 확 밀쳐버렸다.

문밖으로 나간 뚜드랑은 머리를 돌리고 손에 든 흑보석을 흔들어 보이며 말했다.

"미안해! 위수이 선생, 여기에 한 사람의 목숨이 걸렸어. 앞으로 내가 돈을 잘 벌어 이 흑보석을 다시 사올게."

텅텅 빈 벙어리저금통을 끌어안은 위수이 선생은 멀어져 가는 뚜드랑의 뒷모습을 보면서 울먹이고 있었다.

19
아름다운 노래

《위수이 선생 일기》

6월 12일

며칠 전에는 화가 나서 죽을 뻔 했다. 그러나 지금 난 또 희망을 본다. 내가 아무래도 뚜드랑의 매니저가 되어야겠다. 그가 가수가 될 것 같다. 물론 그건 내 재주에 달렸지만……

   뚜드랑은 흑보석을 몽땅 팔고 호주머니에 돈을 두둑이 넣었다. 그는 한 손으로 호주머니를 꼭 잡고 아이신병원으로 달려갔다.

   경비원은 그를 보더니 막지 않았다. 뿐만 아니라 "이마에 피가 흐르면 3층에 가서 상처를 싸매면 된다."고까지 알려주었다.

   그러나 이번에는 뚜드랑의 이마에 피가 나지 않았다.

   '빨간 신'의 병실로 가보니 외할머니가 '빨간 신'을 안고 눈물을 흘리고 있었다. 뚜드랑은 돈 묶음을 꺼내 외할머니에게 건넸다. 외할머니와 '빨간 신'은 놀라 멍해졌다. 그들은 뚜드랑의 그 낡아빠진 옷 주머니에서 이렇게 많은 돈이 나올 줄은 생각도 못했던 것이다.

   "어서 가서 수속을 밟으세요."

   뚜드랑이 외할머니에게 말했다. 외할머니는 입술을 떨면서 아무 말도 못하고 머리만 끄덕이었다. '빨간 신'은 눈물을 훔치면서 울기만 할 뿐 고맙다는 인사를 하는 것조차 잊었다.

"울지 마라, 울지 마!"

뚜드랑이 손을 비비면서 말했다.

"너 병이 다 낫고 어른이 된 다음 돈을 벌어 갚으면 돼, 그럴 거지?"

'빨간 신'은 연신 머리를 끄덕였다.

"그럼, 밥 살 돈은 있어요?"

'빨간 신'이 물었다.

"그건, 내가 노래 부를 줄 알잖아? 좀 있다 내가 가서 노래를 부르면 틀림없이 돈이 생길 테니 걱정 말거라. 이 뚜드랑은 운이 좋거든……."

'빨간 신'은 결국 웃고 말았다. 그리고 머리를 끄덕였다.

"너 어서 자거라, 의사 선생님 말씀 잘 들어야 한다."

뚜드랑은 손을 비비면서 말했다.

"난 좀 있다 일하러 가야겠어, 오랫동안 거기 못 가서 가보고 싶구나, 헤헤."

'빨간 신'은 고분고분 이불 안으로 들어갔다.

뚜드랑이 문어귀까지 가자 '빨간 신'은 손을 내밀며 낮은 소리로 말했다.

"안녕."

"안녕, 안녕"

뚜드랑도 손을 흔들고 병실을 나섰다. 뚜드랑은 이렇게 생각했다.

"이 세상에서 내가 제일 쓸모없는 줄 알았는데, 이렇게 내가 다른 사람을 돕는 날이 있을 줄이야……"

병원을 나선 뚜드랑은 하늘이 특별히 푸르고 공기가 특별히 신선함을 느껴졌다. 뚜드랑은 기타를 메고 다시 그 담 모퉁이로 갔다. 그는 앞에다 모자를 놓고 앉아서 먼저 나지막한 소리를 내며 현을 맞추었다.

기타 소리에 몇 사람이 다가왔다. 그들은 그 곳에서 서서 보고 있었다.

뚜드랑은 일부러 계속 음을 조절하였다.

"더 많은 사람들이 온 다음에 시작해야지……."

그는 마음속으로 생각했다.

뚜드랑은 먼저 《즐거운 작은 새》라는 경쾌한 노래를 연주했다. 그것은 뚜드랑이 직접 만든 곡이었는데 박자가 경쾌하고 익살스러웠다. 방금 날기를 배운 작은 새가 즐겁게 날다가 떨어지기도 하고 머리를 박기도 하면서 계속 즐겁게 날고 있는 것을 보는 것 같았다.

사람들이 점점 더 많이 모여들자 뚜드랑은 속으로 생각했다.

"지금쯤 시작해도 되겠구나."

"여러 할아버님, 할머님, 큰아버님, 큰어머님, 아저씨, 아주머니, 형님, 누님……."

뚜드랑은 일부러 시간을 질질 끌면서 사람들이 더 많이 모이기를 기다렸다.

"됐다 됐어, 이제 그만 좀 하지……."

사람들 속에서 누군가가 불만스럽다는 듯이 말했다.

뚜드랑은 그제야 시작했다.

"여러분께 노래 《하느님》을 불러드리겠습니다."

하느님, 하느님이시여

바람 속에 떨고 있는 나에게

기댈 수 있게 나무를 주세요.

하느님, 하느님이시여

산속에서 헤매는 나에게

갈 길을 가리켜주세요.

아아…….

뚜드랑이 노래를 다 부르자 열렬한 박수갈채 소리가 울렸다. 처음에 사람들은 뚜드랑이 웃기는 노래만 부르는 줄 알았다. 그런데 그의 노래가 듣는 이의 마음을 진정시키고 설레게 할 줄은 생각지도 못했다. 그의 허스키한 목소리가 뜻밖에도 큰 감화력을 가지고 있었던 것이다.

뚜드랑은 자기가 만든 노래 몇 곡을 더 불렀다. 많은 사람들이 그의 모자 안에 동전을 던져 넣었다.

뚜드랑은 사람들이 모자 안에 동전을 던져 넣는 것을 보고 '빨간 신'의 창백한 얼굴이 떠올랐다. 모자 안의 동전은 점점 더 많아졌다.

이 때 뚜드랑은 '빨간 신'의 창백한 얼굴이 점차 발그레해지는 걸 보는 것 같았다. 뚜드랑은 계속해서 노래를 불렀다. 갑자기 그는 사람들 속에서 익숙한 얼굴을 발견했다. 위수이 선생이었다! 뚜드랑이 생각했다.

"위수이 선생이 왜 여기에 왔을까?"

위수이 선생은 녹음기를 가지고 그의 노래를 녹음하고 있었다.

"내가 매일 집에서 기타와 노래를 연습하는 걸 듣고도 모자라 녹음까지 하는 걸까?"

뚜드랑은 아무리 생각해봐도 알 수 없었다.

20

전속 가수

《위수이 선생 일기》

6월 13일

난 날이 갈수록 자기가 똑똑하다는 걸 더 잘 알게 된다. 나의 노력으로 뚜드랑은 톈라이(天籟)극장에 입성하게 된다. 팝 스타가 곧 탄생할지 모른다.

뚜드랑이 그 곳에서 노래를 부를 때 위수이 선생은 조용히 떠나갔다. 그러나 그는 집으로 간 것이 아니라 직접 톈라이극장을 찾았다.

톈라이극장은 유명한 글로벌 음악공연장으로 저명한 톈라이악단 소속이다. 톈라이악단은 세계적으로 유명한 큰 악단이며 많은 글로벌 음악스타들을 보유하고 있었다.

위수이 선생은 톈라이악단 단장을 찾았다.

"괜찮은 팝음악 스타가 있어서 소개해 드리러 왔습니다."

위수이 선생이 단장에게 말했다.

"그래요?"

단장은 별다른 반응이 없었다. 그는 이런 상황을 많이 보아왔던 것이다. 수없이 많은 가수들이 찾아와 자신을 추천하면서 다 자기가 스타가 될 것이라고 했기 때문이었다.

위수이 선생이 테이프를 꺼냈다.

"한번 들어보십시오."

단장은 테이프를 녹음기에 넣고 스위치를 눌렀다. 스피커에서 뚜드랑의 노랫소리가 들리고 현장의 박수소리도 들렸다. 잠시 듣더니 단장의 표정에 변화가 생기기 시작했다. 얼핏 보면 미소를 짓고 있던 단장의 표정이 점점 더 엄숙해지는 것 같았다. 그러다가 그는 눈 한번 깜박이지 않고 공중의 한 곳을 뚫어지게 보았다. 테이프의 노래가 다 끝난 후에도 그는 제자리에 꼼짝 않고 있었는데 마치 노래가 끝난 걸 알아채지 못한 것 같았다.

"에헴!"

위수이 선생이 가볍게 기침을 했다. 단장에게 노래가 끝났음을 알려주기 위함에서였다.

단장은 그제야 정신을 차리더니 연이어 질문을 하기 시작했다.

"노래하는 이 사람은 누구지요? 이 사람 지금 어디에 있어요? 다른 곳과 계약을 했나요? 가사는 누가 쓴 거예요? 곡은 누가 작곡했어요? 누가 반주를 해줬나요? 아니면……"

"존경하는 단장님,"

위수이 선생이 단장의 말을 가로챘다.

"그게…… 첫 문제를 대답한 다음 두 번째 문제를 물어보시는 것이 좋지 않을까요?"

단장도 자기가 너무 격동되었다는 것을 알아차렸다. 그러나 음악을 목숨처럼 아끼면서 천하의 일류 가수들을 다 찾아 모으고 싶었던 단장인지라 이 테이프를 듣고 흥분하지 않을 수 없었던 것이다.

"자 자 자, 앉으세요, 우리 천천히 얘기해봅시다."

단장이 말했다. 위수이 선생은 바로 이 말을 기다리고 있었다.

"천천히, 천천히 얘기해보지요."

…….

뚜드랑의 주머니 안에는 동전이 꽉 차서 묵직했다. 그가 집으로 돌아왔을 때는 날이 거의 어두워져 있었다. 위수이 선생이 집에서 그를 기다리고 있었다. 뚜드랑은 모든 동전을 책상 위에 와르르 쏟았는데 그 모습이 장관이었다.

"나 어때? 대단하지?"

뚜드랑이 으시대며 말했다.

"당신은 이렇게 많은 돈을 본 적이 없지?"

위수이 선생은 "흥!" 하고 콧방귀를 뀌고 나서는 천장을 쳐다보았다.

"이깟 돈 얼마나 된다고……."

위수이 선생은 동전 더미를 쳐다보지도 않고 말했다.

"내일 당신 거기에 노래하러 가지 마."

"왜?"

뚜드랑은 깜짝 놀랐다. 그러면서

"내가 오늘 성공한 것 몰라?"

"톈라이악단의 가수가 어찌 그런 곳에서 노래를 부르나?"

위수이 선생이 말했다.

"방금 뭐라고 했지?"

뚜드랑은 알아듣지 못했다.

"그래, 당신 지금 톈라이악단의 전속 가수가 되었어!"

말하면서 위수이 선생은 주머니에서 계약서를 꺼냈다. 계약서 첫머리에 뚜드랑의 이름이 적혀 있고 마지막에 톈라이악단의 큰 붉은 도장이 찍혀 있었다.

"어때? 꿈에도 생각 못해봤지?"

위수이 선생은 득의양양했다.

"당신은 톈라이악단의 전속 가수가 될 거야!"

"하지만, 하지만……."

소식이 너무 갑작스러워 뚜드랑은 받아들이기 어려웠다.

"내 노래를 들으러 내일 또 오겠다고 누군가 약속을 하던데……."

뚜드랑이 중얼거렸다.

"한 할아버지가 내일은 의자를 가지고 와 앉아서 듣겠다고 했는데……."

"못난 자 같으니라고!"

위수이 선생은 화가 났다.

"됐어, 됐어. 하여간 내일 나와 함께 톈라이악단에 가야 해!"

위수이 선생은 잠을 자러 침대로 갔다.

그는 너무 화가 나서 뚜드랑에게 저녁밥 주는 걸 깜박했다. 뚜드랑도 침대에 누웠다. 그는 배가 고팠으나 아무 것도 먹고 싶지 않았다. 낮에 노래를 부르던 장면이 또다시 그의 뇌리에 떠올랐다. 그는 갑자기 매일 가던 그 담 모퉁이가 너무 좋다는 생각이 들었다. 그 곳에서 그는 매우 자유로웠다. 그러나 내일 그는 톈라이악단인지 하는 곳에 가야 한다. 그것이 그를 걱정스럽게 하고 두렵게 했다.

"어휴, 내가 너무 못났나 봐, 톈라이악단에 가는 게 맞기는 한데……."

뚜드랑도 자신을 구슬려봤다. 그러나 거의 잠들기 전에 저도 몰래 탄식이 나왔다.

"휴, 아무리 생각해봐도 난 담 모퉁이가 더 좋아……."

21
톈라이극장

《위수이 선생 일기》

6월 15일

뚜드랑은 새로운 생활에 점차 적응하게 될 것이다. 그가 변신해서 왕자가 되지 못한다 하더라도 팝 가수가 되면 성공한 셈이다. 그런데 왜 내일 공연을 한다는 거지? 너무 빠른 거 아닌가.

뚜드랑은 위수이 선생을 따라 톈라이극장으로 갔다. 극장 로비에 들어서자마자 뚜드랑은 넘어지고 말았다. 대리석 바닥이 너무 매끄러웠던 것이다. 그들은 단장 사무실로 갔다. 뚜드랑이 해져 너덜너덜한 옷을 입은 것을 보고 단장은 부하 직원에게 양복 한 벌을 가져오라고 시켰다. 잠시 후 직원이 새 양복 한 벌을 가져왔다.

"갈아입으세요."

단장이 말했다.

"그런데,"

뚜드랑이 머뭇거리며 말했다.

"새 양복을 입으면 돈을 안 주는데……."

단장은 무슨 말인지 몰라 위수이 선생에게 물었다.

"이 사람이 무슨 말 하는 거지요?"

위수이 선생이 얼른 대답했다.

"아, 이 사람은 새 양복을 입으면 대중들과 잘 어울리지 못하게 될까봐 걱정하고 있어요."

"오, 그런 거군요. 그건 걱정 안 해도 돼요."

단장이 말했다.

"당신이 톈라이극장에서 공연을 하고나면 크게 유명해져 길에서도 누구나 다 알아보게 될 테니까요."

뚜드랑은 별수 없이 양복을 갈아입었다. 그는 양복이 뻣뻣해서 철판으로 만든 것처럼 느껴졌다.

위수이 선생이 말실수를 하지 말라고 몰래 뚜드랑에게 눈치를 주었다.

"지금, 연습홀로 가실까요?"

단장이 말했다. 위수이 선생은 뚜드랑을 데리고 연습홀로 갔다. 뚜드랑은 여기에서 공연 전 연습을 하게 된다. 교향악단이 이미 거기에서 기다리고 있었다. 뚜드랑이 들어오는 걸 보고 지휘자가 손에 든 지휘봉을 휘두르자 갑작스레 음악이 울려 퍼졌다. 음악이 갑자기 시작된 데다가 소리가 너무 높아 뚜드랑은 두 번째로 넘어졌다.

"어서 일어나세요, 계속 연습합시다!"

지휘자가 말했다. 악단이 다시 전주를 연주했다. 뚜드랑은 자기 차례가 되자 큰 소리로 노래를 불렀다.

"하느님, 하느님이시어, 바람 속에 떨고 있는 나에게……."

"스톱, 스톱!"

지휘자가 소리를 질렀다. 악단의 반주가 갑자기 멈춰졌다.

"방금 부른 노래가 뭐예요?"

"하느님, 하느님이시어, 바람 속에 떨고 있는 나에게……."

뚜드랑이 말했다.

"이렇게 촌스러운 노래를 여기서 부르다니요!"

지휘자가 놀랍다는 표정을 지었다.

"당신은 여기가 어디인지 알아요? 화려하고 우아한 톈라이극장이에요. '품위 없고 수준이 떨어진다'는 말이 있는데, 바로 당신과 같은 경우를 말하는 겁니다!"

"네, 그래요"

뚜드랑이 말했다.

"그럼 저 집에 갈까요?"

무대 아래에 있던 위수이 선생이 급해서 큰 소리로 말했다.

"뚜드랑, 당신 가면 안 돼, 당신은 이곳의 전속 가수야."

지휘자는 잠시 생각하더니 말했다.

"그럼 이렇게 합시다, 노래를 바꿔보지요."

이어 지휘자가 악보 한 장을 건네주었다. 그것은 매우 서정적인 노래였는데 노래 이름은 《꽃잎과 이슬》이었다. 가사 첫 시작은 이러했다.

"방글방글 웃는 꽃잎은 얼굴에 맺힌 이슬방울을 사랑하죠……"

"이건, 이건……"

뚜드랑이 곤란하다는 듯이 말했다.

"저 같은 목소리로 이런 노래를 불러도 될까요?"

"부르세요!"

지휘자가 말하면서 지휘봉을 휘두르자 악대가 전주를 시작했다.

뚜드랑은 허스키한 목소리로 노래를 부르기 시작했다.

"방글방글 웃는 꽃잎은 얼굴에 맺힌 이슬방울을 사랑하죠……"

무대 아래에서 듣던 위수이 선생은 속으로 생각했다.

"오글거려서 못 듣겠군."

갑자기 뚜드랑이 "푸—" 하고 웃음을 터뜨렸다. 그 자신도 너무 우스워 더 이상 부를 수 없었던 모양이었다. 그러자 지휘자가 화가 나서 지휘봉을 던져버리고 가버렸다.

"흥, 그만 합시다! 나를 전혀 존중하지 않네요."

지휘자는 가면서 말했다.

"내일 어떻게 공연하는가 봅시다!"

넓은 연습 홀에 뚜드랑과 위수이 선생 둘만 남았다.

"내일?"

뚜드랑은 매우 이상했다.

"내가 내일 공연을 한다고?"

"그래, 나도 방금 들었어. 내일 공연을 한 대, 너무 서두르는 게 아닌지 모르겠어……"

저녁에 뚜드랑은 근심이 태산 같아서 '빨간 신'을 보러 병원에 갔다.

'빨간 신'은 병상에 누워있었는데 얼굴색이 창백했다. '빨간 신'의 병이 낫지 않고 오히려 나빠진 모양이었다.

"의사가 저의 병은 고치기 어렵다고 말했어요……"

'빨간 신'이 맥없이 말했다.

"나을 거야, 꼭 나을 거야……."

뚜드랑이 위로했다.

"저를 위로하는 거 알아요……."

'빨간 신'이 말했다. 아이는 괴로워서 눈에 눈물이 그렁그렁했다.

"저 곧 죽게 되겠죠?"

"그런 말 말아라,"

뚜드랑이 말했다.

"네가 이렇게 어린데 죽다니? 무슨 소리야!"

"외할머니는 매일 병실 밖으로 나가 울어요. 제가 모르는 줄 아는데 사실 전다 알거든요." 빨간 모자는 말하면서 손에 손거울을 들고 있었다. 뚜드랑이 다가가 보니 이 손거울로 각도를 조절하면 병실 문밖의 한 곳이 보였다. 뚜드랑은 마음이 아팠다. 이렇게 총명한 '빨간 신'이 자신의 총명함으로 본 것이 그토록 슬픈 장면이라니…….

'빨간 신'은 갑자기 즐거운 듯 표정을 바꾸면서 말했다.

"자, 제 병 얘기는 그만 하고 아저씨 얘기나 해요. 아저씨는 어때요?"

"휴!"

뚜드랑이 한숨을 내쉬었다.

"내일 공연을 하게 돼……."

"공연이라니요? 어디서요? 혹시 그 담 모퉁이는 아니겠죠?"

'빨간 신'은 무척이나 궁금했다.

"아니, 톈라이극장이야……."

뚜드랑이 말했다.

"톈라이극장이라니요? 그건 유명한 가수들만이 공연하는 곳이 아닌가요?"

뚜드랑은 자기가 톈라이악단의 전속 가수가 된 것을 '빨간 신'에게 알려주었다.

"뚜드랑, 정말 대단해요, 톈라이악단의 전속가수라니요! 내일 아저씨는 이전에 부르던 《하느님》이란 노래를 부르는가요?"

"휴, 아니다, 난 《꽃잎과 이슬》이라는 노래를 부르게 된다⋯⋯."

뚜드랑은 머리를 흔들더니 삽시간에 풀이 죽었다.

"왜 《하느님》을 부르지 않아요?"

'빨간 신'이 혼잣말을 하듯 종알거렸다.

"그 노래를 참 잘 부르던데."

22
큰 실패

《위수이 선생 일기》

6월 16일

이건 뚜드랑의 실패일 뿐만 아니라 나의 실패이기도 하다.

난 눈앞이 캄캄하다⋯⋯.

자홍색 막이 천천히 열렸다. 뚜드랑이 무대 위에 서 있고 그의 앞에는 수많은 관중들이 앉아있었다. 갑자기 조명이 밝아지면서 전부 그의 몸에 집중되었다. 악대가 전주를 연주했다. 물론 그것은 《꽃잎과 이슬》의 전주였다. 뚜드랑은 다리가 후들후들 떨리고 머릿속이 하얘지면서 웅웅 소리가 났다. 악대가 뚜드랑이 노래를 불러야 할 단락까지 연주했다. 뚜드랑이 입을 벌려 노래를 부르려 할 때 무서운 일이 생겼다. 그는 아무 소리도 내지 못했던 것이다.

뚜드랑은 목이 메고 말았던 것이다. 관중석에는 야유 소리가 넘쳤다. 뚜드랑은 당황하여 자기 목을 가리키면서 여기에 문제가 생겼다고 알렸다. 그러나 관중들의 분노는 누그러들지 않았고 수많은 생수병들이 무대 위로 날아올랐다. 생수병 하나가 그의 이마를 때렸다. 풀썩 하는 소리와 함께 뚜드랑은 무대 위로 넘겨졌다. "나를 때린 생수병이 너무 고맙구나, 마침 정신을 잃은 척 하면 되니까……" 무대 위에 쓰러진 뚜드랑은 꼼짝도 않은 채 맞아서 정신을 잃은 척 했다. 뚜드랑은 이어서 발생한 일들을 보지는 못했지만 들을 수는 있었다. 막이 먼저 내려졌다. 단장이 나와서 관중들에게 사과했으며, 직원 몇이 와서 뚜드랑을 들고 다른 방으로 가 책상 위에 올려놓았다.

잠시 후 단장이 노발대발하면서 달려왔다. 그는 직원들에게 말했다.

"이 사람을 꼭 깨워야 해, 내가 할 말이 있으니까!"

직원들이 찬물 한 대야를 가져와 뚜드랑의 머리에 한 번에 다 부었다. 뚜드랑은 찬물벼락을 맞으며 온 몸을 흠칫했다.

뚜드랑은 더 이상 정신을 잃은 척 할 수가 없어 깨어났다. 그는 무고한 표정으로 "웬 일이세요?"라고 물으려 했다. 그런데 목에서 소리가 나오질 않았다. 단장은 그가 깨어난 걸 보고는 얼른 하고 싶었던 말을 내뱉었다.

"뚜드랑 선생, 내가 정식으로 선포하는데 우리 계약은 해지됐어요. 당신은 더 이상 톈라이악단의 전속 가수가 아니에요!"

단장의 체면을 세워주기 위해 뚜드랑은 큰 충격을 받아 쓰러진 척 또 연기했다. 단장은 문가로 갔다가 다시 돌아서서 직원들에게 분부했다.

"저 사람이 입은 양복을 벗기고 자기 옷을 입혀, 그리고 집으로 돌려보내."

전속가수로 되지 않고 철판처럼 빳빳한 양복을 벗어버리고 집으로 돌아간다니 얼마나 좋은 일인지 몰랐다.

"아! 이제 홀가분해졌다, 이제 홀가분해졌어!"

뚜드랑은 속으로 생각했다. 마음이 갑자기 홀가분해지자 뚜드랑은 그만 정신을 잃고 말았다. 이번에는 가짜가 아니라 진짜 정신을 잃었다. 뚜드랑이 다시 깨어나 보니 자기 침대에 누워 있었다. 그는 자기 옷을 입고 있었으며 모자도 잃어버리지 않고 그대로 있었다. 그리고 기타도 곁에 놓여 있었다. 위수이 선생은 자기 머리칼을 쥐어뜯고 있었는데 매우 고통스러워하는 것 같았다.

"뚜드랑, 당신은 정말 멍청이야!"

위수이 선생이 뚜드랑의 코를 가리켰다.

"이제 겨우 좀 잘 살아 보려니까 당신이 그럴 줄이야……."

뚜드랑은 그를 위로하고 싶었다.

"됐네, 됐어, 내가 일부러 그런 것도 아니고……."

어머? 뚜드랑이 다시 말을 할 수 있게 됐네…….

뚜드랑은 기뻐서 침대에서 뛰어내려 기타를 메고 밖으로 달려갔다.

"거기 서! 당신 어디 가? 내 말이 아직 끝나지 않았거든……."

위수이 선생이 뚜드랑의 뒷모습에 대고 소리쳤다.

"기분이 좋아 바람 좀 쏘이고 올께."

뚜드랑은 대답하면서 달려갔다.

23
꼬빡 한 시간

《위수이 선생 일기》

6월 21일

공연은 크게 실패했다. 흑보석은 많아지지 않고 오히려 적어졌다. 이렇게 힘든 상황에 또 보름날 밤이 찾아왔다…….

며칠 후 또 보름날 밤이 되었다. 위수이 선생은 이전처럼 땅콩 한 봉지를 들고 또 손목시계를 끊임없이 휘둘렀다. 이번에 위수이 선생은 아무런 자신도 없었다. 공연이 크게 실패했고 흑보석은 많아지기는커녕 오히려 많이 팔아버리고 말았다. 이런 상황에서 뚜드랑의 변신 시간이 연장될 수 있을까?

"뚜드랑의 변신시간이 얼마나 줄어드는지 봐야 겠구나……."

위수이 선생은 속으로 생각했다. 밤에 시정부 청사에서 시간을 맞춘 후 뚜드랑은 고산으로 가지 않았다.

"왜 그래? 어서 가야지."

위수이 선생이 말했다.

"오늘은 고산에 안 갈래."

"그게 무슨 뜻이지? 고산에 안 가고 어딜 가지?"

"아이신병원으로 가자, 바로 고산 아래에 있어."

"그래 그럼 그러던가."

위수이 선생이 말했다.

"당신이 어디에 가고 싶다고 하면 그리로 가야지 내가 별 수 있나?"

뚜드랑은 고집쟁이 위수이 선생이 이렇게 흔쾌히 대답할 줄은 생각도 못했다. 병원 대문 안에 들어서니 분수가 보였다. 분수 중간에는 조각상을 놓으려고 마련한 높은 받침대가 있었다.

"저기서 할까?"

뚜드랑이 높은 받침대를 가리키며 위수이 선생에게 물었다.

"당신 맘대로 해."

위수이 선생이 흔쾌히 대답했다. 사실 그는 뚜드랑이 오늘 변신하는 것에 대해 자신감을 잃은 상황이었다.

"좋아, 그럼 나 지금부터 자리를 정하겠어."

말하면서 뚜드랑은 그 높은 곳을 주시했다. 한참 뚫어지게 바라보면 변신할 때 변신한 그의 몸이 그가 바라보았던 곳에 나타나게 되기 때문이었다.

다 보고나자 뚜드랑은 주위를 두리번두리번 살피기 시작했다.

"당신 뭘 찾아?"

위수이 선생이 물었다.

"아니야, 아무 것도 아니야. 그냥 보는 거야."

뚜드랑이 말했다.

사실 그는 '빨간 신'을 찾고 있었다. 며칠 전 그는 그 아이에게 보름날 밤이면 이곳에 왕자가 나타난다고 알려준 적이 있었다.

"그 아이가 잊어버리지 않았는지 모르겠구나……."

뚜드랑이 생각했다.

이렇게 생각하고 있는데 갑자기 입원병동에서 "뚜드랑─"하고 부르는 소리가 들렸다. '빨간 신'이 창문가에 엎드려 부르고 있었다. '빨간 신'은 몸이 약해서인지 목소리도 매우 가늘었다.

뚜드랑은 어찌해야 할지 몰랐다. 대답을 해야 할지 아니면 숨어버리는 것이 좋을지? 그러다가 뚜드랑은 숨기로 결정했다. 그는 어두운 나무 아래에 들어가면서 그 아이의 소리를 못 들은 척 했다.

나무 몇 그루가 마침 '빨간 신'이 있는 창문을 가렸다. 뚜드랑은 앉아서 달을 보기 시작했다. 위수이 선생은 그 곁에서 손목시계가 서지 말라고 끊임없이 땅콩을 먹었다. 시간이 조금씩 흘러갔다. '빨간 신'은 창가에 엎드어 아래를 향해 조각상을 놓으려고 마련한 높은 받침대를 바라보았다.

"이 한밤중에 뚜드랑이 왜 여기에 왔을까? 그리고 내가 불렀는데도 못들은 척 하네……" '빨간 신'은 생각했다. 위에서 아래를 내려다보니 뚜드랑은 나무 아래에 숨어있는 것 같았다. 바람이 불 때마다 나뭇가지 사이로 뚜드랑의 모습이 어렴풋이 보이기도 했다.

"참 이상해, 뚜드랑이 땅에 앉아 달을 보는 것 같아."

밤 열두시가 되었다. 하늘의 달이 가장 동그랗게 될 때다. 그때 갑자기 기적이 일어났다. 높은 받침대를 중심으로 눈부시게 환한 빛이 생겼다. 영준하고 멋스럽고 예쁜 예복을 입은 왕자가 높은 대 위에 나타났던 것이다!

왕자는 얼굴에 미소를 짓고 있었으며 자신만만하고 영준한 머리를 들고 노래를 부르기 시작했다.

미풍은 나의 머리칼

달은 나의 눈

내 노래를 가지고 그대를 보러 왔네

이전에 그대가 나를 자주 보았듯이……

'빨간 신'은 자기가 꿈을 꾸고 있는 것 같았다. 그 노랫소리는 하늘가에서 들려오는 듯 그토록 멀어보였고 또 마음속에서 들려오는 듯 매우 가까운 것 같기도 했다. 전류가 '빨간 신'의 몸 안에서 흐르는 것 같았다. '빨간 신'은 자기가 눈물범벅이 되었다는 것을 알았다. 그러나 '빨간 신'은 자기가 왜 눈물을 흘리는지를 몰랐다. 그는 뚜드랑이 앉아있던 곳을 보았다. 놀랍게도 뚜드랑이 보이지 않았다.

"왜 왕자가 나타날 때마다 뚜드랑은 보이지 않을 까? 참 이상하네……."

'빨간 신'이 생각했다.

뚜드랑이 변신해 있을 때 위수이 선생은 시계가 멈추지 않게 하려고 제자리에서 뜀박질을 했다. 위수이 선생은 뛰고 또 뛰다가 풀썩 넘어지고 말았다. 그러나 그는 기어 일어나 계속 뛰었다. 그는 자기가 어디를 다쳤는지도 모르고 뚜드랑의 변신한 모습만 지켜보았다. 뚜드랑의 변신이 점점 희미해지더니 마침내 사라져버렸다.

나무 아래에 뚜드랑이 또다시 나타났다. 위수이 선생은 시계를 들여다보더니 큰소리로 말했다.

"1시간 24분, 지난번보다 한 시간이나 연장되었어! 세상에, 1시간, 1시간!"

"그게 사실인가?"

뚜드랑이 물었다.

그는 방금 변신에서 깨어나 아직 완전히 정신을 차리지 못한 듯 했다.

위수이 선생은 극도로 흥분했다.

"당신의 흑보석이 적어졌는데 왜 변신 시간은 오히려 길어졌을까? 왜 그럴까? 왜?"

"혹시 흑보석과 상관없는 건 아닐까?"

뚜드랑도 알 수 없었다.

"아니면 혹시······"

위수이 선생이 잠시 생각하다가 갑자기 말했다.

"혹시 고산 꼭대기가 아니라 사람들이 많은 곳이 나은 것은 아닐까?"

이 때 뚜드랑은 입원병동의 창문마다 사람들이 엎드려 있다는 것을 발견했다. 방금 이 환자들도 뚜드랑의 변신이 부른 노래를 들었던 것이다.

왕자가 사라진 다음에도 그들은 그 곳에 엎드려 분수대 위의 높은 받침대를 보고 있었다.

위수이 선생이 살며시 뚜드랑을 끌어당겼다.

"어서 가자, 들통 나겠다."

병원 대문까지 왔을 때 뚜드랑은 머리를 돌려봤다.

'빨간 신'이 아직도 창문에 기대어 그들을 향해 손을 흔들었는데 마치 "안녕"이라고 말하는 것 같았다.

24

천당에서 들려온 노랫소리

《위수이 선생 일기》

6월 28일

요즘 계속 이런 생각을 하고 있다. 난 자기가 똑똑하다고 생각해왔지만 이제 보니 내 판단에 틀린 것이 많았다. 앞으로 난 어떻게 뚜드랑을 이끌어야 할까? 혹시 내가 뚜드랑을 이끌고 있는 것이 아니라 뚜드랑이 나를 이끌고 있는 것은 아닐까?

보름날 밤 이튿날, 뚜드랑은 사랑하는 기타를 둘러메고 '빨간 신'을 보러 병원으로 갔다.

병원에 들어서자마자 한 여자아이가 생화를 들고 깡충깡충 달려와 그의 품에 안겨버렸다.

그 여자아이는 바로 '빨간 신'이였다!

"'빨간 신', 왜 침대에서 내려왔어? 그리고 막 이렇게 뛰어다니면 어쩌지?"

뚜드랑이 물었다.

"나 이제 다 나았어요!"

'빨간 신'은 즐겁게 말하고 나서 제자리에서 또 두 번 뛰었다.

"꽃은 왜 들고 있어?"

뚜드랑이 물었다.

"우리 병실에 있는 환자들이 함께 꽃을 선사하기로 했어요. 이건 우리가 돈을 모아 산거에요."

'빨간 신'이 말했다.

"누구에게 주려고?"

"어젯밤 노래를 부르던 왕자에게 드리려고요, 그 왕자의 노래를 듣고 우린 병이 다 나았어요."

그 때에야 뚜드랑은 환자들이 한 명도 병상에 누워 있지 않다는 걸 알아차렸다. 이전에 그가 여기에 왔을 때는 모든 환자들이 다 누워있었다. 병실의 환자들이 '빨간 신'의 뒤를 따라 계단을 내려갔다. 뚜드랑도 그 뒤를 따랐다.

그들은 분수 곁으로 갔다. 한 어른이 '빨간 신'을 높이 안아 꽃을 높은 받침대에 올려놓게 했다. '빨간 신'은 높은 받침대 아래에서 머리를 들었다. '빨간 신'은 왕자가 그곳에 서있던 모습을 상상해보았다.

"고마워요, 왕자님."

'빨간 신'이 말했다.

"다음 보름날 밤 다시 여기에 와주시길 바랄게요."

말을 마치고 나서 '빨간 신'은 높은 받침대를 향해 허리를 굽혀 인사했다. 같은 병실의 환자들도 따라서 허리를 굽혔다. 바로 이 때 대문 밖에서 기자들이 몰려왔다. 그들은 소식을 듣고 취재하러 왔던 것이다. 신문사 기자도 있고 방송국 기자도 있었다. 기자들은 먼저 '빨간 신'을 인터뷰했다.

"신비한 왕자가 어젯밤 여기에 나타났었다면서?"

기자가 물었다.

"맞아요."

'빨간 신'이 말했다.

"그는 천당에서 온 것 같았고, 그가 부른 노래는 천당에서 들려오는 노래였어요. 정말 기적이에요. 우리는 그의 노래를 듣고 병이 다 나았어요……."

플래시가 '빨간 신'을 향해 번쩍이고 카메라가 '빨간 신'을 찍었다. 이때 입원 병동에서 나온 수많은 환자들이 손에 꽃을 들고 이곳으로 걸어왔다. 그들도 '빨간 신'처럼 꽃을 높은 받침대에 올려놓았다. 높은 받침대에는 생화가 점점 더 많이 쌓여 가관을 이루었다. 사람들이 떠들고 있을 때 뚜드랑이 안 보였다.

"뚜드랑이 어디에 갔을까?"

그는 어젯밤 앉아있던 나무 아래로 가 머리를 팔에 묻고 울고 있었다. 아무리 아프게 다쳤어도, 아무리 큰 고생을 하면서도 뚜드랑은 울어본 적이 없었다. 그러나 지금 뚜드랑은 크게 울고 있었다.

그는 자기도 왜 우는지 알 수 없었다. 그저 울고 싶을 뿐이었다.

지금까지 사람들은 그를 싫어만 했고 그는 여태껏 욕만 먹어왔다. 누군가 이렇게 생화를 자기에게 주는 것은 처음이었다.

그것도 이렇게나 많이 말이다…….

그들이 말하는 그 왕자란 바로 뚜드랑이 아닌가? 그렇기도 하고 그렇지 않은 것 같기도 했다.

이튿날, 모든 신문과 텔레비전 방송이 다 똑같은 사건을 보도했다. 한 신비한 왕자가 아이신병원에 나타났으며 그의 노래가 모든 환자를 낫게 했다는 것이었다.

제목은 《천당에서 들려온 노랫소리》였다.

신문에는 '빨간 신'의 사진이 실려 있었고, 방송국 뉴스프로에서는 '빨간 신'의 인터뷰가 방송되었다.

보도의 마지막에 '빨간 신'은 이렇게 말했다.

"다음 보름날 밤에 다시 한 번 기적이 생겼으면 좋겠어요. 우리 다 같이 다음 보름날 밤을 기다려 보자요. 더욱 많은 불행한 사람들이 천당에서 들려오는 노랫소리를 듣게 하자고요."

지나치게 흥분된 마음이 가라앉도록 하루 쉬라며 오늘은 위수이 선생이 뚜드랑을 담 모퉁이로 구걸을 보내지 않았다.

"당신 오늘은 집에서 쉬고 있어. 오늘은 고기만두 말고 더 맛있는 도시락을 사줄게."

위수이 선생이 말했다. 위수이 선생은 돈주머니를 가지러 갈 때 무심결에 신비한 벙어리저금통을 들고 흔들어보았다.

위수이 선생은 어딘가 이상한 느낌이 들어 얼른 또 흔들어보다가 그만 놀라 소리를 질렀다. "뚜드랑, 어서 이리 와 봐!"

뚜드랑은 위수이 선생이 넘겨주는 벙어리저금통을 받아들고 따라서 흔들어보다가 저도 몰래 놀란 소리를 질렀다.

"세상에, 어찌 이럴 수가?"

벙어리저금통 안의 흑보석의 수량이 많이 증가되어 있었던 것이다! 벙어리저금통 안의 흑보석 양이 적어졌을 때 흔들어볼 때는 "댕댕"하는 소리가 났었지만, 지금은 "사르륵 사르륵" 하는 소리가 났다!

뚜드랑과 위수이 선생은 한동안 서로 마주보며 둘 다 아무 말도 못했다.

"틀림없이 그런 거야, 틀림없이 그런 거야!"

위수이 선생이 갑자기 말했다.

"뭐가?"

"이 벙어리저금통은 당신네 조상이 흑보석을 저축하는 것이야. 그게 틀림없어. 하지만 흑보석은 사서 넣는 것이 아니라 스스로 증가하는 거야……."

위수이 선생이 생각에 잠겼다.

"이전에 고산 꼭대기에서는 보석이 늘어나지 않았으나 이번에 병원에 갔더니 보석이 늘어난거야. 혹시…… 혹시……."

"혹시 뭐?"

뚜드랑이 물었다.

"혹시 당신의 노래를 더 많은 사람들에게 들려줄수록 더 좋은 것이 아닐까?"

갑자기 위수이 선생의 두 눈에서 빛이 났다.

"그런 게 틀림없어. 다음 보름날 밤에도 우리 아이신병원으로 가자!"

"잘 됐어! 잘 돼!"

뚜드랑은 다음 보름날 밤에도 아이신병원으로 간다는 말을 듣고 매우 기뻤다. "지난번에 당신의 변신 시간이 한 시간이나 증가했잖아, 이렇게 나간다면 곧바로 24시간으로 될 거야. 그럼 당신은 진짜 왕자가 될 거야!"

위수이 선생은 미래에 대한 확신을 가졌다.

25
높은 받침대 위의 꽃잎

《위수이 선생 일기》

7월 19일

내일은 또 보름날 밤이다. 난 더 이상 바보 같은 짓을 하지 않고 모든 것을 순리에 맡길 것이다. 뚜드랑은 꼭 진정한 세계의 가왕이 될 것이다. 그러나 그건 내가 잘해서가 아니다. 뚜드랑의 천부적인 재능 때문일 것이다.

'빨간 신'은 병이 완쾌돼 퇴원했다. '빨간 신'은 활발하고 밝은 여자아이가 되었다. 병원에 입원해 있던 환자들도 다 왕자의 노래를 듣고 '빨간 신'처럼 퇴원했다. '빨간 신'은 매우 기뻤으며 외할머니는 '빨간 신'보다 더 기뻐하는 것 같았다. 외할머니는 늘 '빨간 신'을 데리고 병원을 하나하나 찾아다녔다.

'빨간 신'의 병이 다 나았는데 왜 병원을 다닐까? 외할머니는 이렇게 말했다. "이렇게 좋은 일을 사람들이 다 같이 경험하게 해야지. 모든 환자들에게 다 알려줘야지, 다음 보름날 밤에 아이신병원으로 가서 기다리라고. 그 왕자가 다시 나타나 또 노래를 부를 지도 모르니까."

보름이란 시간을 들여 외할머니는 '빨간 신'을 데리고 시내 모든 병원을 다 다녀왔다. 병원을 다녀온 다음 '빨간 신'은 늘 뚜드랑이 사는 낡은 집으로 가서 기타를 가르쳐달라고 조르곤 했다.

총명한 '빨간 신'은 매우 빨리 배워냈는데 한 달도 안 되는 사이에 혼자 기타를 치며 노래를 부를 수 있게 되었다.

위수이 선생은 '빨간 신'이 너무 열심히 배우는 것을 보고 웃음이 나왔다.

"앞으로 뚜드랑은 진정한 세계의 가왕이 될 것이다. 그렇게 되면 그는 기타반주가 필요 없게 될 것이다. 그런데 '빨간 신'은 그걸 배워 어디에 쓰려고 하지?"

위수이 선생이 생각했다.

'빨간 신'은 기타연습을 하는 틈을 타 뚜드랑에게 묻곤 했다.

"그날 밤 왕자가 나타났을 때 아저씨는 어디에 있었어요?"

뚜드랑은 이리저리 둘러대곤 했다. 산보하러 갔다고 했다가 화장실에 갔다고 했다가 또 고기만두 먹으러 갔다고 하기도 했다.

"참, 왕자의 노래를 못 들었다니 너무 아쉽네요."

뚜드랑이 무엇이라고 둘러대든 '빨간 신'은 늘 이렇게 말했다.

'빨간 신'이 이 문제를 물을 때 위수이 선생이 와서 말참견을 하면서 화제를 돌려보려 했다.

뚜드랑에 대한 위수이 선생의 태도가 확 달라졌다. 그는 지금 고기만두를 사러 다니지 않고 채소시장으로 가 채소를 사와 집에서 음식을 만들곤 한다.

"밥 할 줄 아는 귀족도 나쁘진 않아."

위수이 선생은 이렇게 생각했다.

"뚜드랑의 변신 시간이 24시간으로 연장될 수 있다면, 뚜드랑이 진정한 왕자가 되어 영원히 거지로 돌아오지 않는다면 난 무엇이든지 다 할 거야……."

하지만 위수이 선생이 귀족이어서 그런지 그가 한 밥은 정말 맛이 없었다. 마침내 또 보름날이 되었다. 오늘밤 열두시에 달이 가장 둥근달이 될 것이다. 위수이 선생은 이날 세 시간이나 들여 특별히 풍성한 저녁식사를 마련했다. 뚜드랑은 '빨간 신'과 외할머니를 식사에 초대했다.

외할머니는 맛을 보더니 위수이 선생에게 말했다.

"이렇게 다른 채소들을 다 똑같은 맛으로 만들다니 정말 대단해요……."

저녁식사를 마치고 나서 외할머니는 '빨간 신'을 데리고 먼저 아이신병원으로 갔다. 그들은 일찍 가서 기다리고 싶었다.

"좀 있다 우리도 갈게요."

위수이 선생이 말했다. 뚜드랑과 위수이 선생은 밤 열시쯤 출발했다. 그들은 이전처럼 먼저 시정부 청사에서 시간을 맞춘 후 아이신병원으로 걸어갔다. 이상하게도 오늘은 길에 행인이 매우 많았다. 더욱 이상한 것은 행인들이 그들 둘과 같은 방향인 아이신병원 쪽으로 가고 있다는 것이었다.

"참 이상하네,"

위수이 선생이 말했다.

"이렇게 많은 행인들 대다수가 환자인 것 같으니……."

"그걸 어떻게 알았어?"

뚜드랑이 물었다.

"그걸 왜 몰라? 어떤 사람은 담가(들것)에 실려 있고, 어떤 사람은 휠체어에 앉아 가고, 또 업힌 사람도 있고, 부축 받는 사람도 있고……."

과연 그랬다. 아이신병원으로 천천히 가고 있는 사람들은 거의 다 환자였다. 그들이 아이신병원 문어귀에 이르렀을 때 안에는 사람들이 더욱 많았다.

"왜 사람들이 다 병원 문어귀에 모였을까?"

뚜드랑은 생각했다. 그들은 사람들을 비집고 병원 대문 안에 겨우 들어가서야 안에 사람들이 더욱 빽빽하게 많다는 것을 알았다. 문어귀에 있는 사람들은 비집고 들어가지 못해 그곳에 있었던 것이다.

"오늘 어쩐 일이지? 한밤중에 전문가 특진이라도 있는가?"

뚜드랑이 몰래 위수이 선생에게 물었다.

"이 바보 천치 좀 봐!"

위수이 선생이 뚜드랑의 코를 가리키며 말했다.

"그것도 몰라? 사람들이 다 당신 때문에……"

갑자기 위수이 선생은 자기가 말실수를 한 것을 알아차리고 바싹 긴장해서 주변을 돌아본 다음 조용히 말했다.

"그들은 다 왕자의 노래를 들으려고 온 거야!"

위수이 선생의 말을 듣고 뚜드랑은 심장이 두근거렸다.

계속 천천히 안으로 비집고 들어가 높은 받침대 아래까지 가자 뚜드랑의 심장은 쿵쿵 더 빨리 뛰었다. 그 높은 받침대는 매우 아름답게 장식되어 있었다. 받침대 아래에는 꽃이 활짝 핀 화분이 가득 진열돼 있었고, 받침대 위에는 여러 가지 아름다운 꽃잎이 가득 뿌려져 있었다. 한 여자아이가 꽃바구니를 들고 받침대 위에 꽃을 뿌리고 있었다. 그 아이란 바로 '빨간 신'이었다.

'빨간 신'은 꽃을 다 뿌리고 나서 마침 뚜드랑을 보았다.

"오늘 밤, 왕자가 오신다면 여길 좋아하실 거예요."

'빨간 신'이 기뻐하며 뚜드랑에게 말했다. '빨간 신'의 말을 듣고 뚜드랑은 또 심장이 마구 뛰기 시작했다.

"이렇게 많은 사람들이 나를 기다리고……, 아니, 그 왕자가 나타나기를 기다리고 있구나……."

뚜드랑은 이렇게 생각하니 눈에서 눈물이 흘렀다. 자리를 정하기 위해 뚜드랑은 마음을 잡고 그 높은 받침대를 눈여겨보았다. 그렇게 눈여겨보아야만 그가 변신할 때 자기가 눈여겨보았던 곳에 나타날 수가 있었다.

눈에 눈물이 고여 있었기 때문에 높은 대 위의 꽃잎들이 반짝이는 것 같고 마치 반짝이는 별 같았다.

26
개기 월식

《위수이 선생 일기》

7월 20일

이번 보름날 밤은 뚜드랑에게 실패였을까? 성공이었을까? 살면서 이렇게 예기치 못했던 일들이 자주 발생한다. 삶이란 예기치 못하는 것이기 때문에 재미있는 것 같다……

이날 따라 달이 매우 밝았다. 위수이 선생은 끊임없이 손목시계를 흔들면서 가끔씩 들여다보기도 했다. 그 자리에 모인 모든 사람들이 다 밤 열두시를 기다리고 있었다. 열두시가 점점 가까워졌다. 방금까지도 떠들던 사람들이 조용해졌다. 사람들은 왕자가 멋지게 등장하기를 기다렸다. 드디어 밤 열두시가 되었다! 달이 가장 동그랗게 되는 시각이 왔다. 사람들은 약속이나 한 듯이 놀란 소리를 질렀다.

"어—"

거의 모든 사람들이 자기 눈을 믿지 않았다. 그들이 지금까지 바라고 기다리던 왕자는 나타나지 않았다. 높은 받침대 위에 서있는 것은 기타를 안고 너덜너덜한 옷을 입은 거지였기 때문이었다. 그는 바로 뚜드랑이었다!

그 곳에 선 뚜드랑도 몹시 놀란 표정이었다. 그가 변신을 못한 채 변신한 후에 서있어야 할 자리에 서게 되었기 때문이었다. 그는 머릿속이 하얘졌다. 삽시에 하늘이 어두워진 것 같았다.

그는 하늘의 달을 쳐다보다가 또 깜짝 놀랐다. 하늘 전체가 새까맣고 달이 보이지 않았던 것이다.

"세상에, 달이 사라졌다!"

뚜드랑이 속으로 비명을 질렀다. 정확하게 말하면 달이 사라진 것이 아니라 무엇인가에 가려졌다. 달을 가린 것은 지구의 거대한 그림자였다. 이건 바로 개기월식이었다.

뚜드랑은 높은 받침대 위에 서서 어찌할 바를 몰랐다.

"맙소사, 저를 구해주세요……."

뚜드랑의 마음속에서 슬피 울부짖는 소리가 들렸다. 대 아래는 쥐 죽은 듯이 조용했다. 다들 눈앞에 나타난 거지를 보고 놀라 어찌할 바를 모르는 것 같았다. 그때 갑자기 대 아래에서 누군가 가느다란 목소리로 외쳤다.

"왕자님, 노래 부르세요, 노래 부르시라니까요!"

그것은 '빨간 신'이 외치는 소리였다.

그 소리를 듣고 뚜드랑은 온몸을 흠칫 떨었다. 그의 마음은 밤하늘 같았고, 그 밤하늘에 별 하나가 떠올랐다. 그리고 마음속 밤하늘에 선녀의 목소리 같은 소리가 들렸다.

"뚜드랑, 당신이 바로 그 왕자예요……."

뚜드랑은 기타 줄을 튕겼다.

그는 자신도 모르게 노래를 부르기 시작했다.

미풍은 나의 머리칼

달은 나의 눈

내 노래를 가지고 그대를 보러 왔네

이전에 그대가 나를 자주 보았듯이…….

누구도 그가 거지라고 해서 떠나지 않았다. 모든 사람들은 머리를 들고 뚜드랑의 노래를 열심히 들었다. '빨간 신'을 제외한 모든 사람들은 이 노래를 처음들었다. 그들은 마치 꿈을 꾸는 것 같았다. 이 노랫소리는 먼 하늘가에서 들려오는 것 같기도 하고 또 마음속에서 들려오는 듯 가깝게 느껴지기도 했다. 어떤 전류가 몸속에서 흐르는 것 같았으며 사람마다 이 노래를 듣고 감동이 되어 눈물범벅이 되었다.

높은 받침대에 선 뚜드랑도 스스로 감동되었다. 살면서 이렇게 많은 사람들이 동시에 그를 우러러본 적이 없었으며, 그는 사람들이 하찮게 여기는 거지일 뿐이었기 때문이었다. 지금 그는 여전히 거지지만 꽃잎을 편 높은 무대 위에 올라 심금을 울리는 노래를 부르고 있었다. 위수이 선생도 온 얼굴이 눈물범벅이 됐다. 그는 손목시계를 흔드는 것을 잊었다. 손목시계가 진작 서버렸는지도 모른다. 그러나 이젠 시간이 중요하지 않았다.

"뚜드랑이 노래를 부르기만 한다면 그가 변신을 하든 상관없어."

위수이 선생은 속으로 생각했다. 뚜드랑은 계속 노래를 불렀다. 뚜드랑은 너무 노래하는데 골몰하다보니 카메라들이 여기저기에서 플래시를 번쩍이며 촬영하는 것도 몰랐다.

많은 기자들도 와 있었던 것이다. 그리고 예술가들도 와 있었고, 음악가도 있고, 화가도 있었다.

뚜드랑이 노래하는 동안 높은 받침대는 신기한 빛에 싸여 있었다. 그것은 깨끗하고 밝은 빛이었다.

개기 월식이 사라지고 달이 다시 밝아졌다. 달은 둥그렇고 밝았다. 시간이 얼마나 흘렀을까? 누구도 주의를 돌리지 못했다. 그토록 신중하던 위수이 선생도 발견하지 못했다. 높은 받침대의 빛이 서서히 사라져버리고 뚜드랑은 기타를 안은 채 까딱하지도 않고 그 자리에 서있었는데 마치 조각상 같았다.

사람들은 오랫동안 흩어지지 않았다. 그들은 너무 기뻤다. 여기에 온 환자들이 다 건강을 되찾았던 것이다. 사람들이 떠나가기 시작하자 쓰레기통에는 지팡이·휠체어와·담가들이 가득 버려져 있었다. 그들에게 더 이상 그것이 필요 없어졌기 때문이었다.

뚜드랑은 여전히 높은 받침대 위에 있었다.

그는 앉아서 하늘의 달을 쳐다보았다.

위수이 선생과 '빨간 신'이 아래서 말없이 뚜드랑을 보고 있었다.

뚜드랑이 기타 줄을 튕겼다.

하느님, 하느님이시여

바람 속에 떨고 있는 나에게

기댈 수 있게 나무를 주세요.

'빨간 신'도 따라서 불렀다.

하느님, 하느님이시여
산속에서 헤매는 나에게
갈 길을 가리켜주세요.
아아…….

노랫소리가 밤하늘에 울려 퍼졌다. 위수이 선생은 별이 총총한 밤하늘을 쳐
다보며 나지막하게 중얼거렸다.

"삶이 다시 시작되는 것일까? 아니면 계속 원래대로 갈 것인가? ……."